D1602371

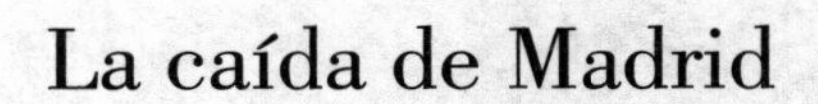

La caída de Madrid

Rafael Chirbes

La caída de Madrid

Diseño de la colección: Ggómez. guille@guille01.com
Ilustración: Guille Gómez

Primera edición en «Narrativas hispánicas»: marzo 2000
Primera edición en «Compactos»: junio 2011
Primera edición en «Edición limitada»: febrero 2015

Pedró de la Creu, 58
08034 Barcelona

ISBN: 978-84-339-2837-5
Depósito Legal: B. 313-2015

Printed in Spain

Liberdúplex, S. L. U., ctra. BV 2249, km 7,4 - Polígono Torrentfondo
08791 Sant Llorenç d'Hortons

La mañana

1

Don José Ricart se había levantado de mal humor. A las seis de la mañana había encendido la luz de la lámpara de la mesilla con la sensación de que la noche se le estaba haciendo muy larga, y, al ver que aún era temprano para vestirse, se había incorporado en la cama, doblando la almohada para que le protegiera la espalda, y, en esa posición, había vuelto a tener unas irresistibles ganas de fumar, algo que lo había perturbado notablemente porque no guardaba tabaco en la habitación. Hacía casi veinte años que, por prescripción médica, no fumaba cigarrillos, pero periódicamente se acordaba de ellos como si se hubiera fumado el último diez minutos antes. Se permitía un puro en la sobremesa de algunos días señalados, como el de hoy, diecinueve de noviembre, en que se fumaría un buen cohibas con su amigo Maxi, en Jockey, para celebrar el cumpleaños. Setenta y cinco años: una comida con Vega Sicilia, café (otro viejo placer casi abandonado), copa y cohibas en compañía de Maxi. Llevaban celebrándolo así desde hacía una eternidad. Él invitaba a Maxi en Jockey, y Maxi, el día en que cumplía años, lo invitaba en Edelweiss a comerse un buen codillo con chucruta. Era la única celebración de aniversario que, para él, tenía verdadero sentido. Todas las demás celebraciones se limitaban a lo que llamaba «compromisos sociales», empezando por la reunión de empleados en la sala grande de la oficina, con la entrega del regalo por parte del trabajador de más edad. Ni siquiera le hacían feliz las celebraciones en familia. De hecho, en los últimos cinco años –desde que Amelia empezó a perder la cabeza– no había aceptado que le organizaran ninguna fiesta en casa, pero este mil novecientos setenta y cinco no iba a poder librarse de la que se habían empeñado en montarle entre su hijo y la cursi de su nuera. Mientras permanecía sentado en la cama, con la luz encendida, mirando la pared de enfrente y luchando contra las ganas de fumar, pensó con desagrado en el sarao de la tarde. Setenta y cinco años, ¿quería decir algo eso? No. Sólo que había durado un año más; que el azar lo había preservado un poco más de tiempo que a su hermano Tomás, muerto tres años antes; que a su primer hijo, a quien puso su propio nombre, Pepito (Josín, le llamaba su mujer), y que murió de una tos ferina cuando aún no había cumplido tres años. El azar le había regalado tiempo, un poco más de tiempo; y también la capacidad para pensar acerca del tiempo, que su mujer, Amelia, ya no tenía. A Amelia ahora el azar le regalaba un tiempo inconsciente. A él, tiempo y conciencia. Eso era todo. Ni bueno ni malo. Cerró los ojos y vio los días azules y el sol de su infancia en Valencia. Vio el mar, las viejas casas de colores ocres, la palmera que asomaba por encima de los tejados que había más allá de la galería posterior del piso en que vivía con sus padres, la cúpula azul de una iglesia, cuyo nombre no pudo recordar, ¿qué iglesia era aquélla? Se acordaba perfectamente de todo; más que acordarse, lo veía, olía a geranios, a albahaca, a humedad, a albañal, pero no podía recordar el nombre de la iglesia cuya cúpula había dibujado el horizonte de los juegos infantiles en la galería con su hermano Tomás, y ese vacío –el vacío de un nombre– volvió a ponerlo de mal humor, así que, para librarse del pensamiento que lo hacía sufrir, de la repentina manía que le dio por acordarse del nombre de aquella iglesia, y también por romper el silencio que ocupaba la alcoba, encendió la radio con intención de escuchar las noticias, pero las emisoras ya habían concluido sus espacios informativos (miró el reloj, eran las seis y ocho minutos) y en su paseo por el dial sólo se encontró con música melódica y con un locutor que hablaba de fútbol. En cualquier caso, aquella música y la voz del locutor le dijeron lo suficiente; le dijeron que Franco aún vivía, puesto que, de no ser así, y según habían previsto los ministerios de Gobernación y de Información y Turismo para cuando llegara el momento, todas las emisoras habrían conectado con Radio Nacional y estaría sonando música clásica, la misma en todas ellas. El día anterior había hablado con Maxi, siempre enterado de primera mano de cuanto ocurría en el Pardo y en el Hospital de La Paz. Su amigo le había asegurado que a Franco ya no iban a poder mantenerlo con vida otras cuarenta y ocho horas; al parecer, permanecía entubado y conectado a una máquina que se limitaba a proporcionarles a los médicos la argucia de no mentir del todo cuando leían ante los periodistas unos partes en los que se afirmaba que el Caudillo seguía con vida. En el último comunicado que había emitido el equipo médico el día anterior, apenas se habían atrevido ya a insinuar esa presencia de vida, y se habían referido a ella con la frágil palabra «indicios». «Indicios de vida», habían dicho los del equipo médico en su parte radiofónico. El presagio de aquella muerte inminente volvió a angustiarlo e hizo más acuciantes sus deseos de fumar. José Ricart elevó el sonido de la radio, con la intención de que la música desalojara esos sentimientos pesimistas y el deseo de tabaco, e intentó leer el periódico que, antes de dormirse, había abandonado abierto a un lado de la cama; pero también en la portada del periódico se referían a Franco y a su enfermedad: no lo llamaban agonía, pero era eso. Agonía. Pensó en sus setenta y cinco años, en su mujer vagando inconsciente por los pasillos de la casa, y en la fiesta de la tarde. Agonía. Cerró otra vez los ojos y volvió a ver la cúpula de la iglesia, pero esta vez la contempló con ojos inocentes, desvanecida ya la angustia por recordar el nombre: la cúpula nada más, azul y reluciente y rodeada de azul; vio las tiendas de comestibles, las mercerías, las ferreterías que sacaban el género a la puerta de la calle, escuchó el ruido de las llantas de las ruedas de los carros contra el empedrado. Todo le llegaba de lejos, pero se ofrecía vivo, colorista y ruidoso ante él. Pensó que si Franco se estuviera muriendo en la Valencia que él conoció y que ahora le llegaba, habrían envuelto en un trapo el aldabón del llamador de la puerta de la casa y habrían extendido una alfombra de hierba fresca y paja delante del portal: así lo hacían las familias que podían permitírselo para amortiguar el estruendo de los carros que cruzaban ante la vivienda, e impedir que el ruido de los aldabonazos de los visitantes y proveedores molestase al agonizante. Vio las ruedas de un carro hundiéndose en la alfombra vegetal, y, fundiéndose con esa imagen, el exhausto lecho del Turia una polvorienta tarde de verano, y las bestias que pastaban en los márgenes del cauce, vio imágenes de un día de lluvia en una plaza pequeña y ruinosa, escuchó voces de niños y el sonido de las campanitas de barro que los niños llevaban en la mano, haciéndolas repicar. Eso quería decir que era el día de los Desamparados. Que hoy no tenía que ir a la escuela y podía quedarse un rato más en la cama. Confortado por el sonido tranquilizador de las campanillas de barro, se durmió otro rato. Después, el ruido del despertador se le mezcló con el de las campanillas.

Salió a la calle temprano, unos minutos antes de las ocho, como acostumbraba a hacer cada día desde casi treinta años antes, y se presentó pasadas las ocho y media en la oficina, situada en uno de los edificios de la Glorieta de Rubén Darío. No estaba lejos su casa de la oficina, y le gustaba efectuar ese trayecto a pie, caminando despacio, al tiempo que ojeaba el *ABC* que compraba en el quiosco del bulevar de Juan Bravo y que, a veces, leía en parte en la Cafetería Bruselas, ante una taza de té. Hacía tiempo que apenas probaba el café, y cuando se bebía una taza tenía la impresión de estar transgrediendo algo: el café le sentaba mal, le aceleraba el pulso y le subía la tensión, el médico se lo había prohibido (hoy se tomaría un café bien cargado con su amigo Maxi). La mañana se había presentado gris y pesada para tratarse de finales de noviembre en Madrid (hasta la meteorología parecía haberse vuelto loca), y, al traspasar el umbral de la puerta de la calle, don José había tenido una sensación de agobio nada agradable. Poco tiempo después de que naciera su hijo Tomás, el médico le había diagnosticado un enfisema pulmonar, quizá por eso los días húmedos y bochornosos respiraba con más dificultad y lo dominaba antes la fatiga. Si le gustaba el clima madrileño durante la mayor parte del invierno era precisamente porque resultaban frecuentes los días fríos y secos, que a él le daban la impresión de que le purificaban las vías respiratorias. De hecho, siempre había preferido pasar los veranos en la sierra –tenían casa en El Escorial– que en la playa, y tuvo que oponerse durante bastante tiempo a las pretensiones de su hijo que, en la ya lejana etapa adolescente, y con la complicidad materna (Amelia era una enamorada del mar), se emperró en que la familia se trasladara durante las vacaciones a Jávea, a la casa de su hermano Tomás. Su hermano, Tomás, ¿dónde estaría ahora? Con los carros que cruzaban ante las casas de los agonizantes, con las bestias que pastaban en las orillas del río, con el sonido de las campanillas de barro. Borró el recuerdo. Volvió a hilvanar el pensamiento. Al final, su mujer y su hijo Tomás –también su hijo se llamaba Tomás, porque lo había apadrinado su hermano– habían aceptado bajar al mar y dejarlo a él en El Escorial, con Roberto, su chófer, y con Elisa, que era la mujer de Roberto y fue la cocinera de la casa hasta el año sesenta y tantos, en que se jubiló. Roberto, Elisa, ¿dónde estaban? Roberto había muerto un par de años antes. Asistió a su entierro: filas de nichos idénticos en el cementerio de San Isidro. No podría encontrarlo ahora, aunque quisiera. Elisa se fue con su hija a Galicia. Tampoco podría encontrarla. No era fea Elisa: los pechos blancos asomando por encima del escote cuando se agachaba a coger algo; vistas desde atrás, las pantorrillas sólidas, espesas, como de mantequilla recién sacada de la nevera. El ruido del motor del Hispano, ¿dónde? El ruido de platos que llegaba desde la cocina, el eterno olor de tabaco de Roberto –«dame uno de los tuyos, Roberto, que me he dejado el paquete en casa»–, ¿dónde? Don José se instalaba durante todo el verano en el chalet de El Escorial, practicando lo que él definía como «una saludable vida de monje», que interrumpía varias veces por semana para bajar a Madrid a darse una vuelta no sólo por la oficina. También abandonaba El Escorial los puentes de Santiago y la Asunción, en los que se trasladaba a Jávea y salía de paseo con la familia. A la casa de su hermano, que no tenía hijos, y a quien, a solas con su mujer y con una criada, le sobraba espacio por todas partes, ya que lo que llamaban «el chalecito de Jávea» no era tal sino una vieja casona, siguieron yendo su mujer y su hijo, y luego sus nietos, durante más de veinte años. De hecho, fue allí donde se conocieron su hijo, Tomasín, y la que hoy era su mujer, Olguita, Olga Albizu, cuyos padres, de origen vasco, residentes en Madrid, ocupaban una casa cercana los meses de verano. Podía recordar don José a Tomás y a Olguita –dos niños que apenas empezaban a andar– jugando en la playa del Arenal, por entonces completamente desierta: los cubos metálicos de colores chillones, las palas de madera y latón, a juego el color de la pala con el del cubo, los flotadores de corcho alrededor del pecho. Amelia, la mujer de don José, había guardado en el álbum muchas fotos de aquel tiempo. Y a él, verlas, le había transmitido siempre una sensación de serena continuidad: ver a aquellos dos niños que fueron vecinos durante los veranos, luego empezaron a frecuentarse en Madrid, coincidieron más adelante en la universidad –Tomás hizo Derecho, Olga se matriculó dos cursos en Filosofía y Letras, aunque interrumpió los estudios– y después se casaron. Aquellas fotos eran la prueba irrefutable de que había existido un tiempo en el que la vida podía someterse a un orden. La vida, discurriendo tranquila, dejando que el tiempo cumpliera sus ciclos. Cuántas cosas se habían encadenado desde entonces; al principio –y durante años– fueron cosas agradables: ver cómo aquel niño se ponía pantalones largos para celebrar sus doce años, cómo volvía de la fiesta de fin de curso en el colegio de los jesuitas con una banda que le cruzaba el pecho, y, después, orden, sentido del orden, accedía a la universidad, juraba bandera en el campamento (él estuvo allí, en Monte Jaque, y lo vio desfilar, hacía mucho calor aquel día, zumbaban las avispas en el aire), y, recién concluida la carrera, entraba como economista en el grupo familiar de empresas, que, ajustándose al mismo orden que había marcado la vida del hijo, no había dejado de crecer durante todos aquellos años. Orden. Tomás se casó con Olga, y el matrimonio le dio en poco tiempo dos nietos. Parecía que todo iba a discurrir siempre con ese tranquilo y ordenado paso, pero, desgraciadamente, luego, y de manera casi imperceptible, el horizonte había empezado a ensombrecerse. La muerte de su hijo Josín no había sido un presagio de nada, ni había tenido más trascendencia que la de un lamentable, doloroso y tristísimo accidente: los niños, por entonces, desgraciadamente, morían con demasiada frecuencia. Sólo desde la perspectiva que le había otorgado el paso de los años, le dio por pensar que se había tratado de una advertencia, la primera. Pero eso había sido mucho tiempo después, cuando le había parecido que una lenta lluvia de cenizas caía sobre sus proyectos, tiznándolos, y se apoderaba de él una sensación de quiebra: pensaba en la rueda de un carro que cruje un trecho, y, concluidas varias etapas del viaje, acaba por salirse de su eje, avanza sin rumbo durante un corto trayecto, zigzagueando con movimientos imprevisibles, y a continuación rueda por una cuesta y se estrella al fondo del barranco. La muerte de Josín, el primer crujido de la rueda. Pero él se refería a otra cosa. Porque lo que había ocurrido no tenía que ver exactamente con los avatares de la familia, ni con los de la empresa y los negocios, sino con el conjunto de la vida. Como si primero –con ese primero se refería a los años de la guerra– todo hubiera avanzado al mismo paso, lo de dentro y lo de fuera tumultuosamente mezclado, la calle y el interior de la casa; y a continuación, concluida la guerra, se hubiera ido separando lo de dentro de lo de fuera; y lo de dentro hubiera estado al alcance de la mano, dócil, moldeable, autónomo, resguardado de lo de fuera. A algo así se refería don José en sus pensamientos. Tenía la sensación de que había empezado a acabarse un tiempo en el que uno dominaba el mundo porque dominaba cuanto ocurría entre las cuatro paredes de su casa, o de su empresa, que, al fin y al cabo, era parte de la casa, y, de repente, resultara imposible abarcar nada, y cada hombre se convirtiera en un juguete en manos de fuerzas desmesuradas. Paradójicamente, se habían mezclado en los últimos años bonanza económica e inseguridad de una manera casi imperceptible al principio y, luego, creciente: la primera huelga en la empaquetadora en el sesenta y siete, el conato de incendio provocado del almacén de artesanía en el setenta, las discusiones cada vez más agrias con los jurados de empresa, los gestos hoscos de los trabajadores más jóvenes, que, en vez de saludar como hacían los veteranos, miraban fijamente hacia la máquina cuando él pasaba a su lado; la silicona tapando todas las cerraduras de la fábrica de muebles la mañana en que se convocó la primera jornada de huelga, y los empleados, quietos, en la explanada, negándose a entrar cuando los bomberos consiguieron abrir las puertas utilizando los alicates. Y, de un modo convergente, la vanidad de Olga, cada vez más snob, caprichosa y exigente; su hijo Tomás, encerrándose en una especie de autismo, dedicado nada más que a la administración de la empresa, y negándose a trazar proyectos fuera del cotidiano mundo que se desvanecía; las discusiones de sus nietos en torno a la mesa del comedor; Quini, listo y altivo, Josemari, servil y violento; y, sobre todo, como si ella sola lo expresara todo, la enfermedad de su mujer. Su progresiva huida de cuanto ocurría fuera de casa al principio; de la propia familia más tarde; de sí misma, al final. Amelia. ¿Qué escuchaba Amelia?, ¿adónde se había marchado? Cuando Tomás y Olga se empeñaron en celebrar su setenta y cinco aniversario («Setenta y cinco años, papá. Las bodas de platino con la vida», había dicho la cursi de su nuera), él se había negado una y otra vez a celebrar nada. ¿Celebrar?, ¿qué? ¿Que hacía meses que Amelia paseaba por la casa a ratos como un fantasma, a ratos como un niño y otros, la mayoría, como un mascarón que precediera al velero de la muerte?, ¿que la empresa atravesaba dificultades por vez primera desde su creación porque todo el mundo estaba asustado, porque Franco se estaba muriendo y la inseguridad se apoderaba de los negocios, y la gente ponía los capitales a resguardo, o, como él mismo había hecho, fiándose de sus asesores, los depositaba en el extranjero? Una tarde, al cruzar la Castellana, se encontró con que, desde el paso elevado de Eduardo Dato, habían arrojado octavillas en las que se pedía la instauración de una república soviética en España, y, otro día, descubrió que, aprovechando la oscuridad de la noche, alguien se había atrevido a colgar una pancarta roja e insultante que nadie se preocupaba de quitar y seguía allí ondeando sobre el río de coches a las ocho de la mañana cuando él pasó. Su nieto Quini, durante las comidas, hablaba de la revolución como si fuera un circo que tuviera la carpa instalada a la vuelta de la esquina y a cuyas funciones se podía asistir cada tarde. En el extremo opuesto, Josemari decía que, agotadas las razones, había vuelto la hora de esgrimir la dialéctica de los puños y las pistolas. Volvía la hora de la primera Falange. Y lo decía a gritos, con las venas del cuello hinchadas por la rabia que, seguramente, le provocaba más que nada sentirse incapaz de rebatir ni uno solo de los conceptos que esgrimía su hermano, más brillante y que, al fin y al cabo, era más joven que él, aunque no mejor. Quizá fuera la edad, su edad. Ojalá las cosas hubieran sido tan claras y sencillas como pareció que iban a serlo en todos aquellos años que siguieron a la guerra, los años en los que lo de dentro era un buque que navegaba sobre el mar de fuera. Y en el barco había cómodos camarotes bien amueblados y climatizados, y el buque era un espacio estanco desde el que poco interés tenía averiguar la fauna que poblaba las aguas de ese mar que atravesaban. Ahora no era así, y cumplido ese ciclo, cuando la seguridad del camarote se veía enturbiada por una brecha de agua que se ensanchaba, José Ricart se descubría murmurando para sí:

«¡Qué bueno sería saber dónde buscar ayuda y tener la certeza de lo que nos espera luego. Decir: "Señor, perdóname", y saber que te llegará el descanso para siempre!» Añoraba a Dios. Su mujer había sido creyente y quizá ese Dios que él buscaba en vano y con el que ella había sabido convivir le había concedido el regalo de la inconsciencia y ésa fuera su suerte, gozar, al final, del descanso que Dios le había concedido. Durante años, ella se había arrodillado cada noche al pie de la cama antes de acostarse y había pedido: «Señor, perdónanos nuestros pecados. Ten misericordia de nosotros.» Y Dios, a lo mejor, le había concedido el perdón y la misericordia de la inconsciencia. Pero él ¿a quién iba a pedirle nada? Había momentos en que la palabra descansar le parecía hermosa, porque la vida se le aparecía como algo inmenso, pero tan incomprensible que no admitía respuestas, como había creído su mujer, animada por la fe. La vida sólo aceptaba la mezquindad de las estrategias. Clavar clavos, aserrar maderas, embalar muebles, rellenar impresos, pagar cuentas, cobrar recibos. En eso, tenía una parte de razón su hijo. No podía evitar que lo cercaran los pensamientos sombríos. ¿Era eso la edad? «Creía que todo iba a ser seguro, para siempre marcado por un orden, y descubro a mi edad que, de repente, cambian las circunstancias y la vida te echa a la orilla aun antes de haberte hecho cruzar las contingencias de la enfermedad y la frontera de la muerte», le había dicho a Maxi. Porque José Ricart estaba convencido de que su desazón no la provocaban las circunstancias naturales del paso del tiempo, de la edad, de la vejez, sino esas otras circunstancias que procedían del exterior que volvía exigente a reclamar sus derechos. La brecha de agua amenazando con inundar el camarote. ¿O esa percepción de las circunstancias de fuera sólo la concedía la edad?, ¿era una deformación de la edad? El día en que vio la pancarta colgada del paso elevado, ondeando sobre el Paseo de la Castellana, había pensado en sacar del cajón del escritorio su vieja pistola, dándole por un instante la razón a su nieto Josemari. «Habrá que volver a defenderse», pensó. De hecho, por la noche, se había encerrado en su despacho y había estado acariciando aquel juguete pequeño, reluciente y peligroso, y hasta se había asomado a la ventana y, amparado por la oscuridad, había apretado el gatillo del arma descargada apuntando a los escasos viandantes que circulaban a aquellas horas por la calle Juan Bravo. «Pac, pac, pac.» Había emitido con la boca el sonido de los disparos. Pero aquel gesto lo había hecho sentirse ridículo y había vuelto a dejar el revólver en el interior del cajón, cubriéndolo con un paño, y había cerrado el mueble con llave. Había pensado: «Esto es más fácil y más miserable, cuestión de estrategias. Tengo setenta y cinco años y vendrán nuevas circunstancias que llegarán a ser habituales para los demás, pero yo ya no las conoceré, ya no existiré, qué más puede darme.» A los pocos días, había comido con su amigo Maxi, destinado en la brigada político-social, y que, por su trabajo, conocía bien los intestinos del país. La conversación con él lo había reafirmado en su pesimismo. «Tú has sido un empresario, tú no tienes problemas», le dijo Maxi, «pero, a mí, a lo mejor me toca irme a Brasil, a Argentina o algo así. No estoy dispuesto a que me saquen en las fotos corriendo y apaleado como a los *pides* portugueses.» Había sido Maxi el que le había recomendado ir sacando dinero fuera y le había proporcionado los contactos para hacerlo. Tras aquella comida celebrada unos meses antes, José pensó que había que preparar a los suyos para que se adaptaran a las nuevas circunstancias que iban a llegar y que él seguramente ya no vería. Se había pasado una tarde entera discutiendo con su hijo, que no entendía nada, que no quería darse cuenta de nada.

–Yo soy un empresario, como tú –respondió Tomás cuando él le planteó que había que tomar medidas para enfrentar las nuevas circunstancias que se avecinaban.

–¿Qué te crees? ¿Que todo va a seguir igual cuando se muera Franco?

–Las decisiones que tome las tomaré porque convengan a la empresa, y no por otras razones, papá. No entiendo más razón que la del beneficio. Es algo que me enseñaste tú. ¿O no es ésa la razón de una empresa, de esta empresa? Me da igual un régimen que otro. Si vienen otros, trabajaré con ellos como he trabajado con éstos.

Don José había tenido que llamar a capítulo a Julio Ramírez, el gerente de Ricartmoble, su hombre de confianza, un tipo cuya delgadez era muy diferente a la de Álvaro Céspedes, el director del grupo de empresas, ya que, mientras que Álvaro era alto, y su nariz aguileña y fino bigote comunicaban a su delgadez una altiva nobleza, en Julio el poco peso se unía a su mezquina estatura y su aspecto más bien parecía producto de una ancestral desnutrición que de otra circunstancia. Julio era, sin embargo, además del eterno hombre de confianza de la casa, es decir, de José Ricart, el más listo, ya que no el más brillante e inteligente. Poseía esa agudeza para detectar el peligro y escapar de él que con frecuencia caracteriza a quienes llegan arriba procedentes de las clases inferiores.

–Explícaselo a mi hijo, Julio –le había pedido don José. Y Tomás no había podido disimular un gesto de rabia.

–Yo creo que tiene usted razón y, en estos momentos, nada podría convenirle más a la empresa que una ampliación de capital en la que se diera participación a los trabajadores, siguiendo algún método que tuviese en cuenta varios parámetros: su dedicación, su tiempo de permanencia en la casa, en fin, cosas así. Incluso convendría que, en pocos meses, ustedes quedaran aparentemente en minoría en el seno de esa sociedad; claro que, ya digo, sólo aparentemente, porque se pueden cruzar una serie de hombres de paja que ostenten las participaciones a título sólo nominal y que las devolverán en cuanto los tiempos se normalicen. He hablado con Taboada, y está dispuesto a participar a cambio de alguna compensación económica. Ellos necesitan como agua el dinero para organizarse. Tienen que jugar fuerte si quieren ir desbancando a los comunistas en los sindicatos.

Don José comentó en voz baja:

–Tiene gracia.

Pensaba que tenía gracia verse a sí mismo intentando convencer de aquellas cosas a su hijo.

–Papá, te he dicho que a mí no me interesa más que la empresa. Aquí parece que se ha vuelto loco todo el mundo.

–Lo que dices está bien para soltarlo en un telediario. Pero a ver si es que ahora te crees que la empresa es una fruta nacida en el árbol del mercado libre. No, no nació de la libertad esta empresa. Después, sí; después hemos estado en el mercado, no sé si libre o no, aunque con muchos más apoyos que unos y con un poco menos apoyo que otros. Pero eso ha sido después. ¿O es que te crees que la contrata exclusiva del mobiliario para todos los ministerios salió de un concurso, o de alguna oposición? ¿Fue resultado de un concurso la contrata con la Dirección de Prisiones para gestionar el trabajo de los presos? La madera quemada, ¿la hemos comprado en libre subasta? Falangistas, jefes del Movimiento, procuradores en Cortes. Bah. Abre el abanico de tus relaciones.

–No me interesa la política. Dejemos que el tiempo diga por dónde van a ir las cosas.

Julio miraba fijamente a don José manteniendo un taco de cuartillas en blanco entre las manos. El viejo tenía el rostro enrojecido por el ardor con que había pronunciado sus palabras.

–¿Dejar que el tiempo diga? Lo que hay que hacer es aguzar la vista. Se ha acabado la seguridad de disparar con postas, hay que afinar la puntería. Nos va a tocar comer de todo. Habla, habla con los amigos de tu hijo Quini. Entérate de que los necesitas tú más a ellos que ellos a ti. El otro, Josemari, es un tonto; de ése no vas a sacar nada.

Aparentemente, había hablado contra su hijo, pero en realidad dirigía las palabras contra él mismo, con cierta crueldad, como regodeándose en vaticinar su propio destino. Entre tanto, Tomás hubiera bostezado mostrando el aburrimiento que le producía el discurso, de no haber pronunciado su padre aquellas palabras tan duras contra Josemari delante de Julio, que al fin y al cabo era extraño a la familia. Además, Josemari era el hijo que todo el mundo aseguraba que más se parecía a él. Volvió a torcer el gesto, pero intentó una actitud razonable, como si, perdida la autoridad el cabeza de familia, le tocara a él ejercer ese papel:

–Hemos trabajado de otra manera, papá. A nuestro aire. No hemos pensado en esas cosas tan complicadas que poco tienen que ver a la hora de encolar una mesa o de llevar un porte a Holanda.

–Hemos trabajado de otra manera porque eran otros tiempos.

–Pero ¿qué ha cambiado? Franco lleva veinte años muriéndose, y aquí no pasa nada, ni va a pasar. Mira por dónde, se nos muere el viejo falangista y renace el joven republicano –le respondió resentido Tomás, aunque no le había gustado que se le escapara el verbo morir referido a su padre. Estaba demasiado a la vista el cumplimiento de ese verbo: las pupilas desvaídas de un color indefinido, el dorso de las manos recorrido por el mapa de manchas, los poros de la nariz, y, además, la respiración dificultosa y la voz que vacilaba cada vez que se elevaba un poco por encima del tono habitual.

Con lo del joven republicano, aludía a que su padre vivía en Valencia cuando se proclamó la República, había estado presente en el instante en que se izó la bandera tricolor en el ayuntamiento y había permanecido en territorio republicano al principio de la guerra. Lo había contado muchas veces; que al principio había creído en la República y que –eran sus palabras– sólo cuando vio los desmanes que cometieron los republicanos se asqueó y se pasó al otro bando y se puso la camisa de la Falange («Soy falangista y republicano», se declaraba a veces). Desde entonces, había odiado los partidos políticos («La Falange no es un partido», decía), muy especialmente a los anarquistas y comunistas. Por eso resultaba tan extraño que, desde hacía unos meses, hablara de esa manera. Según le había comentado Tomás a su mujer varias veces, el razonamiento de su padre parecía bien hilvanado, pero algo fallaba en su cabeza para permitirse hablar así. «Me preocupa, está perdiendo la cabeza», le había dicho, «se aferra a ciertas cosas y las convierte en obsesiones.» Don José sacó un pañuelo del bolsillo y se secó la frente. Se había acalorado hablando. Le indignaba que fuera su hijo el único de la empresa que se creía las estupideces que la radio y la televisión decían. Asociaciones, sí; partidos, no. Átame esa mosca por el rabo. Que todo seguiría igual. ¿En qué cabeza cabía eso? La Falange, el Movimiento, los procuradores en Cortes. Toda esa maquinaria había servido para poner un orden, pero ahora ya no servía para nada. Con eso, se había escrito una partitura con la que había tocado el país su música durante unos cuantos años, pero ahora empezaba otro concierto. El director de orquesta pedía otros instrumentistas para emprenderla con otra partitura. Odiaba a aquellos tipos más de lo que su hijo podía odiarlos. Pero no podía resistirse a la fascinación por las nuevas circunstancias que se avecinaban y a las que él ya no se adaptaría. Sentía una irresistible atracción hacia Taboada, con el que últimamente había tenido que sentarse a negociar conflictos laborales en varias ocasiones y que había captado al vuelo sus nuevas intenciones con respecto a la propiedad de la empresa en cuanto se las había insinuado Julio. «Es listo. Este cabrón es listo. Tragará», le había dicho Julio. Se había fijado en la forma como se movía Taboada, como si su desgarbado cuerpo se apoyara sobre un soporte de terciopelo, lo había observado, y algunas noches, mientras pensaba acerca del futuro de sus empresas cuando él ya no estuviera, había llegado a querer que su hijo fuera él, Taboada, en vez de Tomás; un lince como Taboada, con el oído sensible para darse cuenta de si se interponía algo entre el viento y él, con la nariz sensible para olfatear si en la espesura del bosque se había colado un animal nuevo. «No es un fanático Taboada. Usa el fanatismo para sus propios fines», le había dicho Julio. Y a él le había gustado el tipo más que su propio hijo. A su hijo se le hinchaba la camisa, haciendo que destacase el estómago, y tenía el trasero ancho y sólido. Pensó: «Un estómago fácil y un culo demasiado pesado para arrastrarlo», y le habían parecido envidiables las mejillas macilentas, la cintura ajustada, las nalgas inexistentes del tipo. Le parecieron severas mutaciones genéticas, adaptaciones al nuevo medio en el que tendría que moverse en adelante todo el mundo: las telas que unen los dedos de los palmípedos, la grasa que envuelve sus plumas sellándolas a la humedad y al frío. Eso le pareció aquel ascético individuo que quien no supiera ver los nuevos tiempos que se avecinaban podría creer tan equivocadamente fanático en sus principios, como frágil, quebradizo y sin masa muscular en su cuerpo. Maldita la gracia que le hacía celebrar ningún cumpleaños. Se acordó de su mujer. Amelia lo había dejado solo. A lo mejor, ella era feliz vagando por los pasillos de la casa. Pensó que, durante la fiesta, tendrían que meterla en el piso de arriba, para que no molestara a los invitados, y deseó que todo aquello acabase cuanto antes para ella, pero también para él.

2

Habían disparado. Aquello había sido un disparo. Había oído el ruido al mismo tiempo seco y atronador de un disparo. Luego oyó pasos que se perdían en distintas direcciones y otros que parecían contrapuntear los suyos detrás. También un golpe sobre la hierba, que podía ser el de un cuerpo al desplomarse. Pero no, no podía ser un cuerpo, tenía que ser otra cosa. Si se hubiera caído alguien, se habría oído un gemido, al menos una respiración, algo, un grito, o varios gritos pidiendo ayuda, y no, no se había oído nada. Sus propios pasos –chap, chap– sobre la grama seca, y otros lejanos que todavía podía escuchar, y unas voces tajantes, imperativas, que rebotaban en el cielo oscuro y vacío. Aquel otoño aún no había llovido y todo estaba seco, polvoriento. No había caído ni una gota en todo el verano, ni una tormenta, nada. Los hierbajos secos y endurecidos por las heladas, la grama, cuyas inflorescencias se quedaban prendidas del calcetín y se dejaban notar desagradablemente a cada paso, los cardos, que herían las pantorrillas con sus hojas espinosas a las que el precipitado movimiento de las piernas hacía actuar como afiladas cuchillas que dejaban rasguños sobre la piel por encima del límite de los calcetines. No, ahora no se oía nada aparte de sus propios pies pisando la maleza seca, y sus propios jadeos, y el ruido de su propia ropa rozándose por el movimiento. Olía a polvo. Ni siquiera la madrugada conseguía impregnarle un poco de humedad al aire. Dentro de un rato iba a amanecer, y de hecho ya se veía un reborde de claridad por encima de las edificaciones, de los oscuros bloques de viviendas esparcidos aquí y allá en la lejanía, de las masas horizontales de las naves industriales. Se podía advertir una luz azul cobalto allá a lo lejos, que era el amanecer, un amanecer seco, terroso, que anunciaba otro día cegador, a pesar de lo avanzado del otoño. Y, sin embargo, abajo, a ras de suelo, todo era negro, una negrura que lo llevaba a fijar la vista en el suelo, pensando que, a lo mejor, acababa tropezando contra algún pedrusco, contra algún mojón de cemento, metiendo el pie en alguna de las numerosas irregularidades del terreno. Y eso también le daba miedo, aunque era un miedo menor del que le producía lo que había a sus espaldas (¿estaba alguien aún ahí, a sus espaldas?, ¿corría alguien todavía detrás de él?). No se había atrevido a mirar hacia atrás. A pesar de que ya no se oía nada, temía que, si volvía la cabeza, iba a encontrarse con las figuras que había visto bordear la esquina del cuartel. Había visto de repente aquellas figuras, había escuchado las voces, y el silencio de la noche se había roto, volviéndose agitación, ruido confuso: gritos, los ladridos furiosos de un perro, ruidos de pasos y otros metálicos; y ellos tres, que habían empezado a correr. Al menos, él había empezado a correr y suponía que los otros dos también; era seguro que uno de ellos también, porque al principio había oído jadeos a sus espaldas (¿jadeos del Viejo?, ¿de Lucio?), y algunas palabras susurradas entre los jadeos; luego le parecía haber seguido escuchando pasos apenas unos metros detrás de los suyos, crujidos de matorrales, y la continuación de los jadeos, aunque llegó a pensar que esos jadeos ya no eran los de su compañero, sino los de una de aquellas sombras, porque le había parecido escuchar un ruido metálico, y, luego, otra vez una voz, y después, nuevamente jadeos, y desde algo más atrás, más lejos, varias voces, y al ruido aquel, a la explosión como un fogonazo (¿se había iluminado la noche o el fogonazo sólo había estallado en su cerebro?) que lo había dejado todo blanco durante algunas décimas de segundo, con una blancura que había hecho que la noche fuera a continuación todavía más negra, había sucedido ese otro gemido metálico, como de somier viejo, que había seguido sonando a sus espaldas durante unos instantes, hasta que se habían quedado solos sus pasos, los crujidos que él provocaba, sus pisadas en la hierba seca, sus jadeos. A pesar de todo, había continuado corriendo sin volver la vista atrás y sin saber tampoco dónde ponía los pies. Ahí, bajo sus pies, había una parte de miedo, el miedo a quedarse tumbado en la noche. Pensaba cómo sería la noche con las rozaduras escociéndole en las rodillas, con el dolor de un esguince, de una rotura ardiéndole en el tobillo, una punta de hierro atravesándole el pie. Cómo sería ver el barrio desde el suelo, desde aquella superficie que la noche ocultaba y que estaba compuesta por los vertidos procedentes de las lejanas demoliciones de edificios del centro de la ciudad –cascotes, vigas carcomidas, hierros– que traían los camiones, por montones de basura, por restos de muebles viejos y de electrodomésticos. Ése era el miedo menor, pero también inmenso: tener que arrastrarse a duras penas, ayudándose de codos y pies, por aquella superficie irregular que percibía bajo las suelas de los zapatos en su carrera, y que hacía tan difícil la marcha. Ver desde allí, desde toda aquella porquería, cómo se afianzaba el día mientras las heridas se enfriaban y crecía el dolor. No, que no le pasara nada, que no se torciera un tobillo, no se hiciera un esguince, no se rompiera un pie. Olía a descomposición, a naranjas podridas, a aceite de motor, a metales oxidados. El otro miedo, el grande, era el que, al parecer, se iba quedando detrás, el que ya era imposible percibir pero que seguía estando detrás. ¿Dónde? El metal, sentir que una nueva explosión te atrae hacia el suelo, o que se desploma sobre ti una de aquellas sombras negras y sientes el dolor del metal en la boca. Notó el silencio a su alrededor, un silencio envuelto por el lejano rumor del tráfico y, de repente, se le evaporó el miedo y le pareció que ya no tenía sentido seguir corriendo. Se detuvo junto a una tapia, volvió la vista. Todo parecía tranquilo a sus espaldas. No se oía nada que no fuera el rumor de los automóviles que circulaban por una lejana carretera y la luz de cuyos faros ya empezaba a parecer desvaída, porque el día se iba afianzando. Sí, estaba empezando a levantarse un amanecer como de metal fundido, un cielo entre blanco y amarillo, que parecía encontrar su reflejo blanco y amarillento en las extensiones de hierbas secas que cubrían el enorme descampado. No hacía nada de viento, todo estaba en calma, y sobre el paisaje flotaba una infinidad de partículas de polvo, o de luz. Hacía bochorno, como si fuese un amanecer de verano. Fue al apoyarse sobre la tapia, en el momento en el que respiraba hondo y apartaba la barbilla del pecho, mirando al cielo, cuando se dio cuenta de que, sobre la sierra, flotaba una masa negra que iba abriéndose como un abanico por encima de los picos, una mano pegajosa y decidida; y justo en ese momento, mientras contemplaba la lejana formación de nubes que saltaban por encima de los montes y le parecía escuchar el redoble de un trueno, sintió que algo se le venía encima, y escuchó voces al tiempo que se derrumbaba bajo un peso enorme. Dolor en la cabeza, en el pecho, en las canillas, en los tobillos. Y voces.

Estaban pisoteándolo. Le daban patadas, lo levantaban con el pie, caía de nuevo y recibía otra vez las patadas. Cuando lo subieron al coche, le pareció que sonaba otro trueno en la lejanía, pero eso lo pensó en algún lugar muy remoto de su cerebro, y no se le ocurrió volver a mirar las nubes, si habían continuado su avance y cubrían ya una parte notable del cielo, no se le ocurrió mirar nada, ni siquiera los rasguños y moretones de su piel. Era como si sus sensaciones y pensamientos formaran parte de un complejo sistema retráctil y reversible y se ocuparan sólo de su interior. Pero sí que se dio cuenta Enrique Roda de que, cuando llegó al lugar adonde lo llevaban (¿dónde era?: un patio, un pasillo de color verde), ya se había nublado del todo, y de que, al cruzar el patio, le cayeron unos gruesos goterones de lluvia en la cabeza. Y en ese momento, al notar el impacto de las gotas cayéndole encima, fue cuando, a pesar del cansancio y del dolor, encontró fuerzas para pensar. Pensó, entre otras cosas, en qué deprisa y de qué modo tan imprevisible cambiaban las circunstancias. El hombre propone y Dios dispone. Aquel día que se anunciaba seco iba a acabar pasado por agua, y él, que había previsto acercarse al metro de Aluche para cumplir la cita de seguridad con Lucio y con el Viejo, y que luego, a lo largo de la jornada, pensaba hacer un montón de cosas, no dispondría de sí mismo, de capacidad para hacer y deshacer, al menos durante media docena de años. Pensó: Media docena de años, y se compadeció de sí mismo. No más citas de seguridad, no más cervezas en el bar Avenida, no más hacer la compra en las galerías Vacesa, ni en el mercado de Maravillas, con Rosa, su mujer, y con la niña pequeña, que hacía esfuerzos por arrastrar el carro de la compra. Le gustaba a la niña cogerle el carro a su madre y conducirlo ella. Así era la vida de todos los días que se había quedado fuera. Enrique Roda oyó llover desde el interior de la celda durante un tiempo que le pareció larguísimo y cuya duración no pudo comprobar, puesto que uno de los dos tipos lo había cacheado y le había retirado todas sus pertenencias: cartera, documentación, monedas, y también el reloj, y se las había llevado consigo. Pensaba, dos, a lo mejor tres, cuatro, seis años en un lugar como éste, siempre con una reja, y oía el ruido de la lluvia muy arriba, por encima de su cabeza, porque el ventanuco que daba a la calle estaba pegado a la parte más elevada del techo de aquella habitación, o celda, que era muy irregular, ya que de un lado apenas conseguías ponerte de pie, mientras que en el opuesto se prolongaba hacia arriba formando un ángulo muy agudo. Se oía una radio al fondo del pasillo y estaba empezando a retransmitir las noticias, pero él, desde su sitio, no conseguía descifrar lo que decían. ¿Adónde lo habían llevado?

3

Tuvo que encender las lámparas del salón, porque estaba muy nublado y apenas penetraba la claridad del exterior a través del ventanal, desde donde podía ver las luces de frenado de los coches destellando en el gris. Como de costumbre, en aquellos momentos de la mañana la calle Juan Bravo estaba saturada de tráfico. Un instante antes, Olga había levantado la vista hacia el reloj de pared para comprobar la hora. Le hubiera gustado oír lo que decía el noticiario radiofónico, saber si los médicos habían dado un nuevo parte, pero el informativo ya había terminado, porque eran las nueve y cuarto pasadas. Tendría que esperar hasta las diez para enterarse. Se sentía relajada. Le gustaba levantarse sabiendo que tenía algo que hacer ese día, aunque no fuera –el caso de hoy– más que recibir a media docena de amigos. Tendría que procurar que todo quedase bien, en su punto, y esa responsabilidad le producía una agradable sensación. Los preparativos: repasar los muebles y espejos, limpiar la plata, colocar las flores, preparar la mesita del bufé y vigilar la decoración de las bandejas: rodeadas con huevo hilado y guindas confitadas las lonchas de jamón dulce y las galantinas; con una cenefa tejida con rodajas de limón, los canapés de ahumados;

cortadas finísimas, transparentes, las lascas de ibérico. Lurditas tenía buenas manos para esas cosas y era muy despabilada, pero Pepa hacía sólo mes y medio que trabajaba en casa y, encima, daba la impresión de que era bastante corta. La tarde anterior se había presentado Sole Beleta y se había ofrecido para ayudarla. Seguramente se creía que iban a dar una fiesta en toda regla, y tuvo que desengañarla. No, aquello no iba a ser eso. Ni su suegro estaba para muchas fiestas, ni las circunstancias parecían las apropiadas para celebraciones. Le fastidiaba que su amiga se entrometiera en sus actividades, era como si le vampirizara algo de esos instantes especiales, quitándole la exclusiva. Además, su presencia allí y su charla insulsa le habían hecho pensar que, a lo mejor, no había sido un acierto invitar a Ada Dutruel y a su marido. De repente, se había dado cuenta de lo incompatibles que sus dos amigas de infancia, Sole y Elvira, tan incultas y torpes, podían llegar a ser con aquel matrimonio compuesto por una artista y un intelectual. Blanco frente a negro. Por si fuera poco, iban a estar también presentes Maxi y su mujer, y había que rezar para que no se produjesen fricciones (estaban tan lejos las ideas de Ada de las del comisario), para lo cual confiaba en la diplomática intervención de la mujer de Maxi, que era toda tacto, delicadeza. Al principio, había pensado que al abuelo podría resultarle halagador que estuviera allí Ada Dutruel, la mujer que había pintado el cuadro que iban a regalarle, y que pasaría a formar parte de los fondos de la Fundación Ricart, una artista notable. Esa presencia de la pintora en casa le había parecido también, cuando la había decidido, una manera de marcar, una vez más, su estilo ante Sole y Elvira; pero la tarde anterior, al ver y escuchar a Sole, había contemplado la escena desde el otro lado y se había inquietado por la impresión que podía llevarse Ada, cuando la descubriera rodeada por aquella minúscula y retrógrada corte. Sole, Elvira, Maxi, los amigos de Tomás y sus esposas. Había sido sólo una desagradable nube pasajera, pero cuyo recuerdo había estado golpeándola durante la noche y volvía a hacerse presente ahora, por la mañana. Sole había insistido: «Vendré de todas formas un rato antes, por si acaso», y Olga le había dicho que bueno, que como quisiera, y había tenido que reconocer finalmente que la presencia de su amiga durante la preparación del bufé no le provocaba sentimientos que pudieran calificarse sólo como estrictamente negativos, ni mucho menos, ya que Sole le serviría como testigo ante la que exhibir la perfección original de su trabajo: ese instante tan frágil en el que el salón brillaría plenamente antes de que nada se moviera de su lugar, el destello de una perfección que empezaría a verse amenazada en el momento en que se le sirviera al primer invitado una copa, se apagara la primera colilla en un cenicero o alguien se llevara entre los dedos un canapé y rompiera la simetría de una bandeja; gestos iniciales que, en toda fiesta, anuncian el desorden y la desolación en que todo acaba concluyendo. Al dejarse llevar por esa idea del final, Olga sintió un estremecimiento: las copas sucias, los fregaderos de la cocina llenos de platos, las colillas llenando los ceniceros, el olor de humanidad, alimentos en degradación, tabaco quemado y perfumes. El pequeño grupo de personas que iba a acudir se le convirtió en poco menos que un ejército y se arrepintió de haber convocado a nadie. «Ganas de líos», se dijo. Y fue ese estremecimiento de pánico el que la llevó a agradecer en la más estricta intimidad de sus ocultas y cambiantes pulsiones aquella cercanía de Sole en los momentos previos, ya que iba a permitirle, cuando todo concluyera, que la perfección original no fuese un recuerdo suyo y nada más que suyo, sino que quedase también grabada en la memoria de otra persona que podría recordarla el día en que ella la sacase a cuento en el transcurso de cualquier conversación.

«He comprado unas latitas de caviar para mañana, ¿abrimos una y nos la tomamos con un poco de champán?», le había propuesto a Sole. Y se habían pasado dos horas hablando, mientras levantaban de vez en cuando la cucharilla con la punta llena de perlas de caviar, relucientes, grisáceas, que parecían joyas auténticas, algo que una podía ordenar en torno al cuello, o a los dedos de la mano. De eso habían estado hablando, de que los buenos productos tienen todos cierto aire de joyas. Oro, en una gota de aceite de oliva; nácar, en una cortadita de mojama o de hueva de atún vista al trasluz, en la concha de una tellina. Sole se había mostrado muy afectuosa en cuanto Olga había aceptado su presencia unas horas antes de la fiesta, ya que también ella gozaba de ese momento magnífico en que se convierte siempre la minuciosa preparación de un acto social; la particular sensación que produce saber que la voluntad de una está detrás del pequeño milagro del orden resultante; y, sobre todo, la satisfacción de saber que se está en el ajo, y se conoce el porqué de cada cosa. Se trataba en Sole de un tipo de sentimientos que pertenecían a la familia de los que podrían calificarse como de índole policial –podrían definirse también como detectivescos, o funcionariales–, porque eran similares a los que embargan al comisario encargado de cierta investigación criminal que comprueba que lo que dice la prensa acerca de determinado caso no es del todo verdad, ni mucho menos; y que ni siquiera son completamente ciertos los datos que recoge el informe oficial –que calla bastante, que oculta no poco cuando expone las circunstancias de un crimen–, ya que ni sus superiores ni los periodistas comparten toda la maraña de pruebas que él ha ido acumulando a lo largo de las investigaciones, y, por tanto, se limitan a reproducir como papagayos la sesgada versión que el propio comisario ha tenido a bien ofrecerles. Así, el privilegiado comisario Sole se había dado prisa en informarse de la floristería desde la que llegarían las flores; y de dónde vendrían las ostras, que no se abrirían hasta el último momento para que no perdiesen ni un ápice de su frescura y, una vez servidas, se estremecieran visiblemente al contacto con las gotas de limón. Sole conocía muy particularmente quién había enviado el estilizado jamón que se apoyaría en un jamonero cubierto con un paño de hilo blanco en el extremo de la mesa, puesto que el jamón había subido en el mismo ascensor que ella, a hombro del chófer, esa misma tarde, y venía de su propia finca, en Zafra; Sole, aprovechando que el Pisuerga pasaba por Valladolid, hasta se había enterado del nombre del proveedor de salmón escocés con el que trataba Olga, y de la dirección del ultramarinos que le vendía habitualmente la mojama y la hueva de atún. «No es fácil hacerse con buena mojama, ni con hueva en Madrid. Madrid, un descampado con casas», se le había quejado Olga a su amiga. A Olga le gustaba quejarse de Madrid cuando tenía a Sole delante, y a Sole no le pasaba desapercibida esa actitud de su amiga, aunque prefiriese hacer como que no se daba cuenta, porque intuía que volver pequeño a Madrid era convertirla en microscópica a ella, que, a su vez, en cuanto se quedaba una temporada larga sin ir a su cortijo extremeño, se lamentaba de lo asfixiante por grande, ruidoso e inabarcable que le resultaba Madrid. Olga estaba convencida de que el estilo no era sólo el barrio y la casa en que vivías, los muebles y chucherías que la decoraban, el coche que tenía tu marido, o la ropa que vestías, como pensaban sus amigas; y, seguramente por eso, minimizar Madrid formaba también parte de lo que llamaba «mi estilo», un rasgo complejo que ella enunciaba así: «El estilo es tu personalidad, algo que va más allá de las cosas que tienes y usas: es, digámoslo de esa manera, una especie de jersey, de malla, de pijama invisible que te envuelve y que tejes tú misma, con palabras, con gestos, con cosas que tú tienes, o que a ti te gustan y que a los demás no se les ocurriría ni buscar; o que incluso dan de lado y hasta desprecian.» Leyó esa idea muchos años antes, en un libro de educación para señoritas escrito por una inglesa, Shelding, Sheldom, o algo por el estilo, se llamaba aquella mujer. La copió en su cuaderno privado, en el que anotaba pensamientos, frases ingeniosas o profundas, ideas que le parecían inteligentes o sensibles; y se sintió muy feliz el día en que descubrió que su hijo Quini, tantos años después, aunque de eso hacía ya algunos, le había copiado a ella el pensamiento que ella le robó a la inglesa, expresando así un punto de ambición, virtud que Olga había echado de menos en su hijo menor en demasiadas ocasiones; Quini, tan preocupado siempre por los problemas sociales, por la igualdad, por todos esos temas que estaban de moda. Su Quini poseía un tipo de sensibilidad que ella compartía en buena parte, sin que, por eso, dejaran, en parte no menos notable, de inquietarla algunas de sus manifestaciones, porque, con demasiada frecuencia, esa aguda percepción de artista tendía a exagerar las cosas, a sacarlas de quicio. Cuando Quini, a los quince años, pronunció una frase calcada de la que ella había tomado prestada de la escritora inglesa –«Mamá, cada uno tiene su estilo, y el estilo es lo que te gusta, pero también la manera que tienes de hacer las cosas»–, intuyó que cada época engendra sus estilos (sus amigas del Opus Dei coleccionaban búhos), y que quizá el estilo de los nuevos tiempos fuera la pasión por la política; ése era el pijama en el que Quini se envolvía para diferenciarse de sus amigos. «Ha heredado de mí el gusto por la diferencia», se dijo aquel día, y sintió cómo crecía en ella una cálida oleada de amor por su hijo pequeño. El mayor, Josemari, era otra cosa. En él se imponía la vitalidad del cuerpo sobre las circunvoluciones de la mente, lo que no quería decir en absoluto que careciese de inteligencia; poseía la razón práctica, frente a Quini, que era propietario de razones dialécticas; hasta físicamente se parecía más Josemari a su marido que Quini, que era el vivo retrato de ella. También Tomás era eminentemente práctico. Con su frase, el libro de la inglesa (Shelding o Sheldom) se refería a que una persona debía modelar su estilo rodeándose de cosas que subrayaran la propia personalidad, y la aislaran de la de los demás, casi como manías (los búhos de sus amigas del Opus Dei, si no fuera porque todas coleccionaban lo mismo: búhos), y eso era exactamente lo contrario de la igualdad que Quini predicaba («Claro que una cosa es predicar y otra dar trigo», pensaba de su hijo menor, «igualitario, sí, un poquito comunista, vale, pero con sus *Cantatas* de Bach y sus discos de Coltrane traídos de América»); para ella, el estilo era, por ejemplo, coleccionar llaves antiguas, fotografiar nidos de cigüeñas o veletas de iglesias, o cosas así: eso sería el abecé, lo más elemental de un estilo; o comprar los zapatos de su marido sólo en Castellanos, diciendo: «No los quiero de otro, ni aunque me los borden en oro», o regalar cosas que tienen una historia, que ha hablado de ellas la *Gaceta Ilustrada,* o *Destino.* Tener hobbies, manías, violines de Ingres, excentricidades. Eso era lo más elemental. Una fase superior de ese proceso de construcción del estilo era, sin duda, la que ella había alcanzado y que tenía un componente marcadamente intelectual, e incluía diversas facetas: su pasión por el cine y la música franceses, o, lo que más la caracterizaba, y que escandalizaba –con gran satisfacción de Olga– a sus amigas: la pasión por el arte más vanguardista, por la pintura más radicalmente moderna. En ese sentido, y aunque a enorme distancia en importancia de la pasión artística, y muy cerca de la base de la pirámide, el aprecio casi místico por las verduras era otro de los hilos –no por más delgado, menos necesario– del jersey invisible que envolvía el estilo de Olga. Por entonces, las verduras aún no estaban de moda, ni se consumían con un toque de veneración como acabó ocurriendo años más tarde; ni sus virtudes saludables proporcionaban tema para una conversación de sociedad. En las casas elegantes todavía no se hablaba de verduras más allá de las paredes de la cocina. Y, sin embargo, Olga creía en ellas y expresaba públicamente su fe. Aplicaba a las verduras la misma estrategia que a los irrepetibles objetos que regalaba; las envolvía –el jersey del estilo– con historias que las hacían brillar cegadoras: en eso, como en algunas otras cosas –su escepticismo en materia de religión, su pasión por París y por la pintura más atrevida–, podría decirse que fue una precursora. En sus recepciones no faltaban las bandejitas con berros, con hojas de escarola mojadas con unas gotas de aceite y salpicadas por una granizada de piñones y pasas, o recipientes que contenían hojas de diente de león, hebras de tallos de apio crudo, o tortillas de espinacas, de ajos tiernos, de cebollas, de guisantes. Olga se sentía más orgullosa de esas presencias vegetales en los menús de su casa que de las de otros productos más caros y lujosos (jamones, lomos, mojama, caviar), porque proclamaban su identidad femenina; sí, así la llamaba ella, «identidad femenina». Según Olga, la mujer era vegetariana por naturaleza, mientras que el hombre era carnívoro, devorador de grasas, y, a la hora de concederle una oportunidad a los vegetales, se inclinaba más bien por las legumbres, alimentos limítrofes con el reino mineral por su sequedad, dureza y falta de cromatismo; los hombres, siguiendo el enunciado de su teoría, comían grasas y legumbres, fumaban puros, jugaban a las cartas y al ajedrez, iban de caza, se apasionaban con el fútbol, los toros, el boxeo y la lucha libre, y hablaban a voces. En cambio, las mujeres se ponían pendientes en los lóbulos de las orejas, usaban faldas, no se enteraban hasta el final de sus vidas de que los zapatos de tacón son incómodos, se estremecían con un escalofrío de sensualidad al contacto con las joyas, sabían que las palabras mejores se dicen a media voz, y comían verduras y dulces (chocolates, flanes, cremas, yemas, polvorones y empiñonados: golosinas que son tan femeninas que hasta acostumbran a elaborarlas las monjas en los conventos). Esas cosas le había contado Olga a Sole Beleta desde una butaca colocada al lado del ventanal, mientras miraba el atasco casi permanente de la calle Juan Bravo. Entre las dos, había un veladorcito cubierto por un paño de hilo y, encima del paño, un recipiente de plata en cuyo centro se ofrecía, rodeada de hielo frappé, la lata de cincuenta gramos de caviar que acababan de abrir. Olga le hablaba a Sole desde su butaca, pero, sobre todo, desde el alto mirador de su experiencia de mujer casada que conocía bien los gustos de los hombres, porque, por suerte o por desgracia, estaba casada con un hombre que –como ella acostumbraba a decir– era «un hombre que es hombre al cien por cien», lo que significaba que, además de fumador de puros y devorador de grasas y legumbres, se rodeaba de amigos que hablaban a voces, bebían coñac y jugaban en el saloncito pequeño al mus y al póquer, llenándolo todo con el humo de los cigarros puros, y a alguno de los cuales no había tenido más remedio que invitar a la fiesta del abuelo. Pero eso ya se lo sabía Sole de memoria. Se lo había contado Olga otras veces; lo que le expuso aquella tarde como primicia fue su teoría acerca de la alimentación sexuada, y, mientras se la exponía, Sole se daba cuenta de que su amiga mostraba una punta de satisfacción, como si fuese una narración levemente vengativa la que le estuviera haciendo, una versión doméstica de alguna secreta tragedia. Sole, además de soltera y, por tanto, ajena a esos mundos viriles, tan sólidos y pesados, casi paquidérmicos, también se hallaba lejos de la levedad de lo femenino, ya que era extremeña, y, a pesar de que llevaba cien años en Madrid y había viajado a Roma, Londres y París, seguía muy apegada a las tradiciones de grasas y legumbres de su tierra, que a Olga (Albizu de soltera, señora de Ricart desde hacía veintitantos años) le resultaban obsoletas. Y, quizá por eso, mientras apartaba el visillo de la ventana con la mano izquierda para ver mejor el atasco de la calle (en la derecha sostenía la copa con un poco de champán), se quejó femeninamente:

–Me he vuelto loca para encontrar las cuatro verduras que serviremos mañana en el bufé. Ha dado la casualidad de que en la frutería de Fernando VI no tenían esta semana berros, ni diente de león, así que he tenido que mandar a Lurditas a una frutería pequeña que hay ahí, en Princesa, y que creo que le sirve al Pardo. El único sitio donde he podido encontrar ese capricho. Fíjate, en todo un Madrid. Qué diferencia con París. Está claro, Madrid no es una ciudad de verduras, no hay tradición; en Madrid, olvídate de las salazones y de las verduras que no sean sota, caballo y rey.

Había dejado caer el visillo, había mirado el reloj. Hablaba ahora de los caseros de San Sebastián, de las huertas del norte. Aquellas patatas, los cardos, las lechugas espesas y sabrosas, los pimientos del pico, las microscópicas habitas de primavera, a las que, encima, los vascos les quitan el ojo para cocinarlas; las alcachofas, los perrechicos.

–La primavera es estación femenina –se atrevió a decir–, y también el verano es una estación de mujeres...

Prosiguió ya imparable:

–... el sol, ¿no te has dado cuenta, Sole, de que los hombres no soportan el sol? Y nosotras, en cambio, despatarradas en la playa, seis, siete horas seguidas, en la arena ardiente del Mediterráneo: ahí, las salazones, el sol y los pescados pequeños. Los pececitos retorciéndose en la sartén. La primavera son las verduras, el romanticismo; el verano, el sol, la playa, la pasión física. Las dos estaciones, femeninas, no te quepa duda. Otoño e invierno, en cambio, las estaciones masculinas, llenas de ocultaciones: ropas pesadas que cubren todo el cuerpo y disimulan las formas; caza, grasas, cocidos y potajes; sitios cerrados, chimeneas, bares, habitaciones que huelen a tabaco, a café y a coñac. A los hombres les favorece ese tiempo. Son más atractivos vestidos que desnudos: el cuello rodeado por una camisa blanca; la chaqueta disimulándoles las deformidades, tapándoles el abdomen; los pantalones, ocultándoles las piernas.

Sole sonrió, e hizo un mohín al escuchar la palabra piernas.

–Exageras, Olga, si los hombres se cubren las piernas es por algo diferente a la estética. Son cosas de la costumbre, ancestrales, no es que ellos piensen que con los pantalones están mejor, más atractivos. Es así porque sí. Desde hace siglos. Una convención.

–¿La costumbre? ¿Una convención? ¿Y de dónde viene la costumbre? ¿Has visto cosa más horrible que las piernas de los hombres? Si son flacas y peludas, espantosas; si son gordas y sin vello, peor, parecen manteca; y ya no quiero decirte lo que parecen las que, además de gordas, están cubiertas de vello: extremidades de animal, no de persona. No te quepa duda de que el invierno les favorece.

Se acordaba Olga de la conversación de la tarde anterior mientras sorbía el café con leche, ocupando la misma butaca que había ocupado frente a Sole, pero ahora el cristal de la ventana se había empañado por dentro y se llenaba de pequeñas salpicaduras de agua por fuera. Por el movimiento de las ramas de los árboles de la calle, dedujo que el viento había cambiado de dirección y venía de la sierra. Había empezado a llover y debía de hacer frío. El clima cambiante de Madrid, con sus sobresaltos de temperatura. Olga se volvió de espaldas a la ventana, se tocó con las yemas de los dedos el pelo, caminó algunos pasos en dirección a la pared del fondo, donde había un gran espejo que reflejaba el salón iluminado, y se puso ante él. Se inclinó un poco, acercó la cara hasta ponerla a un palmo del azogue, se miró fijamente. No se gustó. Estaba aún sin arreglar, el pelo revuelto, la cara sin maquillar, evidentes las bolsas bajo los ojos, que tuvo la impresión de que le daban un aspecto poco humano, aspecto de animal herbívoro, bovino. Se apartó precipitadamente del espejo. La tarde anterior, Sole le había contado que había recibido un enorme manojo de espárragos desde su finca.

–Tenía que habértelo traído, para mañana –le había dicho–. Podrías poner algunos a modo de bodegón, en un ramo, y, con los otros, podrías preparar un revuelto. ¿Quieres que te lo traiga mañana por la tarde?

Era evidente que lo había dicho para defenderse de la agresión vegetal a la que Olga la había sometido, y también, sin duda, para envolverse en un rastro de perfume varonil: los espárragos habían pasado por las manos sudorosas de los braceros que los recolectaban en las dehesas extremeñas y se los acercaban al vientre para atarlos, y mordían las tiras herbáceas que utilizaban a modo de cuerdas. Ahí había sudor. Sole había traído al salón de los Ricart un muestrario de modestos vegetales que se servían con unas gotas de sudor varonil, y Olga la había escuchado desganada, con una ligera sonrisa en los labios.

«Amargan mucho los espárragos silvestres», estuvo a punto de decirle, pero no, no lo hizo; se calló. En caso de haberlo dicho, se le hubiera notado en exceso la punta vengativa, y no, le había parecido mejor parecer distraída mientras la oía cotorrear. Había tenido ganas de soltarle: «A mí, háblame de jamones, de lomos, de eso es de lo que me tienes tú que hablar, si me hablas de tus cortijos. Hasta de algún queso que otro puedes hablarme; pero todo eso es varonil, pesado, carece de levedad, es un poco como tú.»

Así había pensado Olga, y aún más, porque llegó a pensar que Sole era completa como los seres originarios de Platón, cuyos *Diálogos* ella conocía bastante bien porque había tenido que estudiarlos muchos años antes, en el segundo curso de Filosofía y Letras, justo el año en que decidió dejar la carrera, porque, para qué, de historia del arte se aprendía en los museos, en las galerías, teniendo amigos pintores, comprando cuadros y esculturas, viajando y regateando, haciéndose con una colección, como la que ella había acabado por tener, y no haciéndole durante diez años la pelota a un catedrático al que le olía el aliento. Se lo había dicho así treinta años antes a la propia Sole. Y, la tarde anterior, mientras hablaba con ella, había pensado en aquellos remotos seres originarios, hombre y mujer a la vez. Sole caminaba sin delicadeza, vestía opacos tabardos caqui de dudoso gusto centroeuropeo, loden, faldas rectas sin ninguna gracia, y calzaba pieles, sin duda buenas pero carentes de flexibilidad; tan distinto todo en las dos: las faldas de Olga se moldeaban en las caderas, caían con levedad, cabían, si se arrugaban, en la palma de la mano; y sus movimientos eran ágiles, las caderas a un lado y a otro, a cada paso que daba; unas caderas llenas, redondeadas, pero no gruesas todavía, nada de cartucheras, ni piel de naranja en los muslos, ni en las nalgas, aún presentables, sobre todo si se tenía en cuenta que ya había cumplido los cuarenta y ocho años, y que era de constitución robusta: buenas piernas, pechos llenos, piel blanca que enrojecía si se la frotaba un poco, si a la salida del baño se secaba con excesiva energía con la toalla; piel que exhibía las huellas de las yemas de los dedos de Tomás, de sus labios, de sus dientes, algunas mañanas después de que él la hubiera atacado durante la noche; y, sin embargo, siendo tan distintas, había algo de Sole que le gustaba: quizá sus carencias, su no poder defenderse razonablemente ante ella, su falta de capacidad para levantarle delante una trinchera; quizá era eso: ella podía estar enseñándole cosas todo el rato a Sole, y Sole aprendía, y, sin embargo, no podía enseñarle nada que no se apartase con un gesto de la mano como se aparta un insecto, una mosca, un mosquito, todo lo más una telaraña, un movimiento de la mano, y un gesto como de asco.

–... sopa de espárragos –había dicho Sole.

Le había dicho que preparaba sopa de espárragos, después de proponerle el revuelto de espárragos, y lo había dicho como algo trascendente, como si hablara de algún plato clásico de alta cocina francesa, adaptado por Escoffier, o algo así, y a ella le había parecido, con todo lo millonarísima que era Sole, una niña pobre que jugaba a las cocinitas con un puñado de barro; que preparaba panecillos de barro, ni siquiera en una cocinita de esas que les regalan a las niñas; no, guisos de barro que se secaban al sol restallante de Extremadura sobre una tabla de madera. Rumor de insectos en el aire, polvo, sequedad. Qué lejanía, en el tiempo, en el espacio, qué distancia tan grande entre las dos. Así que en cuanto le había vuelto a oír nombrar los espárragos, no había resistido más la tentación de ser un poco mala con ella, y le había dicho:

–Venga, Sole, no hinchemos tanto los espárragos, que son verdes.

4

Despertaron al comisario Arroyo de buena mañana. Dos de sus hombres habían estado aporreando la puerta de su despacho y lo habían hecho salir a abrir en camiseta, para decirle en voz baja que acababan de mantener un tiroteo con un grupo subversivo, de resultas del cual se había logrado detener a un miembro de Vanguardia Revolucionaria después de que colocara una pancarta, llamando a los soldados y clase de tropa a la insurrección armada, e hiciera estallar un petardo (le dijeron «explosivo», pero luego se enteró de que no había pasado de petardo) en el muro de uno de los cuarteles de Campamento: era una buena noticia, sobre todo porque no se le había dado a nadie parte de la detención, y se mantenía al preso en un lugar que conocían como La Finca. No le hizo tanta gracia saber a continuación que otro de los subversivos sorprendidos en plena comisión del delito había resultado muerto de un disparo que le había entrado justo por detrás del oído y que ese disparo lo había efectuado la policía nacional, por lo que había resultado imposible mantener el mismo secreto que se había guardado con respecto a la detención. El comisario se puso fuera de sí y empezó a dar voces, mientras marcaba números de teléfono y le pasaba la agenda a uno de los agentes para que también él se pusiera a marcar números. «Se empieza la noticia por ahí, joder», dijo, sin dejar de marcar números... «¿Cómo iba a decírselo así, de golpe, si estaba usted dormido todavía?», se justificó Guillermo Majón, el agente de la político-social que le había dado la doble noticia. El comisario Arroyo repitió tres o cuatro veces «precisamente hoy, coño, precisamente hoy», y también decía, «el ministro de Gobernación, localícenme al ministro de Gobernación». Y recalcó: «Vaya momento para meternos en un lío.» Estaba tan enfadado que el agente ni se atrevió a decirle lo que en cualquier otro momento hubiese resultado lógico («Comisario, un rojo menos»), y que era lo que de verdad tenía ganas de decirle. Lo que sí que le dijo, ya con la puerta del despacho cerrada y estando a solas los dos, fue que esperaban órdenes suyas para saber qué era lo que debían hacer con el detenido de La Finca. Y el comisario se informó acerca de si además de él mismo y de los dos policías de la brigada, Guillermo Majón y Leonardo Carracedo, sabía alguien de aquella detención y de aquel traslado, a lo que Guillermo le respondió que no, que nadie sabía nada del detenido. El comisario Arroyo sonrió, como si un calmante intravenoso lo hubiera repentinamente aliviado de un dolor intenso. «Eso está mejor», dijo, «no es mal día para empezar.»

El comisario Arroyo no había ido esa noche a dormir a casa. Llevaba casi todo el mes de noviembre quedándose allí, en el cuartito que había al lado de su despacho, donde tenía un camastro que le aseaban por la mañana, una mesilla con un flexo para leer, la emisora, por la que podían llamarlo si había algo urgente, un auricular de teléfono, y un aparato de radio en el que escuchaba programas deportivos, noticias y música; además, desde hacía un par de años, hasta le habían instalado una ducha con agua caliente, un espejo y un lavabo con una repisa, donde podía dejar el cepillo de dientes, la maquinilla de afeitar, las cuchillas, la loción y un frasco de colonia. La mayoría de los días no se acercaba a casa más que a la hora de la comida, y allí pasaba un rato durante la sobremesa con su mujer. A media tarde, volvía a la oficina, que sólo abandonaba a ratos para comerse un bocadillo en el bar de enfrente, o para darse un paseo hasta La Paz, donde con la excusa de vigilar que todo estuviese en orden se enteraba de la evolución del enfermo y recogía las novedades y chismes. En otros momentos, el comisario Arroyo se desvanecía y nadie sabía dar cuenta de dónde se encontraba. El comisario Arroyo dormía poco, y menos en esos días de extrema tensión en los que se esperaba a cada momento la fatal noticia, cuyo enunciado desencadenaría una cascada de acontecimientos de consecuencias relativamente imprevisibles, ya que, a pesar de que el propio Generalísimo se creía que lo dejaba todo atado y bien atado, quién sabía lo que podía ocurrir cuando desapareciese. Hasta ahora, el mero hecho de que su cuerpo siguiera ahí mantenía el orden en el país, aunque, desde hacía unos cuantos días, y según había podido comprobar él mismo (que había aprovechado las visitas que hacía a los hombres que tenía de servicio en el Hospital de La Paz para colarse un instante en la habitación), el Generalísimo ni veía ni oía, y ofrecía una imagen desoladora, acribillado de agujas hipodérmicas y tubos. El primer día que había entrado en aquel cuarto silencioso que parecía alejado cientos de kilómetros de la ciudad, lo hizo vistiendo una bata de médico que le dejó su amigo el doctor Pozuelo, y, al ver la imagen del enfermo, se le hizo un nudo en la garganta. Tuvo la impresión de que no era sólo un hombre consumido por los años y por la enfermedad el que se estaba muriendo, sino que se moría también toda una forma de entender España; eso pensó Maxi: que se moría su propia forma de ser. Se lo había comentado luego a su amigo Ricart. «José, se muere la España de la que formamos parte. Después, nada va a ser igual. Es más, a lo mejor ni siquiera queda España, e incluso en el caso de que sí, de que quede el nombre de España, será algo que se llamará igual, pero que será otra cosa distinta en la que yo ya no tendré sitio. Tú, al fin y al cabo, eres empresario. Podrás adaptarte, pero yo soy policía de Franco.» Y le había hablado a Ricart de un rompecabezas, con piezas que formaban un dibujo, y de que luego a lo mejor la caja que contenía el rompecabezas sería la misma, pero el dibujo y, por tanto, las piezas serían otros. «España la dibujarán otros, y el rompecabezas se dibujará con otras piezas», le había dicho, y le había hablado de nuevo de la posibilidad de emigrar. «Tengo buenos amigos en Chile, en Brasil, en Argentina. Son países que no me gustan, países de aluvión, que no tienen la historia, la raza de España; allí hay polacos, mestizos, italianos, y aunque ellos hablen de la madre patria y la llamen en nuestra lengua, no son, no pueden ser como nosotros, José.» Había pensado en su despacho ocupado por otro, en su mujer asustada, esperando los golpes que los rencorosos darían en la puerta cuando se enteraran de que el comisario Arroyo, de la político-social, vivía en aquel piso; hasta había pensado en el perrito, Tintín, que salía a recibirlo y se ponía a dos patas cada vez que él llamaba al timbre de casa, y que apoyaba la cabeza en su muslo y lo miraba con ojos humanos en cuanto se sentaba a comer. Pensó, había pensado, sobre todo, en Lina. Había pensado que a su mujer y al perrito podría llevárselos consigo, pero que a Lina no: a Lina no podría llevársela a ninguna parte, y ¿qué sería de Lina sin él?, o, mejor dicho, ¿qué sería de él sin Lina? No podía hacerse el ánimo de perderla. Cerró los ojos, intentó verla, verle los ojos, la nariz, la cara, verla entera, desnuda, mirándolo, pero la imaginación jugaba con él y no conseguía reproducir los rasgos de Lina. Volvió a abrir los ojos y fue como si, renunciando a recordarla, hubiera empezado a renunciar a tenerla. «Pero, si ya está muerto, si lo que haya de pasar ha empezado a pasar ya», lo había consolado José, y tenía razón en parte, porque era verdad que estaba muerto. Él lo sabía de sobra. Se había movido con absoluta libertad en el palacio del Pardo, como ahora lo hacía en el Hospital de la Paz. Formaba parte de esa impenetrable tela de araña de seguridad que envolvía a Franco, era uno de los hilos que lo rodeaban para protegerlo, y que, a veces, estaban tan cerca de él que casi lo rozaban. Sabía cómo se habían desarrollado los acontecimientos durante los últimos veinte días. «Maxi, él quiere morirse», le había dicho el doctor Pozuelo, que le había contado las amargas palabras del Generalísimo cuando los primeros días del mes estuvo a punto de ahogarse, y así hubiera ocurrido de no darse cuenta el propio doctor de que al paciente se le había formado entre la sonda y la faringe un coágulo, y que era ese coágulo el que lo estaba asfixiando. Tuvo que meter el doctor Pozuelo la mano hasta la laringe para extraer un amasijo de sangre solidificada del tamaño de un puño. «A veces pienso que tenía que haberlo dejado descansar aquel día», le había dicho el doctor a Maxi. «Cuando recobró el conocimiento, el Generalísimo, con aquel hilo de voz que le quedaba, volvió los ojos hacia mí, y me dijo: "¡Qué duro es esto, doctor!", y luego se resistió a que la enfermera volviera a ponerle la sonda, y hasta consiguió sacar fuerzas para ordenar con una voz precisa: "Déjenme ya." Pero nadie le hizo caso. Está muerto, Maximino», le había dicho. Estaba muerto. Hacía un mes que estaba muerto, o aún más, un año, dos años que estaba muerto. Estaba ya muerto cuando, tres años antes, le dijeron que a su hombre de confianza lo había reventado una bomba separatista de ETA y él se había limitado a comentar: «No hay mal que por bien no venga.» Maxi realizaba tareas de vigilancia en el Pardo la noche en que el doctor Hidalgo Huerta había decidido operar de urgencia en el botiquín del propio palacio, y, para conseguir la energía eléctrica suficiente en el improvisado quirófano, dejaron a media luz las instalaciones del regimiento. El palacio, iluminado sólo con los pilotos de guardia, le pareció frío como un sudario. Aquel silencio, aquella penumbra, el ruido de los pasos sigilosos de los médicos y guardias en los pasillos, los susurros. Nada menos que veinticuatro médicos en torno a la agonía de un anciano, que había exclamado: «Dios mío, cuánto cuesta morir.» Se lo había contado Maxi a su amigo José Ricart y José le había dicho que no le parecía bien tanta crueldad sólo para que durase unos días más; para que, entre unos y otros, se repartieran los dividendos que dejara aquella agonía. Pero Maximino estaba convencido de que el mero hecho de que siguiera vivo era un deténte bala contra las ambiciones de toda la jauría que estaba al acecho para morder y llevarse entre los dientes un pedazo, el que fuera, de poder. «Quieren aguantarlo hasta fin de mes para forzar la reelección del presidente del Consejo del Reino, en una reunión que se celebrará el día 27. No les va a llegar hasta esa fecha. La propia doña Carmen se negaba el sábado pasado a que lo operaran por tercera vez. Lo sé, lo sé. También ella ha aceptado que su marido está muerto. Pero tengo que reconocer que no es del todo verdad, no, no lo es, porque, mientras sigue de cuerpo presente, nadie tira por los suelos el rompecabezas y deshace el dibujo, ¿te das cuenta? Su cuerpo, aunque esté inconsciente, sirve para mantener la calma, una apariencia.» Había llenado la copa de su amigo y le había pedido: «Bebe, Ricart», en los momentos de intimidad volvía a llamarlo por el apellido, como en el ejército, durante la guerra, «disfrutemos de los últimos días de nuestra España. Luego será otra y de otros.» José había brindado con él, y habían hablado de una nueva remesa de dinero y valores que tenían que expedir en los próximos días con destino a Zúrich: Maximino le había recomendado que no retrasara el envío. «Una vez muerto, en los siguientes días, puede pasar cualquier cosa», le había dicho, aunque a él le constaba que no había ninguna intención de cerrar las fronteras, entre otras razones porque nadie tenía, por el momento, poder para decidir nada. «Nadie será capaz de asumir el poder», le dijo, «y ésa es la desgracia; que el poder está tan fragmentado que nadie lo detenta. Son hilos que convergen en la habitación del hospital, y que, en cuanto él muera, se quedarán sueltos.» Habían encendido un puro y habían pedido una copa de aguardiente de peras helado. Se lo habían bebido sin hablar, sin más brindis, ni proyectos. Como si los buches de aguardiente formaran parte de un sombrío ritual funerario. A la salida del restaurante, habían recorrido Madrid metiéndose en el aire limpio del otoño que llegaba desde la sierra. Habían pasado frente al edificio de las Cortes, habían bajado la Carrera de San Jerónimo hasta Neptuno, y José tuvo la impresión de que Maxi miraba los edificios y los árboles como si, en cuanto se muriese Franco, fueran a derrumbarse, a convertirse en un serrín que esparciría el viento frío del Guadarrama, y sólo fueran a quedar los automóviles sin conductor vagando como fantasmas por un descampado. Eso había sido diez días antes. Hoy, este mediodía, volverían a comer juntos. Era el cumpleaños de José. Como obsequio, Maxi había decidido devolverle una pitillera de plata que, cuarenta años antes, José Ricart le había regalado a él en el frente de Vinaroz. Por entonces, José era ya un hombre hecho y derecho, mientras que Maxi apenas acababa de entrar en la veintena. Pasaron juntos varios meses de peligros y sufrimientos. La vida en las trincheras los había unido con una relación de padre e hijo para el resto de sus vidas. Una mañana de invierno en que la niebla se pegaba al mar y todo estaba húmedo y frío, José había encontrado la pitillera de plata tirada junto al cadáver de un joven comandante republicano que yacía boca abajo sobre la arena de la playa con un tiro en la sien, y se la había regalado a Maxi, y la pitillera había sido el sello de su amistad. «Para que, cuando esto se acabe y nos perdamos de vista, te acuerdes de mí veinte o treinta veces al día», le había dicho. Veinte o treinta cigarros se fumaba diariamente Maxi por entonces y seguía fumándose tantos años después. Veinte, treinta o cuarenta veces al día sacando la pitillera del bolsillo, abriéndola, metiendo los dedos en ella para sacar el cigarro, y eso, durante casi cuarenta años. Pero el fin de la guerra no los había separado, y cuando, algún tiempo más tarde, Maxi, que ya había empezado a trabajar como policía, le había propuesto emprender un negocio de estraperlo en el mercado de Legazpi, José le había pedido que fuera su socio, y Maxi le había respondido: «José, ésa es mi pitillera de plata. No es un negocio a medias. Es un regalo que te hago.» Ahora, casi cuarenta años más tarde, iba a devolvérsela, y había elegido meticulosamente las palabras que le diría cuando se la entregara. Le diría: «Ahí va una pieza del rompecabezas de la España que fue nuestra. Vio con nosotros el principio y está viendo a nuestro lado el final. Alguien seguirá usándola cuando nosotros ya no estemos.» Pensaba en los nietos de José Ricart. El futuro. Hijos y nietos. Resultaba curioso, pero a veces tenía la impresión de que José era más joven que él; la certeza de que se adaptaría a los nuevos tiempos y sobreviviría a lo que él no podría sobrevivir.

A las diez de aquella mañana, Maxi había conseguido hablar tres veces con el ministro, y en el despacho habían montado un operativo de urgencia en torno al cadáver del tipo de Vanguardia Revolucionaria muerto en el tiroteo, y que había resultado ser Raúl Muñoz Cortés, alias el Viejo, un antiguo conocido de la brigada político-social, un individuo de casi setenta años que fue comunista en el batallón de Líster durante la guerra y luego se había salido del partido y había merodeado por una infinidad de grupúsculos de extrema izquierda. A Maxi, aquejado de melancolía, cuando le enseñaron la ficha del pobre diablo que ya era cadáver, le había dado por pensar que también aquel tipo se había pasado la vida intentando componer las piezas de un rompecabezas imposible. «Un imbécil», pensó, y tuvo la sospecha de que la imbecilidad del otro encontraba un eco en sí mismo. Corrigió el pensamiento: «Tan imbécil como yo; tú también les has hecho el trabajo a otros, como yo se lo hago.» Era la primera vez que envidiaba de verdad a José. Ojalá hubiera aceptado la oferta de José para participar con él en los negocios de posguerra en Legazpi. Pero él tenía que pelear su propia guerra. Se esforzó por librarse de esos pensamientos. Lo único importante en aquellos instantes era que la familia del difunto aceptaba silenciar que la muerte había sido producida por un disparo. Y decir la familia era decir más de la cuenta, usar una palabra grande para definir algo minúsculo, ya que la tal familia no estaba compuesta más que por una mujer ignorante, asustada y desconsolada, de más de sesenta años, que fregaba escaleras en el centro de Madrid, y por un muchacho al que habían ido a buscar dos números de la policía nacional y dos agentes de la político-social al taller de coches en el que trabajaba y que, al verlos y conocer la noticia, se había derrumbado de pena y de miedo. No había resultado difícil negociar con aquellos dos desgraciados. La mujer había dicho que no quería que volvieran a hacer sufrir a su marido después de muerto, y había aceptado recibir discretamente el cadáver a cambio de que se lo dejaran velar. «A los pobres no suelen gustarles las autopsias», le había comentado por teléfono Guillermo, el mejor agente de la brigada político-social, cuando se dirigía a casa del difunto. Y había asegurado: «Si ella no está implicada, no pondrá pegas.» Guillermo le había garantizado a la mujer que el Estado iba a indemnizarlos por su silencio. «Mejor pensar que ha sido un error, que no que se vean su hijo y usted implicados en una acción subversiva», le había dicho. Para eso, Guillermo era un tipo impagable. Listo como el hambre. En cuanto dispuso de los datos (antes de las diez de la mañana), se había presentado en la casa del difunto, había amenazado con involucrar a la mujer y al muchacho en las actividades terroristas del padre («Señora, su marido ha muerto con una bomba en la mano», le había dicho, «y por qué no pensar que en esta casa pueden encontrarse otras. A veces aparecen con sólo buscarlas»), había dejado ver la pistola enfundada en la sobaquera mientras se rascaba descuidadamente la cabeza, y, a continuación, había consolado a la mujer, que hasta había llorado apoyando la cabeza contra su brazo. «Primero enseñas el palo y luego les metes la zanahoria en la boca», decía de su método. «Tráiganmelo aquí, déjenme a mí pasar con él hasta mañana, y déjenlo a él en paz, no le hagan nada, no lo abran. Ya ha tenido lo suyo», había suplicado la mujer después del cuidadoso trabajo de Guillermo. Así que el cadáver iba a llegarles a la vivienda –una chabola en la UVA del Pan Bendito, al lado de la calle de la Oca– antes del mediodía («Esas cosas, cuanto antes», le había dicho a Guillermo), entero y, por supuesto, cuidadosamente maquillado para disimular el orificio de entrada de la bala, que, al fin y al cabo, no era nada, un agujerito por el que no cabía ni el dedo meñique, situado un par de centímetros por detrás de la oreja, nada, una entrada limpia. Los vecinos, sin duda, acudirían a la casa cuando se enterasen de la desgracia, y ella tendría que decirles que se trataba de un ataque al corazón: infarto. Se había caído en plena calle, lo habían llevado al hospital, y allí había muerto sin que los médicos pudieran hacer nada. Para que todo se cumpliera a rajatabla, el propio Guillermo y su compañero se turnarían sentándose algunos ratos en las descabaladas sillas de anea esparcidas por el comedor de la casuca: «Unos sobrinos que hemos venido en coche desde Salamanca en cuanto nos hemos enterado de la noticia, señora, eso es lo que somos nosotros», le habían dicho a la mujer, que lo aceptaba todo, paralizada por el miedo y el dolor, y que ni siquiera se fijó en el sobre con cinco mil duros que Guillermo había dejado caer en la mesa de la cocina. «Guárdelo, señora», tuvo que decirle, «porque va a entrar gente», y ella, obedeciéndolo, se lo metió en el bolsillo sin ni siquiera mirarlo ni dejar de llorar.

A las diez y cuarto, con el asunto bien encarrilado, el comisario Maximino decidió que ya podía asistir tranquilo a misa y avisó al cura por el telefonillo interior. Lo había llamado de buena mañana para solicitarle que retrasara el culto que solía celebrar a las siete en la capilla de la Dirección General de Seguridad. Le había pedido que, por favor, esperase hasta que él hubiera resuelto aquel repentino quebradero de cabeza con que había terminado la noche, así que, ahora, no quiso hacerlo esperar ni un minuto, y, antes de que el cura hubiera terminado de vestirse, ya estaba él arrodillado en uno de los reclinatorios. Apoyaba los codos en la barra forrada de terciopelo del reclinatorio y se cubría los ojos poniendo sobre la frente las palmas de las manos a modo de visera, y dejando libres los pulgares, con los cuales se apretaba la mandíbula. Así, con expresión reverente, y los ojos entornados, escuchó las palabras del cura. Se trataba de palabras que últimamente le transmitían un consuelo sólo relativo, ya que, desde que, por culpa del Concilio, no se decía la misa en latín, el significado de lo que el cura decía adquiría una inmediatez que le molestaba, y en todo el ritual se había desvanecido gran parte del misterio y hasta de la dignidad. Ahora se entendía todo, y lo que se entendía no era gran cosa; incluso resultaba un poco ridículo, en aquel contexto, hablar de banquete, e increíble que aquella minúscula hostia que levantaba el cura entre los dedos fuese el banquete que sus palabras prometían. La ceremonia había perdido solemnidad y era menos banquete que nunca, aunque ahora algunos curas de las barriadas mojaran la hostia en el vino dulce del copón para que los fieles participaran igualmente de aquel vino. El cura decía: «El cuerpo de Cristo.» Y también: «La sangre de Cristo.» Y era como si no fuesen nada. Ni carne ni sangre, casi ni pan ni vino. El comisario Maximino pensaba que, a veces, dando más, se da menos. Ocurría en muchas otras actividades. En el comercio, donde más valor pueden tener las palabras con las que se cierra un trato que la firma al pie del talón con el que se paga, y que a lo mejor no tiene fondos; en la propia brigada, donde no se trataba de amenazar más, ni de golpear más, sino de hacer exactamente lo que se tenía que hacer. Un grito de más podía llevar al silencio al acusado; podía darle un punto más de miedo, que se convertía en cerrazón; un golpe de más podía hacer renacer un orgullo que el trabajo de muchas horas había reducido a escombros. Sin ir más lejos, a él, ahora, si oía misa en alguna parroquia de barrio, el cura le daba la hostia y se la mojaba en vino, y, sin embargo, recibía menos alimento que antes, cuando sólo recibía, con los ojos entornados, la pequeña hostia consagrada. Y todo eso pasaba sólo por culpa del idioma en que el cura hablaba. Por haber querido dejar las cosas más claras, las habían convertido en cierto sentido en obvias y, en otro, en increíbles. Había cambiado el idioma en que se habían pronunciado siempre las palabras de la consagración y, misteriosamente, a él le parecía que también había cambiado el significado de las palabras, aunque traducidas al pie de la letra dijeran lo mismo; y a lo mejor a él eso le pasaba sólo porque, desde que estudió en un seminario, le había parecido el latín una lengua sagrada, y desde su infancia imaginó que los personajes que poblaban esos lugares bíblicos, orientales o celestes, pero siempre lejanos, se expresaban en latín; cómo iban a hacerlo en castellano, como los tipos a los que él tenía ocasión de tratar con demasiada frecuencia por culpa de su trabajo; no, no podía hablar Dios en esa lengua corriente llena de frases vulgares, de expresiones soeces que se referían a situaciones repugnantes, o a partes del cuerpo, o, peor aún, a sus actividades; sin duda, en aquellos tiempos en que la misa se celebraba en latín, Maxi recibía, cuando asistía a ella, una dosis suplementaria de paz que ahora se le había desvanecido: era como si creyese menos en Dios. Y no es que pudiera decirse que él creía mucho en Dios. Bueno, en Dios, a lo mejor, sí: en que había algo de donde veníamos; otra cosa muy distinta era pensar que fuéramos luego, después de muertos, a alguna parte. Eso ya era más discutible. De pequeño había vivido en el campo, en un pueblo de Lugo, y había visto cómo eran los animales por dentro, y eran igual que los seres humanos. «Un cerdo es lo que más se parece a una persona», decía su padre cada vez que hacían la matanza y abría en canal aquellos animales que tenían –su padre se lo iba señalando con el dedo índice– corazón, hígado, pulmones, todo igual que las personas.

Maximino, de pequeño, se turbaba al ver cómo su padre se arrodillaba en el suelo, con los muslos muy separados, y se ponía la cochina muerta entre las piernas y se la acercaba empujándola con las palmas de las manos colocadas en el lomo del animal, con un gesto idéntico al que había visto hacer a los campesinos que se follaban a la Mosca en el bosque, y a quienes espiaban los niños escondidos entre los arbustos: también los campesinos lo hacían así, se arrodillaban con los muslos muy separados, y acercaban a la Mosca empujándole los hombros con las palmas de las manos, y la Mosca les rodeaba el cuerpo con las piernas. Lo mismo los hombres que los animales: porque había campesinos –y eso turbaba aún más al niño– que asaltaban a la Mosca por la espalda y se movían sobre su lomo exactamente igual que si fueran perros. Pero era, sobre todo, el interior del cerdo y, por fuera, su piel suave y sonrosada después de que la chamuscaran con ramas de tojo encendidas, lo que le hizo pensar desde muy joven en la identidad entre animales y personas, por más que, luego, cuando se murió su padre, su madre consiguiera que, mediante la influencia del párroco, lo enviaran al seminario para estudiar el bachillerato elemental, y, allí, los curas se empeñaran en enseñarle que había que separar del reino animal al ser humano poniéndolo en un peldaño de la escala zoológica distinto y más elevado. «¿Es verdad que el hombre viene del mono?», preguntó una vez un niño; y el profesor dijo: «Usted, sin duda, sí; nosotros está claro que no», y los demás niños se echaron a reír, pero a él aquella pregunta no le pareció descabellada. Cerdos, perros, monos, hombres. Se parecían entre sí. El paso del tiempo se lo había confirmado. Los ojos tristes e inteligentes del perro al que el dueño amonesta, el hígado sanguinolento del cerdo, el mono que se la menea en la jaula del Retiro. Con el paso del tiempo, a él le había tocado ver demasiadas veces la semejanza, por no decir la identidad, de animales y personas: había visto personas acuchilladas que sangraban y gritaban como cerdos en la agonía, personas tiroteadas, seres humanos desnudos y abiertos en canal sobre las mesas del Instituto Anatómico Forense, y esas personas tenían tripas como los cerdos, pulmones, estómago, corazón, y muchas veces se trataba de individuos que eran peores que animales, que tenían instintos peores que los animales y que, cuando se lo hacían encima, o cuando, convertidos en cadáveres, entraban en fase de putrefacción, olían peor que los animales. Y, sin embargo, todo aquello que había tenido la desgracia de ver y aprender, no sólo no lo había apartado de la religión, sino que le había confirmado la necesidad de una religión, a lo mejor no como esperanza de que luego hubiera un más allá, un cielo, o ninguna de esas tonterías, niños con alas, vírgenes con túnicas, santos con coronas, instrumentos musicales y barbas, pero sí como un conjunto de ceremonias, de ritos (así se llamaban, ritos litúrgicos: liturgia de Adviento, de Navidad, de Cuaresma, de Pentecostés), de normas que domesticaran a ese animal salvaje llamado hombre. Hacía falta un control. El hombre no era ni bueno ni generoso por naturaleza; y, sí, podía ser verdad que todo aquello no fuera más que un acuerdo entre los hombres, una invención, por qué no. A lo mejor el orden no era más que esas vendas que envuelven a una momia y le dan forma, y que si se deslían descubren que dentro sólo hay polvo, una pura apariencia, una apariencia sin embargo necesaria. Una verdad que envolvía una mentira. La momia son las vendas, el cadáver ya no existe cuando se desprende de ellas, es sólo polvo. Él veía necesario que existiera la amenaza de que alguien te vigila cuando haces algo y que, si eso que haces es malo, te creas que tienes que pagar por ello. «Dios le quita mucho trabajo a la policía», decía el capellán de la Dirección General de Seguridad. Y él se burlaba: «Parece que cada vez menos, padre.» Y el capellán le respondía: «Sin Dios, a lo mejor tenías que vigilarme también a mí.» Y se reían los dos. Su amigo Ricart, que no era muy creyente que digamos, decía justo lo contrario que el cura: «Vigila más el ojo de un guardia que el de Dios.» A lo que Maxi le respondía: «Ricart, un guardia sin Dios es un espía ruso.» Y se reían los dos. Quizá porque los dos sabían lo del envoltorio necesario de una mentira. Vigilancia, atención. Él, desde luego, lo sabía de sobra. Cómo no saberlo después de tantas experiencias desagradables durante tantos años. Sabía que la vida era nada más que una lucha entre el orden y el caos, que se desarrollaba en la frontera entre uno y otro. Él mismo, a pesar de todos los contrapesos que tenía, a pesar de llevar el deseo de orden en el corazón, aún no había terminado de levantarse cuando ya se tambaleaba y caía de nuevo en sombrías zonas de desorden. Aunque también habría que preguntarse alguna vez qué era exactamente el orden; qué partes del animal había que esconder y cuáles no; a cuáles debía entregarse el hombre sin dejar de ser hombre y convertirse en bestia, y de cuáles tenía que librarse para no retroceder en la escala zoológica; de qué partes del animal no podría librarse por más que lo quisiera. Alma sí, pero también cuerpo, y hasta dónde debía mandar la una sobre el otro, o viceversa. A lo mejor, el animal que salía en la oscuridad de la noche, o en el interior de las habitaciones cerradas, era inevitable.

Maximino Arroyo había cumplido siempre, y con todo rigor, la disciplina de su trabajo, había acatado las órdenes de sus superiores, se había mantenido inflexible, aunque comprensivo, con sus inferiores, no había tenido miedo de arriesgar su vida en unas cuantas ocasiones, había sido ordenado y puntual, había ejecutado sin reticencias cualquier trabajo, incluso los más pesados y desagradables que se le había encomendado, nada fallaba en su vida, y, sin embargo, también él tenía que luchar con el animal: muchas veces, se echaba encima de su mujer, se frotaba contra ella, que siempre estaba enferma, de mal humor, protestando: «Me hace daño, me escuece», y él se ponía de peor humor que ella, y, a la tarde siguiente, llamaba a Lina al teléfono del piso que compartía con una amiga y con su hijo (ella le hablaba siempre del niño y luego lo escondía, había tenido que forzarla para que se lo dejara ver un par de veces), y, estuviera haciendo lo que estuviera haciendo, la obligaba a acudir al piso que él había alquilado detrás de la Plaza de España, y que si lo había alquilado en aquella zona había sido por ella, porque ella vivía allí mismo, a la vuelta de la esquina, y también el club en el que trabajaba estaba al lado (antes había alternado en otro muy cerca, en la calle del Pez; por entonces la había conocido él), y, si era por la noche, se presentaba directamente en el club, y si ella estaba ocupada, si había salido con algún cliente, se volvía loco, se bebía otro whisky mirando el reloj, asomándose cada poco rato a la puerta de la calle (le tenía prohibido a ella que pasara la noche con nadie, así que sabía que iba a volver), y, si tardaba más de la cuenta, luego, cuando se quedaban a solas en el piso, le montaba un espectáculo. «¿Y todo ese tiempo habéis estado follando?», le decía, y también: «Te gustaba, ése te gustaba», o: «A que la tenía gorda, ya sé que, aunque digáis que no, a todas os gustan gordas», cosas así le decía, y ésa era la debilidad del comisario Maximino Arroyo, su cuerpo que se levantaba contra su alma, su parte de animal, de cerdo acuchillado que muestra hígado, pulmón, estómago; sus restos de campesino que se frota sobre las espaldas de la Mosca: desnudar a Lina a toda prisa y follarla tumbándola con la cara pegada a la alfombra, o con las manos cogidas del lavabo, o de la taza del váter. Durante la guerra, había tenido que verse en situaciones muy delicadas, y no había temblado, había estado a punto de que lo mataran varias veces y se había visto obligado a matar como cualquier soldado en una guerra. No le importaba hacer cualquier trabajo en su despacho, cumplir con su obligación de policía por dura y desagradable que fuese, pero cada vez que pensaba que ella iba a dejarlo, que ya no se le iba a abrir nunca más delante de su cara, como a él le gustaba que lo hiciera, enseñándole bien aquellos repliegues carnosos, aquella irregular boca que palpitaba en cuanto él empezaba a frotarla con su dedo, nunca más, entonces, el comisario Maximino Arroyo se echaba a temblar, nunca más la polla de él en el coño de ella, nunca más la mano de ella doblándose como una cesta y abarcando los huevos de él. Loco, se volvía loco, aunque a continuación, cuando regresaba a la sensatez, sintiera asco de los dos, de ella y de sí mismo, y se jurara no volver a verla en la vida. Pero ese asco no le aliviaba el deseo, puesto que, aun antes de llegar de nuevo a casa, ya empezaba a pensar otra vez que, a lo mejor, ella estaba con un cliente que la hacía retorcerse y gemir de gusto, y que le proponía algo parecido a lo que él le propuso unos meses antes, y la posibilidad de que eso pudiera ocurrir lo llevaba a enloquecer otra vez de celos, apenas media hora después del momento en que había sentido nada más que asco. Por qué, por qué tenía que sentir aquellos celos, cuando, si ponía dinero encima de la barra, podía disfrutar de hembras mejores que aquélla, y más aún teniendo en cuenta su posición, su poder; y se lo decía, y se convencía de que era así, pero decírselo y convencerse no le servía para nada. Un día obligó a Lina a que lo viera follar con una nueva que había llegado al club, y que era muy joven, y Lina lo vio, y hasta tendió el brazo en dirección a la pareja, como queriendo participar en aquello, y él la despreció. Le dijo: «Tú miras y te estás quieta»; y, al final, aquello tampoco sirvió para nada: la necesitó lo mismo una vez que acabó con la otra. Así que, antes de meterse en casa, se iba a una cabina y la llamaba, y, si no la encontraba, ya no podía dormir, y se levantaba varias veces, insomne, casi sonámbulo, y se iba a su despachito a llamarla otra vez, y cuando su mujer le preguntaba: «Qué te pasa», le decía: «Duerme, son cosas del trabajo», y de buena mañana ya estaba llamándola otra vez y preguntándole con quién había estado después de dejarlo a él, y exigiéndole que le contara los detalles, cómo era el otro y cómo se lo había hecho. Se lo preguntaba así: «¿Cómo te lo ha hecho?», y colgaba el teléfono, y tenía ganas de pegarse cabezazos contra la pared, por burro; o de llorar, porque se sentía frágil, abandonado, sin que nadie se diera cuenta de lo mucho que sufría, y sin nadie a quien podérselo contar, ni siquiera a Ricart, porque sentía vergüenza de que lo viera así de sometido a una mujer. Se daba cuenta de que estaba dominado por ella y pensaba que, si la matara, se libraría de ella. Se lo había dicho muchas veces: «Acabaré matándote, sé que voy a acabar matándote, porque me tienes loco y no veo otra manera de que me dejes en paz.» Y Lina abría más de la cuenta los ojos, y decía: «¿Yo?, ¿pero qué te hago yo?», y él pensaba que el daño que le hacía era que cuando no estaba con él estaba con otro, que cada vez que no se lo hacía él se lo hacía otro, y que para quedarse tranquilo se hubiera tenido que estar todo el rato dentro de ella, taponándola para que los demás no pudieran entrar. Se acordaba con rabia de la primera noche que pasaron juntos. Se habían conocido en una discoteca, ya de madrugada, y habían ido juntos a un hotel, aunque él estaba demasiado bebido. Cuando se decidió a abrir los ojos ya por la mañana, después de dar unas cuantas vueltas, se encontró con que ella lo estaba mirando desde la cama de al lado. Las habitaciones de matrimonio de aquel hotel tenían dos camas pegadas y no resultaba demasiado cómodo para los encuentros de amantes, pero a él le gustaba ir allí, porque estaba cerca de la Puerta del Sol, y era tranquilo, y también porque el dueño le debía algunos favores y no le cobraba las estancias. Los colchones se apoyaban uno en otro y podían percibirse los movimientos que hacía la acompañante en la cama de al lado. Lina lo miraba con los ojos muy abiertos, lo que él interpretó como que estaban cargados de deseo, o de satisfacción. Lo pensó porque seguramente a él también se le habían dilatado un poco las pupilas al ver aquella cara que le gustaba y que, ahora, de mañana, le parecía mentira haber tenido en propiedad durante tanto rato. Sintió no haber aprovechado más el tiempo, aunque había besado aquella cara, la había mordido, y también la había golpeado, sí, había frotado aquella cara con su polla y le había dado golpes en la mejilla con ella, y ella, Lina, la había acariciado apretándola con la mano contra su cara, pero después no había aceptado introducírsela en la boca, negándose con una especie de gruñido que le había dolido, porque había sido una expresión espontánea, primaria, de animal que muestra el desagrado. Había sido una expresión de asco. Y por la mañana aún la recordaba, puesto que a él Lina aquella primera vez no le producía asco ninguno, sino, por el contrario, una enorme sensación de pureza, de limpieza, como cuando se mira una estatua de mármol; y por eso, porque no le producía ningún asco, sino todo lo contrario, aquella noche ella estaba limpia; aún más, era la limpieza. Él había repasado todos los volúmenes y pliegues de su cuerpo con la lengua, y había metido la lengua en todos sus agujeros, y, precisamente por eso, le había dolido el gruñido de ella y la forma como había arrugado la nariz y lo había rechazado, tensa, casi violenta. Ahora, por la mañana, al verla con los ojos muy abiertos, mirándolo fijamente, dedujo que ya se habría desvanecido la aprensión de los primeros instantes; que la noche la habría acostumbrado a él, dedujo de aquella mirada, e incluso imaginó que, a lo mejor, mientras él dormía, ella había estado haciendo cosas con su cuerpo, a lo mejor lo había besado, lo había acariciado sin que él se diera cuenta, abotargado por el sueño de cansancio y alcohol, y, por eso, porque imaginar esas caricias recibidas en la inconsciencia lo excitaba, alargó el brazo y le cogió el cuello con la mano e intentó arrastrar la cabeza de Lina en dirección a su miembro, que estaba de nuevo tenso, palpitante, y de nuevo se llevó la desagradable sorpresa al descubrir que ella volvía a rechazarlo y emitía otra vez aquel sonido que resultaba tan desagradable escuchar, y que era como si lo emitiese una mujer distinta que a él no le gustaba. Era un ruido que, a la vez que resultaba desagradable de oír, expresaba desagrado, y que lo paralizó durante unos segundos, en los que Maxi se quedó inmóvil, con la palma de la mano derecha en la nuca de la mujer, y con la mano izquierda envolviendo la de ella, que era pequeña y estaba muy caliente; después se separó y extendió los brazos a lo largo del cuerpo, y respiró hondo y cerró los ojos. Oía su propia respiración, mientras, con los ojos cerrados, veía –sí, lo veía con los ojos cerrados– su propio cuerpo, su pecho, demasiado grasiento y ligeramente caído, su estómago hinchado y blando, por causa de la edad, pero también por el consumo excesivo de alimentos y alcohol, ambos, pecho y estómago, cubiertos por un vello que, a trechos, aún se doraba, para, a continuación, volverse blanco, y que prolongaba su presencia por el bajo vientre, por las piernas, por un buen tramo de las nalgas, vello dorado y, sobre todo, blanco, canoso, y se sintió cansado, gastado, como una máquina a la que se le hubiese dado un uso excesivo y poco hábil, un coche al que no se le han cambiado a tiempo las marchas durante años, o cuyo embrague no se ha pisado a fondo para cambiar, o que ha acelerado de improviso y ha frenado bruscamente a lo largo de muchos, muchísimos viajes, y entonces Maxi se preguntó por qué aquella muchacha delgada de ojos negros y relucientes había dormido a su lado, había dejado su fragilidad entre sus brazos, y quiso creer que no era sólo porque él había pagado la noche anterior la consumición en el bar, ni porque dentro de un rato pagaría el café con leche y la tostada del desayuno, y también el ridículo importe de un billete de metro (ni siquiera estaba previsto que cogiera un taxi, pero le daría trescientas pesetas). No era posible que aquellos ojos, la nariz que a él tanto le gustaba, que le parecía perfecta a pesar de que se levantaba ligeramente al extremo, los lóbulos de las orejas pequeños y redondeados, los pechos de forma alimonada, las nalgas, quizá un poco demasiado desarrolladas en relación con el resto del cuerpo, el coño pequeño y cerrado como una advertencia de inasibilidad perdida en el vello del pubis; que toda aquella perfección estuviera en venta sólo por esas tres o cuatro chucherías, un par de gin-tónics, un café con leche, una tostada con mantequilla, un billete de metro, la propina; tuvo muchas ganas de volver atrás, de que fuera ella la que se hiciera cargo de la consumición, la que dijera: «No, no llevo dinero para invitarte, pero vamos aquí cerca, al Retiro, o lejos, a la Casa de Campo, donde tú digas y sepas, a cualquier lado, porque tengo ganas de estar contigo», y por eso, sólo por detalles así, ahora no estaría mirándola con cara de sorpresa y preguntándose hasta dónde llegaba el asco de ella, asco sólo de su capullo baboso entre los labios o asco también de lo que veía de sí mismo con los ojos cerrados, el vello blanco, el hueco demasiado grande del ombligo, la piel entre rosácea y amarillenta, los pies anchos y de plantas duras y rugosas, que agravaban la sensación de pesadez del resto del cuerpo, la hinchazón del estómago, los dedos cortos y oscuros, la nariz también corta pero voluminosa. Pensó que habían faltado algunos detalles –precipitación– que evitaran que ella lo mirase desde el colchón de al lado y se levantara y se dirigiera al baño, cerrando la puerta antes de poner en marcha el mecanismo de la ducha, dolor, duele el ruido de un pestillo al cerrar una puerta, mientras se escucha el sonido del agua que cae detrás. Abrió de nuevo los ojos y vio la luz que se filtraba por los dos lados de la cortina que cubría deficientemente la ventana. Ya había sol fuera. La fachada del edificio daba a levante y, en verano, se metían desde muy temprano los rayos del sol por los laterales de las cortinas y, en la habitación, que carecía de aire acondicionado, empezaba a hacer calor, y, además, se escuchaban los ruidos de la ciudad, frenos de autobús que chirrían ante el semáforo, brusco rugido del motor cuando arranca de nuevo, rumor de coches que pasan, un rumor que no cesa, que está siempre al fondo, y ya no hay quien duerma. Le había pasado otras veces en las que había llevado a aquel mismo hotel a otras mujeres. Pero en esas ocasiones ellas no habían emitido aquel sonido desagradable al acercarse su miembro a los labios: habían reído un poco, habían expresado vocablos obscenos, o habían dejado escuchar sonidos ávidos, golosos, pero no aquel sonido que era rechazo y aún más que rechazo; ellas no habían cerrado la puerta del baño antes de accionar el mecanismo de la ducha, a veces hasta le habían pedido que se metiera con ellas allí, bajo el agua, y hasta se habían agachado ante él y le habían comido el miembro mojado, y mientras se lo metían y sacaban de la boca, expulsaban chorros de agua mezclados con saliva. Entonces, por qué, cuando se despertó, se había encontrado con los ojos de ella que lo miraban fijamente con un brillo que él creyó que era de deseo, ¿puede alguien sentir deseo y asco a la vez? Sí, sí que se puede, él lo había sentido en demasiadas ocasiones, pero esa mezcla confusa de sentimientos no la soportaba si la proyectaban sobre él. Deseo; en realidad, ella no le había pedido dinero, sólo le había dicho que estaba sin blanca, porque se había quedado en el paro un par de meses antes, cuando habían cerrado la fotomecánica para la que había estado trabajando durante seis o siete años, y que ahora –eso le dijo– había vuelto a vivir con su madre, eso fue cuando él le propuso tomarse otro gin-tónic, o sea que no fue que le pidiese, sino que le dijo: «Yo ya me he tomado el mío, el que puedo pagar, y ya no llevo ni un duro, así que no puedo tomarme otro», y él le respondió: «Pero si yo lo que te estoy diciendo es que te invito, que éste te lo pago yo, y el primero si hace falta también, ¿has pagado ya el primero?», y ella movió la cabeza de derecha a izquierda y de izquierda a derecha, dos veces, para acá, para allá, y él ya tuvo ganas en ese instante de morderle el cuello, de hundir la cabeza en las tetas de ella, que también se habían movido un poquito, nada más que un poquito, cuando ella movió la cabeza: el regato entre las tetas había cambiado ligerísimamente de dirección y él había observado ese cambio con deseo. Morder. Fue después, mediado ya el segundo gin-tónic: ella pegó su boca contra la suya y dejó que él le metiera la lengua entre los labios. Dijo, «creo que me va a gustar mucho dormir a tu lado». Él ya le había propuesto ir a un hotel, a aquel hotel, que conocía, «quiero verte desnuda», había dicho él, «comerte, quiero comerte», y ella no se había reído, sino que había vuelto a pegar su boca contra la de él. «¿No vas a llamar a tu madre para decirle que te quedas fuera de casa?», le dijo él, aunque no cabía duda de que era mayor de edad, pero le pareció bien decirlo, un caballero, desear tanto y fingir que se puede prescindir de lo que se desea; que si su madre dice: «Vuelve, hija, que ha ocurrido esto o lo otro», él prefiere que se vaya y que el deseo arda otro día, caballero, pero ella le respondió: «No, no hace falta», o sea, lo que él había previsto que iba a responder, y luego, contradictoria, desconcertante: «No le fallo nunca, siempre duermo en casa. Por una vez que falte, no va a pasar nada», y él, alargando el guión: «Pues por eso, ratita, por eso debes avisar», y ella, boca contra boca: «Come», dijo, «empieza ya a comer.» Él temió: «¿Y si se ha inventado una excusa?», pensaba, «si de repente dice me voy, mi madre me espera, no falto nunca», si era una excusa que se había inventado para manejarlo a su gusto, qué iba a hacer él, ah, claro, si era una excusa iba a enterarse, iba a enterarse aquella gilipollas, pero no, no era ninguna excusa, porque: «Me gustaría dormir contigo, quedarme toda la noche, ¿no te importa?, soy de fiar», le había dicho, y él ya estaba quitándose la funda de la pistola cuando ella dijo que era de fiar, y le hizo gracia y le dio un poco de pena, porque ahora, de espaldas a ella, que también estaba de espaldas a él, quitándose las medias, notaba el peso metálico de la pistola y recordaba la fragilidad de ella, delgada, pequeña. Sonrió, pero se daba cuenta de que ya se había quedado a una carta con ella, que con ella sabía a qué carta quedarse, porque estaba temblando, le temblaba la pistola en la mano de tantas ganas como tenía de morderla entre las piernas y que ella le cogiera la cabeza, era como una primera vez, como una primera vez cuando ella se abrió delante de él, y él fue bajando la cara desde los pechos de ella y descubrió la cicatriz de una cesárea, y estuvo a punto de preguntarle: «Y esto, ¿qué es esto?», pero se calló, tuvo miedo de ella, porque era como una primera vez, y volvió a serlo al cabo de un rato, cuando emitió aquel gruñido al ver que él intentaba metérsela en la boca, y porque era así, como una primera vez, no le cogió la cara entre las manos ni le dijo: «Te la vas a comer, puta», no, nada de eso, sino que sufrió, sufrió porque quiso que fuera ella la que la buscara y, sin embargo, ella la rechazó con desagrado, y sufría mientras la penetraba por abajo (se corrió pronto, más pronto que de costumbre) porque pensaba que él no le gustaba a ella, como ella le gustaba a él, y fue entonces cuando pensó decirle que era policía, enseñarle la pistola y decirle: «No te asustes, soy policía», para que ella al menos lo temiera, para que supiese que no debía jugar con un hombre mayor, y también tuvo ganas de contarle las veces que las mujeres se habían abierto de piernas ante él, pero no lo hizo, sino que se corrió como un adolescente primerizo, y supo que era ella la que le había ganado la partida a él, y otra vez se la ganó por la mañana, cuando salió de la ducha y se vistió de espaldas en un rincón, de repente pudorosa, impidiendo que él la viera una vez más, y él tuvo ganas de desnudarla de nuevo, de penetrarla de nuevo, pero se contuvo sin saber por qué; y, en cambio, ya sabía la respuesta que ella iba a darle cuando le pidió el teléfono, él ya sabía de antemano que iba a contarle aquella historia increíble, que contradecía cuanto había hablado la noche anterior, o sea, que su madre no tenía teléfono en casa; y él sí que no podía dárselo a ella, cómo iba a darle el de la oficina de la brigada político-social, y, aún menos, el de casa, donde apenas ponía los pies y de donde apenas salía su mujer más que para hacer la compra, todo el día encerrada allí, su mujer, amargada, cosiendo, oyendo las novelas de la radio, viendo los programas de variedades de la televisión, leyendo novelas, así que, al llegar a la puerta del hotel, se detuvo un momento, porque no quería abandonarla, y cerró los ojos. «¿Qué te pasa?», le preguntó ella, y él con los ojos cerrados reproducía en su mente con la mayor fidelidad los rasgos de ella, los ojos, boca, nariz, piernas, nalgas, coño de ella, pero los rasgos se le escapaban, y hacía apenas diez minutos que la había visto desnuda, la tenía delante y se le iba, se le olvidaba, le caía hacia atrás, caía en el silencio, la niebla y la noche, a pesar de que hablaba y el día no había hecho más que empezar, todo un día por delante, una vida, y fue en ese instante cuando decidió que no iba a dejar que la ciudad se la tragara, y le dijo: «Pues tú no te vas.» «Cómo», se extrañó ella, y él la cogió del brazo y repitió: «No te vas», y le dijo que no se iba a ir sin decirle dónde vivía ni qué hacía, ni cuándo se iban a volver a ver, que tenía que ser esa misma tarde, y ella se asustó al notar la autoridad con la que hablaba. Seguramente se dio cuenta de que él tenía poder, algún tipo de poder, quizá hasta se dio cuenta de que era policía, porque le tembló la voz al decir que aquella tarde no iban a poder verse y él le apretó más el brazo con los dedos de la mano. Tuvo que hacerle daño, porque ella dio un respingo, y dijo: «De verdad que no puedo», y él ordenó: «Pues de momento vamos a coger un taxi y me vas a llevar hasta tu casa y yo te voy a ver abrir la puerta con tu llave, y voy a entrar, y voy a saber dónde vives para que no te me escapes», y cuando ella abrió los ojos más de la cuenta, con cara de susto, él le dijo: «Sí, para que no te me escapes, porque me tienes loco.» «Es que vivo con una amiga», dijo ella, «y por la tarde trabajo en un club», y él sintió que, por vez primera, ganaba una baza en la partida, y le dijo: «O sea, que eres una mentirosa», e hizo una pausa, «y una puta», añadió, pero en cuanto dijo esas palabras, que eran su baza, se dio cuenta de que la siguiente mano iba a volver a perderla y deseó no haberlas pronunciado nunca, porque hasta entonces todo había sido como la primera vez y ahora ya no, ya todo estaba usado.

Perder y ganar. Había comulgado y mantenía los ojos cerrados, como si estuviera dando gracias a Dios por su visita. Y pensaba en eso, en perder y ganar; en las palabras que había dicho el Caudillo cuando le comunicaron que una bomba había hecho volar a su amigo el almirante Luis Carrero Blanco. «No hay mal que por bien no venga», había dicho, y él, que había oído aquellas palabras porque estaba al otro lado del despacho, junto a la puerta abierta, se había quedado de piedra. «No hay mal que por bien no venga», había dicho el Caudillo cuando unos hijosdeputa habían matado a su amigo. Decían que unos días más tarde había llorado; que lloraba cada vez que alguien volvía a nombrarle al almirante. Como él, que acababa de comulgar un momento antes y pensaba en Lina, quería ver a Lina, su mente repetía el nombre de Lina, sus labios daban gracias a Dios porque había venido a visitarlo, y repetían el nombre de Lina. Cerraba los ojos húmedos y quería verla, y no podía ser, no la veía a ella. Veía imágenes de *pides* portugueses perseguidos por la multitud; a uno de ellos le habían bajado los pantalones y enseñaba unas nalgas ridículamente peludas.

5

A doña Amelia de Ricart aún no la habían levantado, y eso que eran casi las once. «Si aguanta tranquila en la cama, mejor», le había dicho Olga a Lurditas, mientras doña Amelia, tumbada en la cama, con los ojos cerrados, oía voces. Sí, voces. Su madre la estaba llamando desde lejos. Era un pasillo largo y oscuro, y al fondo sonaba la voz de su madre, que le decía ven, y también, qué haces, Amelia, qué estás haciendo ahí, sola, no tienes que quedarte sola, las personas cuando se quedan solas piensan en cosas inconvenientes, en cosas terribles, eso le decía su madre, y ella se esforzaba para incorporarse en la cama, y no podía, no podía levantarse; levantaba la cabeza un poco, y ya está, ya no podía hacer más, la dejaba caer otra vez sobre la almohada, y entonces sentía rabia, mucha rabia, y, luego, ganas de llorar, madre, no puedo ir, madre, tengo que quedarme aquí, porque no puedo ir, me atan, me están atando, pensaba, me dejan aquí, sola y atada, pensando en esas cosas en las que no debería, ay, madre, tengo miedo, pienso en cosas terribles porque estoy sola. Estaba todo oscuro, pero ella sabía que aquello era un pasillo; que la cama estaba en medio de un pasillo, lo sabía porque sabía que al fondo estaba la voz de su madre, y por el frío que allí reinaba, porque por allí corría libremente un aire frío, muy frío, que notaba en la cara, en las piernas –cómo le dolían las piernas–, en la punta de las uñas, le quemaban de tanto dolor las puntas de las uñas, y era el frío del pasillo el que hacía que así fuera, el pasillo oscuro en el que la habían dejado, y adonde ahora, de repente, además de la voz de su madre le llegaba la suya propia, pero no su voz de ahora, no, no era la voz que escuchaban los demás cuando ella hablaba, aunque sí, sí que era su voz, pero era su voz de hacía muchos años, muchísimos años, una voz que nadie en el mundo, nadie de cuantos seguían con vida conocía, porque era su voz de cuando era pequeña, o sea, que el pasillo era tan largo que llegaba lejísimos, hacia atrás, llegaba hasta el patio de su casa, de la casa en la que nació, la niña manchaba el zócalo del pasillo porque apoyaba las manos sucias en él intentando mantenerse en pie, no caerse, porque estaba empezando a caminar, la niña, mira, Ramón, mira, la niña ya anda, ven, ven, no tengas miedo, así, decía su madre, así, y era su casa, la casa de sus padres, su padre cantando en el baño, romanzas, arias, o sole mio, una furtiva lacrima, cantaba su padre en casa, Ramón, no des voces que despiertas a la niña, en su casa, que ella conocía bien, y por eso, porque la conocía bien, sabía que al fondo del pasillo oscuro tenía que haber luz, porque el pasillo con el zócalo verde terminaba en el patio, tantos años antes, tantas veces, el pasillo, y el patio en el que, cuando aquella niña hablaba, cuando aprendía palabras, cuando decía agua, maceta, pan, jabón, falda y flor, había luz, Amelia, lávate bien, ahí, detrás de las orejas, decía pajarito y flor, decía la voz de su madre, frótate bien, la mano de su madre cogía un estropajo y le frotaba detrás de las orejas y en la frente y en la cara hasta que le hacía daño, decía pajarito, me haces daño, decía ella, todo brillaba bajo la luz del sol, y está el agua muy fría, decía, y notaba el dolor, y el frío de entonces en medio de la oscuridad de ahora, es un pajarito que te han traído, no abras la jaula porque se escapa, decía su padre cantando en el baño, con la puerta cerrada, que ella intentaba en vano abrir, y pensaba que tenía que incorporarse porque, si no, si seguía su madre lavándola allí, iban a mojar la cama, no, madre, no sigas echándome más agua fría, porque vamos a mojar la cama, decía ella, y sentía una angustia espantosa, que vamos a mojar la cama, decía, y llamaba a su padre, pero su padre no la oía, porque cantaba a voces y no podía oír nada, allí encerrado, y su madre le respondía que, como mojara la cama, la iba a obligar a lavar con agua fría las sábanas sucias, una mancha amarilla, no, madre, está muy fría el agua, decía ella, tengo miedo, no puedo mover los dedos de las manos, mira, no puedo moverlos, sucia, una mancha amarilla, ahora lloraba abiertamente, y también las lágrimas iban a mojar la cama, la funda de la almohada, manchar el colchón, más frío, también habría que lavar la almohada con agua fría, madre, tengo frío, decía sin dejar de llorar, y era entonces cuando notaba un agradable calor que le envolvía el vientre, como si le hubieran cambiado las bragas y se las hubieran puesto recién planchadas, un calor suave, vaporoso, de cuarto de plancha, que se quedaba un instante en suspenso y luego, a continuación, dejaba de ser calor y se volvía sólo vapor, humedad, y enseguida empezaba a enfriarse y era también agua lo que había empezado como calor, y era también frío ese calor, agua, agua no, porque aquello seguro que era orín, te has meado, una cría, eso es lo que eres, y no sólo tenía más frío, sino que se daba cuenta de que, si su madre lo descubría, iba a obligarla a lavar con agua fría en el patio las sábanas manchadas, pero cómo, en el patio no, en el patio estaba helando, y cómo hacer para ocultar aquello, para que su madre no se diera cuenta, la mancha, lloraba, quería incorporarse y no podía, quería gritar y no podía, quería quitarse las sábanas de debajo pero le hacían daño las uñas, quería quitarse las bragas y no podía, eran unas bragas duras, sin elástico, en las que también se estrellaban en vano sus doloridas uñas, y, dentro de las bragas –¿qué clase de bragas eran aquéllas?–, estaba el frío que le perforaba el vientre y las nalgas, dejadme salir, decía, y ya no era con su madre con quien hablaba, era con su nuera, con sus nietos, con la chica que la levantaba cada mañana y la lavaba y que ellos habían puesto allí para que no se escapara por el pasillo, con su marido, ¿dónde estaba su marido?, José, te he dicho que vengas aquí, te digo que me voy a enfadar si no vienes conmigo, pero ¿dónde estás?, ¿con quién estás?, decía, ¿qué estabas haciendo ahí encerrado?, y nada, el padre cantaba romanzas en el baño, encerrado, pajarito en la jaula, no abras, que se vuela, con su marido, con su hijo, todos allí encerrados en el baño, cantando para que ella no se diera cuenta, Tomás, te ordeno que vengas, José, ven y acuéstate ya de una vez, ¿qué haces ahí encerrado?, ven, Tomás, acuéstate, y nada, allí encerrados, con sus nietos, con Josemari, Josemari es mi nieto, y el otro, el otro que no me acuerdo cómo se llama, también es nieto, pero ése viene poco, ¿dónde estáis, niños?, todos ellos de acuerdo, atándola allí en medio de aquel pasillo oscuro, para que no pudiera escaparse y volver con su madre al patio de su casa, al sol, porque había sol, porque si abrieran las ventanas de aquel pasillo habría sol y ella no tendría frío y se secaría la humedad de las sábanas, y nadie advertiría que se habían mojado, pero no, tenían las ventanas cerradas, por favor, por favor, qué estáis haciendo, madre, la habían encerrado allí, madre, y estuvo así llorando, Amelia, te han quitado la muñeca, Amelia, se ha escapado el pájaro, ¿quién le ha abierto la jaula?, Amelia, han matado al vecino, ay, Amelia, lo han matado y ya no volverá, sí, recibieron sus padres una carta del Ministerio de la Guerra comunicándoselo, pobres padres; Amelia, se te ha roto el vestido por detrás, sí, sí, has debido de engancharte en un clavo o algo así, porque se ha rasgado la tela, Amelia, el vecino ya no volverá, ay, Amelia, lo dice la carta, que no volverá, y que el niño tiene fiebre, lo pone en la carta, pero no ves que el niño tiene fiebre, tócalo, Josín, Josín, está ardiendo, mira cómo suda, suda y arde, ahora suda y arde y ahora ya no, ya no arde, suda pero no arde, y ahora se queda frío, pobrecito mío, está frío y no respira, Josín, mírame, mira a la mamá, a tu mamá, Amelia, que no respira, pero no pasa nada, esos niños pequeños, ya ves, son tan delicados, pero no pasa nada, se van enseguida los niños pequeños, se va uno y viene otro, ya lo verás, vendrán otros, el médico no ha llegado a tiempo, Amelia, no ha llegado, madre, abajo está frío y oscuro, no me bajes abajo, madre, padre, Josín, un rato más de sol, se está bien al sol, aunque ¿dónde está el sol?, a lo mejor esto es abajo y por eso estamos todos aquí, hemos venido todos, y está madre y está niña y está hijo y está padre, y está siempre, siempre, húmedo y sin luz.

–Madre –gritó, incorporando la cabeza, y luego la dejó caer de nuevo sobre la almohada cuando Lurditas abrió la ventana de la habitación.

6

Lurditas hablaba en voz muy baja. Abría la mano delante de la cara y cubría con ese gesto la parte inferior del auricular del teléfono y su boca. «Sí, sí» y «no, no» eran casi las únicas palabras que pronunciaba, y, sin embargo, lo hacía con voz apenas perceptible, susurrando, bisbiseando; claro que si doña Olga la descubría hablando por teléfono podía llamarle la atención, no sólo porque eso quería decir que a lo mejor era ella quien había marcado el número de teléfono y estaba haciendo un gasto que no se consideraba incluido entre las gratificaciones a que tenía derecho, sino también porque, en un día de nervios como aquél, nadie podía distraerse, había que estar con los cinco sentidos puestos en el trabajo, y suponía una falta especialmente grave permanecer allí, cuchicheando sí y no al teléfono, aunque no fuera más que unos pocos minutos; pero es que, además, Lucio no paraba de darle vueltas a lo que quería contarle: «Es grave, no te alarmes, pero es grave», y ella: «Pero ¿qué es?», y él, evasivo, diciéndole: «Ven, ahora mismo, ven donde tú sabes», como si no supiera de sobra lo ocupada que estaba ella. Y le insistía en que sí, en que tenía que procurar salir un momento a la calle, precisamente a esa hora, pasada la una, justo cuando estaban preparando la comida. «¿Pero no puedes?», le preguntaba él, y ella: «No», y él: «¿Pero te resulta imposible?», y Lurditas: «Sí.» Y es que Lucio se comportaba siempre como si el trabajo no fuera lo principal que una persona tiene, porque es sobre lo que se edifica todo lo demás. «La comida, el vestido, la casa, los hijos, todo se levanta con trabajo, y, cuando el trabajo falla, todo se viene abajo, ya me dirás qué es una persona sin poder pagar la casa y el vestido, sin poderles dar de comer a los niños», le decía ella, pero a Lucio eso no parecía preocuparle gran cosa; él estaba convencido de que pronto –eso decía: «Más pronto de lo que nos creemos»– iba a ocurrir algo, un terremoto gracias al cual los pobres se adueñarían de todo, y las casas y la comida y las escuelas y los hospitales, cuanto una persona necesita básicamente para vivir, sería gratuito, y, claro, pensando así, qué más podía darle a Lucio que lo hubiesen metido dos meses en la cárcel y hubiesen estado a punto de echarlo de su trabajo de mantenimiento en el metro por participar en una huelga dos años antes, por poner silicona en las cerraduras de las puertas metálicas de acceso a las estaciones y por cortocircuitar la catenaria de la línea 1, la de Vallecas, que era el barrio donde ellos vivían, Lucio y ella, desde hacía más de un año. Bueno, ellos no vivían propiamente en Vallecas; en Vallecas cogía ella el metro para ir al centro a trabajar, pero la casa estaba un poco más allá, hacia Entrevías, y había que coger antes del metro una camioneta que paraba cerca, a cinco minutos escasos de la casita, que por eso la habían alquilado, por la buena comunicación que tenía, y, sobre todo, claro, porque era muy barata, aunque también porque tenía mucha luz, ventanas a los dos lados, a la fachada y a las traseras, eso sí, protegidas con buenas rejas, porque, si no, ya me dirás, con lo que había metido en el barrio, lo que quedaría dentro, nada, ni la nevera, ni los platos, ni una braga, si ella se pasaba el día fuera, en Juan Bravo, en casa de doña Olga, y él era como si no estuviese: de noche, metido en el túnel del metro, porque los de mantenimiento trabajaban más bien de noche, que era cuando no circulaban trenes, y las tardes se las pasaba de un sitio para otro, de citas, reuniones y cosas así, porque dormía por la mañana, y no dormía mucho. O sea, que ese ratito en que dormía era el único que pasaba en casa. Muchos días llegaba a las siete y media de la mañana, o a las ocho, cuando ella ya se había marchado al trabajo, y a las dos ya estaba haciendo la ronda de los bares; los otros, tomándose una caña o un vermut, y él, todavía con el café; y, enseguida, con el carajillo. En el bar Arosa le guardaban media docena de churros fríos todos los días, y se tomaba el café con churros a las dos o dos y media, y a las tres ya estaba tomándose el carajillo, porque alcanzaba y hasta les cogía la delantera a los de las obras, que terminaban de comer a esa hora y a continuación empezaban con las copas, con el chinchón, con el solisombra, con el pacharán. «Ellos ya llevan su buen bocadillo por la mañana, y su plato de judías o de lentejas, y tú qué, cuatro churros pasados, ¿te crees que eso es una alimentación para un hombre?», se enfadaba Lurditas cuando salía a cuento la conversación, porque Lucio era delgado, nervudo, con unos brazos en los que los músculos parecían más bien cables, largos, delgados y duros. Tenía Lucio el cuerpo cubierto de pelos. Además de en los brazos, tenía pelos en las piernas y en la espalda y en las nalgas y en la cara, porque hacía ya años que se dejaba crecer una barba espesa y negra por la cara, que hasta se parecía a los faquires, esos indios de la India que salían por la tele y que estaban tan flacos debido a que, además de que en la India no es que hubiera mucho que llevarse a la boca, ellos se negaban a comer carne, y menos aún si era de vaca. Lucio, cuando ella se lo había dicho: «Pareces un gandhi de ésos, un faquir», le había respondido que esa gente eran bárbaros, y le contaba lo de las vacas, lo de la carne: «Fíjate hasta dónde llega el fanatismo de la religión», le decía, «que prefieren morirse de hambre antes que comer carne de vaca, sólo hierbas y cosas así comen. Cagarán estiércol en vez de mierda, como las bestias», decía Lucio, y se echaba a reír, y la verdad es que a Lucio le encantaba la carne, su buen filete, aunque él de normal no fuera de mucho comer, pero, si era fiesta, y estaba tranquilo, o cuando se juntaban con los amigos, con Enrique, que era del metro como él; con Tabo, el abogado (con el que se había peleado un año antes por algo que ella no acababa de entender, pero que la fastidió, ella no hubiera querido que se peleara, porque le gustaba la mujer de Tabo, Laura, siempre tan atenta), entonces sí que comía con buen apetito, lo que le echaras, pero no engordaba, los nervios no lo dejaban engordar, nervios, paquetes de celtas cortos, copas de anís, pacharán. «La bebida blanca adelgaza, es mala, a la larga mata», le dijo su madre a Lurditas cuando Lurditas le comentó que Lucio, su novio, era delgado y bebía anís. «¿Bebe anís?», le preguntó la madre, y, cuando ella le confirmó que sí, que eso, anís, chinchón, era sobre todo lo que bebía, la madre le dijo: «Te dejará pronto sola», y ella al principio entendió que quería decir que la dejaría por otra mujer, pero su madre le dijo que no, que lo que quería decir es que la dejaría pronto viuda, «bebida blanca, como tu padre, no digas más». Y no porque la madre sintiera que el marido, el padre de Lurditas, la hubiese abandonado pronto, porque en realidad lo que hizo, más que abandonarla, fue dejarla en paz, dejarlas a las dos en paz, en la paz de Socuéllamos, porque Lurditas aún lo recordaba como si fuera hoy: el padre dando voces de madrugada, obligándolas a las dos, a la madre y a ella, que era una niña, a levantarse para calentarle la cena, y también tenían que desnudarlo antes de que se metiera en la cama; ella, Lurditas, desatándole los cordones de los zapatos; su madre, quitándole el jersey, desabrochándole los botones de la camisa, bajándole los pantalones; sí, recordaba los calzoncillos sucios del padre, con la mancha amarillenta del orín, y, por debajo, sus muslos blancos y delgados, y su voz, que a ratos amenazaba y a ratos tarareaba canciones, en las que incluía los nombres de las dos: «Dos mujeres a la vez, y no estar loco. Mi Juana y mi María Antonia, dos mujeres a la vez, y no estar locoooo», cantaba a voz en cuello el borracho, mientras se oían los golpes que el vecino daba en el tabique de al lado, y decía mi María Antonia, y no Lurditas, porque por entonces aún la llamaba todo el mundo María Antonia, que era su nombre de verdad, con el que la habían inscrito en el registro civil. María Antonia Peña Mirón se llamaba ella, ya que Lurditas empezaron a llamarla unos años después, cuando se resbaló limpiando los azulejos de la cocina y se cayó y se golpeó en la parte de atrás de la cabeza, en la nuca, y estuvo tres días sin volver en sí y todos la daban por muerta. Fue una vecina la que, ya a la desesperada, por ver si se producía un milagro, porque otra esperanza no había, le puso en el pecho una estampa de la Virgen de Lourdes, la Virgen y la pastorcita Bernardette, que parecía también otra Virgen, de rodillas, con las manos piadosamente cruzadas y el manto cubriéndole la cabeza y los hombros, y esa misma tarde, ella abrió los ojos, y dijo: «Tengo sed», y la madre se puso a gritar, y las vecinas acudieron creyendo que ya se había muerto y que era por eso, porque estaba muerta, por lo que gritaba la madre, y se la encontraron allí, a medias incorporada en la cama, apoyada sobre el codo derecho y con los ojos abiertos, y dijeron que había sido un milagro, «un milagro de la Virgen de

Lourdes», dijeron. Desde entonces la llamaron Lurditas. Todas las vecinas le decían Lurditas, y cuando fue el obispo al pueblo para confirmar a los niños, se la presentaron así, le dijeron: «Ésta es la niña a la que salvó la Virgen de Lourdes, y por eso la llamamos Lurditas», así que el obispo, al rozarla con los óleos de la confirmación, que es cuando se le puede cambiar a una persona el nombre que le pusieron al bautizarla, le dijo que, a partir de ese día, se llamaría Lourdes, pero eso había sido después de que ya todo el mundo la llamara de esa manera, porque, fuera o no verdad todo aquello de la curación, el hecho fue que ella se salvó. «Creo en la Virgen, por si acaso», le había dicho a Lucio al poco rato de conocerlo, cuando él le explicó que no creía en nada, «sólo en la justicia, y eso que no existe», aunque, a pesar de no creer más que en la justicia, Lucio iba mucho a la iglesia del Pozo del Tío Raimundo. Allí se habían conocido ellos dos, en una de aquellas eucaristías que celebraban el padre Llanos y los otros curas que había en la iglesia del Pozo, que no parecía una iglesia, más bien un barracón, porque el padre Llanos decía que la iglesia de Cristo no podía vivir con más lujo que sus hijos, y sus hijos vivían en aquel barrio con muy poquito lujo, la verdad, porque andaban metidos seis o siete y a veces más todavía en chabolitas que se habían ido construyendo de noche, que levantaban de noche, y cuando llegaba la mañana ya estaban levantadas, y la gente ya había metido dentro los muebles –por llamar algo a los cuatro trastos, cajas de fruta, sillas viejas, que tenían– cuando se presentaban los guardias, que no los podían echar porque había una ordenanza que decía que si la casa estaba techada ni te podían echar de ella ni tirarla abajo. Allí, en aquella iglesia, se habían conocido Lucio y Lurditas, dándose la paz y recibiendo la eucaristía, porque, en la capilla del Pozo, la eucaristía no era una hostia como en otras partes, sino un trozo de pan y un trago de vino, y la gente no iba a comulgar con el respeto con el que iban a comulgar en las iglesias del centro, donde entornaban los ojos, abrían la boca y sacaban la punta de la lengua con veneración, no, allí, ellos mismos, los compañeros y compañeras, cogían con las manos el trozo de pan y se lo llevaban a la boca, y daba igual si se les caían las migas en el escote, o en la pechera, porque en esas migas que se caían no estaba Dios, y no pasaba como en la iglesia del pueblo de Lurditas, donde si alguna vez se le había caído al cura un pedazo de hostia había sido casi una tragedia, el cura de rodillas, limpiando el suelo en el que se había caído el trozo de hostia, purificándolo, pidiendo que rezaran unas oraciones de más porque Cristo, en su humildad, no había tenido reparo en arrastrarse por el fango (así decía, el fango, a pesar de que el comulgatorio estaba solado con losas de mármol, blancas y negras); en fin, a ella le gustaba más esta otra manera de comulgar; era menos vistosa, pero más sincera, aunque sabía que la gente del Pozo se hubiera reído si llegaba a contar que se llamaba Lurditas porque decían que la Virgen había hecho un milagro con ella. Aquella gente no creía en los milagros, creía en la justicia, en que no existía la justicia: ésa era su fe. Se lo dijo Lucio el día en que se conocieron. Ella le pasó la cesta con los pedazos de pan de la comunión y se miraron a los ojos y se desearon paz y a la salida hablaron un rato a la puerta y luego él le dijo que la invitaba a un vermut en el bar, que tampoco era un bar como los otros, porque también el bar era un barracón destartalado, con la barra y las paredes de madera y el suelo de cemento, y ella aceptó el vermut, y Lucio, al cabo de un rato, le dijo: «No, Lurditas, no, yo no creo en Dios, creo en la justicia, vamos, en que no hay justicia», y fue cuando ella le contestó que hasta para que hubiera justicia tendría que haber Dios, «alguien tendrá que encargarse de repartirla», dijo, y Lucio se echó a reír: «Pues lo hace muy mal, si hay Dios, es que es muy torpe o muy hijoputa», dijo, y a ella no le gustó que hablara así: «No hables así, no lo hagas, aunque sólo sea por si acaso lo hay y te castiga.» Él seguía riéndose: «Tú serás buena mujer el día que te cases, previsora, tienes que ser de las que guardan por si acaso», ella se puso colorada, «No sé lo que seré ni lo que no», le dijo, y él: «O sea, que no tienes compañero.» Al domingo siguiente fueron al cine y él le cogió la mano a los cinco minutos de empezar la película (ya se la había tocado antes con la excusa de pasarle un paquete de patatas fritas), y ella le dijo: «Tú vas muy deprisa», a lo que Lucio respondió que todos esos cálculos de tiempo para tocar hasta ahí o hasta allá eran prejuicios burgueses; que los compañeros se gustaban y punto, no tenían plazos ni fronteras. Así lo dijo, «ni plazos ni fronteras», y Lurditas pensó que hablaba muy bien, que decía unas palabras muy bonitas para ser un trabajador; pensó: «plazos», pensó: «fronteras», pensó las dos palabras juntas y quiso ser suya, de él, que por la noche le hablara de esa manera, así que se dejó besar, y dos o tres semanas más tarde se fue a vivir con él. «No soy una fulana», le dijo, y él se reía más que nunca: «Prejuicios burgueses, qué coño de fulana, eso ellas, casadas, respetables, en su buen piso, y con un querido médico, o haciéndoselo con el cura de la parroquia, los pobres no tienen que guardar las apariencias, sino que tienen que cumplir lo que sus sentimientos les dicen y mis sentimientos me dicen que te quiero y no necesito ningún papel de nadie.» Ella pensó: «Mis sentimientos me dicen que te quiero», y se sintió orgullosa de ser de aquel hombre. Lo veía leer los jueves, cuando ella libraba en casa de doña Olga. Se acostaban juntos y luego él leía con la cabeza de ella apoyada en el pecho. La camiseta olía a sudor de él y, por encima del escote, saltaban los pelos negros que a ella tanto le gustaba acariciar, pasando la palma de la mano por arriba, pero muy por arriba, rozándolos apenas, para que los pelos le hiciesen cosquillas en la palma de la mano. Lucio leía libritos de papel amarillento, usados y pegajosos, y que hablaban de revolución, comunismo, fascismo, proletariado y lucha de clases, y le explicaba lo que cada una de esas palabras quería decir; leía papeles en los que aparecían puños cerrados, amenazadores, y banderas con la hoz y el martillo. «Ese puño no te amenaza a ti, ese puño los amenaza a ellos, es la fuerza obrera, compañera», la corregía Lucio si ella le decía que todo aquello le daba miedo. «¿Cómo vas a tener miedo de los tuyos?», se burlaba, y otra vez le decía compañera, y a ella también eso le gustaba, que la llamara compañera; al principio, no. Decía ella: «Soy tu mujer», y él le respondía que no, que las personas no eran propiedad de nadie. A ella no le importaba ser propiedad de él, pero también le parecía bien que le dijera que los dos eran iguales, no propiedad el uno del otro, sino iguales, compañero y compañera, y eso lo decía también el padre Llanos: «Las mujeres son vuestras compañeras», y la verdad es que también era bonito: se juntaban en el bar con más gente, él le pasaba el brazo por encima de los hombros, y decía: «Se llama Lurdes y es mi compañera.» Eso fue cuando iban por el Pozo y tenían amigos allí, luego él había empezado a volverse más huraño y misterioso y ya no iban ni a la iglesia ni al bar. En un primer momento, cuando se enteró de su verdadero nombre y de la historia de la caída y del milagro, quiso llamarla María Antonia, pero, después, se ve que lo pensó bien, y dijo: «Qué más da, al fin y al cabo es un nombre que tú has elegido libremente», y aceptó llamarla Lurdes, y ella se acostumbró a que él, cuando se venía, le dijera al oído tres o cuatro veces: «Lurdes, Lurdes», y luego dejara caer la cabeza entre sus pechos y respirara fuerte, fatigado, más cansado que cuando volvía de manejar el martillo neumático en los túneles del metro; y a ella le gustaba ser tan bajita y delgada, que él la podía levantar en vilo entre sus manos cuando estaba encima de ella, y dejarla en el aire mientras le entraba dentro, y, al mismo tiempo, cansarlo tanto, agotarlo, quitarle las fuerzas y dejarlo con los ojos cerrados, respirando fuerte, porque, en esos momentos, con todos sus músculos y sus pelos, a ella le parecía un niño pequeño al que se podía acariciar o reñir o pedirle cualquier cosa sabiendo que no podría negarse. Ella no le reñía, lo acariciaba, pero sabía que podía hacer también lo otro, porque entonces era un niño chico, hasta la cara se le volvía más redonda, infantil. Lo mismo que ahora era infantil su insistencia al teléfono para que bajara a verlo cuando más trabajo había, ahora también le parecía un niño caprichoso, pero ¿qué madre tiene valor para decirle a su hijito que espere, que tiene trabajo, cuando la llama desesperado, quizá porque se está ahogando, o porque las llamas han prendido su ropa y arde como una tea en medio de la calle? Lurditas, ante la mirada sorprendida y asustada de Pepa, se quitó de un zarpazo el delantal, y salió a toda prisa de la cocina, sin ni siquiera avisar de que iba a volver. Y Pepa, al verse sola ante la bandeja de bechamel, sin nadie que le dijese qué era lo que había que hacer en aquellos momentos, estuvo a punto de echarse a llorar. «Vuelve enseguida, por favor», suplicó con un nudo en la garganta la pobre Pepa, que se ahogaba en un vaso de agua.

7

El profesor Juan Bartos tenía una fotografía del Che Guevara grapada en el panel de corcho que ocupaba la pared que había a la izquierda de su mesa y en el que también podían verse una reproducción del *Guernica,* el Pont des Arts de París representado en una pequeña postal en blanco y negro, la imagen de un marino portugués con un clavel en la oreja y manteniendo en brazos a un niño, un dibujo de Alberti que componía un esquemático ramo de flores de colores sobre fondo blanco, y un fotograma de *King Kong,* con el gorila abrazado al Empire State y cogiendo con su manaza a la muchacha. Sobre la mesa de trabajo se amontonaban unos cuantos libros, entre los que podía verse aquella mañana la edición en tres volúmenes de *El Capital* de Marx, publicado por el Fondo de Cultura Económica; la *Fenomenología del espíritu,* de Hegel; el pequeño volumen de Althusser titulado *Para leer «El Capital»,* de la Editorial Siglo XXI, y un desgastado ejemplar de la novela de Carpentier *El siglo de las luces,* en la edición de Seix Barral. El profesor Juan Bartos impartía un seminario que llevaba por título «Cambios en el poder y revolución de las formas», y era el único de toda la facultad que ponía a disposición de los alumnos su despacho para que celebrasen reuniones políticas, siempre que lo hicieran discretamente, sin llamar demasiado la atención, y en grupos de menos de diez personas. Él les abría la puerta, y los dejaba quedarse solos allí, hablando de lo que fuera. «Si no estoy delante, no me entero de lo que habláis y no tengo por qué prohibiros la reunión», les decía cuando ellos le pedían la llave, aunque, en otras ocasiones, sí que los acompañaba, y la reunión se convertía, de cara a cualquier intruso que pudiera interesarse por la actividad de aquel grupito encerrado con un profesor, en un seminario sobre el hombre como agente de su destino histórico y sobre la historia de las formas estéticas como elemento simbólico en el progresivo desarrollo de la Idea de Liberación. Era uno de los temas predilectos del profesor Bartos, que había pedido una excedencia para estudiar filosofía alemana en Múnich y, mientras le llegaba, impartía lecciones en las que hablaba mucho de Hegel, Marx, Benjamin, Marcuse y Adorno. Su empeño era aprender alemán en Alemania, y guardaba sus mayores dosis de odio para Ortega y los orteguianos, Zubiri y la ralea jesuítica que lo rodeaba. Los consideraba auténticos mistificadores de la imagen de España en Centroeuropa. En el seminario del profesor Bartos, Quini Ricart y sus amigos llevaban trabajando desde el curso anterior, cuando aún no tenían clases con él, pero ya le habían pedido que los admitiera como oyentes. Muchos alumnos solicitaban ser admitidos como oyentes en los cursos del profesor Bartos, que enseñaba que Demócrito representaba el fatalismo, el pesado silencio de la historia vista como un mulo que gira con los ojos tapados en torno a una noria, mientras que los textos de Epicuro eran un canto a la libertad del hombre, capaz de enunciar un proyecto y, por el mero hecho de enunciarlo, empezar a convertirlo en posible. En ese espacio de libertad se encontraban los textos de Epicuro con los de Hegel y Marx; convivían en esa idea genial e irreversible de que todo cuanto el hombre puede enunciar empieza a adquirir un principio de realidad. También se movía en ese espacio Lacan, con sus trabajos sobre el poder del lenguaje: poder para ser liberación o sumisión. Discutían largamente en el seminario acerca de las etapas del lento proceso de liberación de las formas artísticas; del significado que poseían los esclavos de Miguel Ángel, que, al romper las cadenas de la materia informe para existir como obra, iniciaban el proceso de libertad formal e ideológica del arte contemporáneo. En los esclavos de la Galleria Bella Accademia de Florencia, veía el profesor Bartos el primer anuncio de los *ready-made* de Duchamp, el origen del arte moderno, con su capacidad para hacer trizas la realidad (es decir, la representación del proyecto de realidad dejada como herencia por las clases dominantes), para convertirla en un rompecabezas con cuyas piezas podía construirse otro dibujo, una realidad distinta, que sirviera a otros patrones estéticos y a otro patrón económico, el proletariado. La deconstrucción cubista, la fragmentación del mundo en Joyce, el distanciamiento de Brecht, el círculo negro que Malévich pintó para acabar de una vez con el arte, Marinetti pidiendo que se vendieran las caducas piezas de los grandes museos y que, con el importe de la venta, se comprase arte cubista, los surrealistas clamando ante el féretro laureado de Anatole France: *«Il faut tuer le cadavre!»* De eso se hablaba en el seminario de Juan Bartos. Quini tenía amigos en la Escuela de Arquitectura que le pasaban los panfletos de la Internacional Situacionista y, por eso, conocía y compartía las palabras de Debord como una declaración de principios: «La revolución comienza como un deseo de verdad, que es un deseo de justicia, que es un deseo de armonía, que es un deseo de belleza.» El arte iba a nacer de la revolución como un fruto nace de un árbol, ya que, bajo el capitalismo tardío, ese arte había dejado de nacer de la verdad para convertirse nada más que en la repetición de una mentira. Por eso, su belleza era un pastiche, un engaño, falsa promesa de belleza. Quini citaba a Guy Debord casi tantas veces como el profesor Bartos citaba a Marx y a Hegel. Por su parte, Pedro Macías y Lucas Álvarez, sin dejar de estar de acuerdo en buena parte con lo que exponía Quini, hacían más hincapié en el origen de la obra como fruto del trabajo –materialismo: mano y cerebro– y estaban de acuerdo con Iliá Ehrenburg cuando afirmaba que «el arte nuevo dejará de ser arte», expresado en el sentido de que un poema o un cuadro no eran nunca una aparición, sino una obra difícil, como el trabajo de un obrero, y que, como el trabajo de un obrero, habían de tener función. Quini Ricart, Margarita Durán, Lucas Álvarez, Pedro Macías y otros estudiantes habían discutido acerca de esos temas el año anterior en el seminario del profesor Bartos, y también –la destrucción y construcción de los imaginarios– se habían detenido en el papel del líder y del dictador como manipuladores de lenguajes, capaces de imantar con su discurso a una clase, a un pueblo. Habían estudiado durante todo un curso y parte del siguiente el lenguaje de las dictaduras fascistas: el discurso del héroe solitario, el del caballero medieval y el del individualista aventurero romántico, con su confusa apelación a valores del pueblo mezclados con otros aristocráticos (de Shelling a Byron), de cuya amalgama surgirían los egotistas contemporáneos (Drieu, Céline). El concepto de pueblo como algo que se ve desde una montaña, la masa anónima y monocroma que se arrastra por la llanura (Moisés la ve desde el Sinaí, Hitler desde lo alto de un estrado, Mussolini, con sus estrambóticos vestidos imperiales, desde el lomo de su caballo, al tiempo que revive la estampa del *equites,* del *gonfaloniere,* la estatua ecuestre de Marco Aurelio en la Plaza del Capitolio, la de Franco que presidía buena parte de las plazas del país). Habían estudiado en el seminario la cristalización y variedad de esos liderazgos dictatoriales: Horthy, Franco, Salazar y Caetano, Perón, para lo cual habían leído el libro de Nolte sobre los orígenes del fascismo, *El asalto a la razón,* de Lukács, y hasta el de Ramiro Ledesma Ramos, *Fascismo en España.* Al comparar las diferencias entre los dictadores fascistas y los líderes revolucionarios, habían llegado a la conclusión de que los unos miraban a la humanidad desde arriba como una monótona multitud –camisas azules, camisas pardas, camisas negras– mientras que los otros surgían como una emanación de las masas y se movían en ellas como peces en el agua (que hubiera dicho el presidente Mao). Así eran Lenin, Ho Chi Minh, o el Che, con su mezcla de atractivo físico y rigor ideológico, de violencia y ternura. A finales de octubre, había partido del seminario la idea de convocar un encuentro literario sobre el tema de las relaciones entre líder y pueblo. Les había parecido que, en aquellos días en los que el dictador agonizaba, la reflexión en público y la puesta en común de sus trabajos se convertía en ineludible. La convocatoria, que se había anunciado mediante una hoja en la que se explicaban esos objetivos, había tomado como lema unos versos de Espriu, en los que el poeta implora que la lluvia caiga poco a poco sobre los sembrados de Sepharad y que el aire pase como una mano extendida sobre sus anchos campos, y reza para que esa tierra viva en el orden y en la paz, en el trabajo, en la difícil y merecida libertad. Aunque el manifiesto recogía el poema íntegro en su versión catalana seguida de la traducción al castellano que había hecho Margarita Durán, el lema de la convocatoria se refería a los cinco primeros versos del poema, que dicen:

A veces es necesario y forzoso
que un hombre muera por un pueblo,
pero jamás ha de morir todo un pueblo
por un hombre solo:
recuerda esto, Sepharad.

Las composiciones tenían que escribirse con absoluta libertad, inspirándose sólo vagamente en el poema, y podían presentarse tanto en verso como en prosa, aunque, en cualquier caso, se pedía brevedad, porque se pretendía que en el maratón literario, que comenzaría en el paraninfo a las doce en punto del diecinueve de noviembre, y que terminaría ya entrada la noche, además de leerse ensayos y poemas, se cantasen canciones que habían compuesto algunos alumnos con versos de otros poetas referentes al tema o con creaciones propias. El decano, lógicamente, negó su autorización, convencido de que la convocatoria era sólo una excusa para reunir subrepticiamente un mitin para agitar la facultad, en los difíciles momentos de la agonía de Franco, por más que los alumnos no vacilaron en remontarse a ejemplos evangélicos: Juan Evangelista, o el Mesías, hombres que mueren para redimir a la humanidad, y, yendo aún más lejos, le mostraron ejemplos del Antiguo Testamento: diversos profetas, el propio Moisés subiendo a solas al monte Sinaí, y recogiendo las tablas de la ley, y encontrándose al bajar a toda aquella multitud que bailaba adorando al becerro de oro, bebía y fornicaba, y, preso de rabia, rompiendo contra el suelo las tablas de la ley, porque se sentía defraudado, traicionado, asqueado al contemplar la fragilidad humana; cómo en unos pocos días se había olvidado por completo aquella gente de todo lo que había hecho por ella: la liberación de la esclavitud egipcia, el paso del Mar Rojo, la lluvia deliciosa del maná, las bandadas de apetitosas codornices y el agua limpia y fresca que había brotado de las piedras del desierto. Supo Moisés que su sacrificio por aquel pueblo iba a ser nada menos que el de quedarse a las puertas de la tierra prometida y que era casi mejor que fuese así, porque hasta qué grado de degeneración podría llegar aquella gente cuando tuviera campos fértiles y ríos de leche y miel. Mejor ni verlo. Se había sentido asqueado Moisés, y los alumnos le habían contado al decano esa decepción del profeta, para convencerlo del rigor intelectual de su proyecto, en el que lo que se pretendía era revivir con absoluta libertad el mito de los grandes mesías, de los iluminados, los conductores de pueblos que, al final de su camino, descubren que su esfuerzo no ha servido para nada, porque el ser humano es ingrato por naturaleza, sobre todo cuando se encuentra en grupo, las masas, qué horror, las masas. Como era de suponer, el decano tampoco se creyó ni una palabra de su frágil y rebuscada exposición de motivos, y reiteró su negativa a la celebración del acto: «Eso es un mitín subversivo», dijo, pronunciando mitín con acento en la i, a la antigua, y mostrando sólidos conocimientos de causa, porque, para entonces, se habían sumado a la convocatoria distintos grupos clandestinos de la facultad y habían empapelado las paredes de los pasillos y los tablones de anuncios del hall y de la cafetería con carteles convocando el maratón histórico literario en los que, por si a alguien le quedaba alguna duda acerca de las intenciones del acto, se veían banderas republicanas y fotos de Franco. Incluso uno de los grupos radicales se había permitido imprimir unos panfletos alusivos al acto en los que se veían los fusilamientos de Goya pero invertidos: los descamisados ponían contra el paredón a los militares y, en el centro de la fila de los militares que iban a ser fusilados, aparecía nada menos que el propio Franco con los brazos en alto. Bajo la ilustración, habían escrito en mayúsculas y republicanas letras tricolores una consigna:

ES NECESARIO
QUE UN HOMBRE MUERA POR UN PUEBLO.
EL DICTADOR AGONIZA,
HA LLEGADO LA HORA,
VIVA LA INSURRECCIÓN POPULAR.
¡¡¡CONTRA EL FASCISMO, LUCHA ARMADA!!!

Pese a la negativa del decano, se mantuvo la convocatoria del maratón. A las doce en punto iba a dar comienzo, aunque para acceder al paraninfo sólo les quedaba a los convocantes la comprometida opción de forzar la puerta. En otras ocasiones ya lo habían hecho así, y, para decidir la táctica que debería aplicarse aquella vez para la ocupación del paraninfo, se habían reunido en el despacho del profesor Bartos a las once de la mañana los componentes del seminario, aunque el tema de discusión pronto se había alejado del previsto, ya que, cuando apenas llevaban cinco minutos de reunión, alguien vino a interrumpirlos con la noticia de que Franco acababa de morir, y, por ese motivo, los partidos habían convocado una concentración en el hall del edificio, que proseguiría en una manifestación conjunta de los alumnos de todas las facultades. «Hay que marchar sobre Madrid. Tenemos que aprovechar estos momentos de confusión para forzar el levantamiento popular», había dicho el tipo, un tal Coronado, del que se decía que estaba próximo a Vanguardia Revolucionaria (los de Vanguardia mantenían la clandestinidad de una manera casi enfermiza: el resto de la humanidad, si se los exceptuaba a ellos, eran confidentes de la policía franquista, o agentes de la embajada americana, así que nadie podía afirmar con certeza que Coronado perteneciera o no a ese grupo). Los reunidos le habían asegurado a Coronado que, en pocos minutos, se dirigirían al lugar marcado, pero en el momento en que desapareció nuevamente tras la puerta, se habían burlado de su fervor revolucionario. Nadie se había creído el bulo. Además, incluso en caso de que el dictador hubiera muerto, las directrices que la noche anterior había recibido Lucas del pecé, donde militaba desde hacía unos meses, eran justamente las contrarias. Había que mantener la calma por todos los medios. Cualquier movimiento podía concluir en algo imprevisto, aunque, sin duda, indeseable. No parecía que fuese a haber un levantamiento popular. ¿De quién? ¿Quién iba a levantarse? ¿Dónde estaban esas multitudes deseosas de levantarse? Él veía en los bares de su barrio a los hombres que seguían hablando de fútbol, de trabajo, mientras miraban de reojo la pantalla del televisor cuando interrumpían los noticiarios para ofrecer el parte firmado por el equipo médico habitual, y advertía en aquellas miradas más un temor que se disfrazaba de indiferencia que cualquier tipo de esperanza. No, no le había parecido advertir el fulgor de los ojos de Espartaco en los oficinistas que se jugaban a los chinos la copa, en los albañiles que ponían números y equis en los boletos de las quinielas. Esa misma mañana se había cruzado con jeeps de la policía al salir del metro en la estación de Plaza de Castilla y, cuando el autobús pasó ante La Paz, había visto a aquel grupito que aguardaba en las inmediaciones del hospital las noticias que, por otra parte, no llegaban: nostálgicos, curiosos, algún desequilibrado que se mantenía de rodillas con los brazos en cruz al pie de las escaleras y que las cámaras de televisión filmaban de vez en cuando para ponerlo como una curiosidad más entre la fauna que nutría los telediarios. También había sabido Lucas, por los camaradas del pecé, que, en la Complutense, los falangistas y los guerrilleros de Cristo Rey se paseaban desafiantes armados con bates y cadenas y que algunos de ellos hasta mostraban sin ningún tipo de discreción las pistolas.

Charlaban a las puertas de la facultad con los policías de guardia y obligaban a detenerse a los estudiantes que ellos consideraban subversivos. Unas veces solicitaban a los policías que los registraran, y en otras ocasiones procedían ellos mismos a registrarlos, y hasta los insultaban y golpeaban mientras los policías sonreían mirando todo aquello a distancia.

–Sí, ayer corrió el mismo rumor –dijo Lucas, cuando el de Vanguardia cerró la puerta–. Fue la hostia, no sé a quién se le ocurrió decirlo, y hay que ver el número que se formó en el autobús de vuelta a Madrid. El autobús iba lleno, de bote en bote, y, al pasar por delante de La Paz, a la gente le dio por cantar a voz en cuello eso de «Adiós con el corazón, que con el alma no puedo». Imaginaos. El conductor se puso histérico y empezó a dar gritos; que si queríamos que nos hicieran a todos unos desgraciados, y el cobrador, pálido como un muerto, callado, pero yendo pasillo arriba pasillo abajo, mirando a todo el mundo, como si estuviera dibujando la cara de los que cantaban y el día menos pensado, y en el lugar más inconveniente, fuera a enseñarles el retrato que acababa de sacarles. El tío estaba pálido como un papel de fumar. Además, había tres o cuatro tipos mayores, como de treinta o cuarenta años, sentados entre los estudiantes, a lo mejor profesores, o gente del nocturno, yo qué sé, pero yo pensaba: «Alguno de éstos es poli y saca la pistola y le obliga al conductor a llevar el autobús a punta de pistola a la DGS, y nos empapelan a todos.» Por una parte, qué voy a contaros, estaba emocionado, pero también os digo que tenía los huevos aquí, porque llevaba en la cartera los panfletos de convocatoria del recital.

–O sea, que te han acojonado los estudiantes. –Era Quini el que hablaba–. Que cuando la gente no se mueve, decimos que son unos borregos, y en cuanto vemos que se sueltan un poco, que se levantan, entonces nos acojonamos y se nos ponen los huevos aquí. Héroes solitarios. ¿En qué creemos? ¿En un golpe de suerte? ¿Comunistas? A eso, Marx yo creo que lo llamaría blanquismo.

Cortó Pedro:

–Lo llamaría cagarse, déjate de rollos –lo dijo como una broma, pero se arrepintió enseguida; había hecho mal en mostrarse así de cortante con Lucas, aunque últimamente no podía evitarlo. Se llevaban cada vez peor. Volvió al tema inicial–: Hay quien dice que ya lleva una semana muerto y que lo tienen en un congelador, porque están a hostias el yerno, Arias Navarro, Fraga, López Rodó y no sé cuántos más, y que el otro día se pegaron en el pasillo del hospital los falangistas y los del Opus. Todos quieren dar la noticia y declararse herederos legítimos suyos, y unos a otros se impiden darla. Yo creo que ese cabrón no va a morirse nunca. O que se ha muerto ya veinte veces y que, cada vez que se muere, le sacan un doble y cuando se muere ese doble viene otro. ¿No os da la impresión de que nos va a enterrar a todos?

–No, no. Ahora va en serio –dijo Quini–. A mi abuelo le comentó un amigo suyo, que es del séquito y que entra en La Paz, que estaba ya clínicamente muerto. Esta vez va en serio.

–O en serie –terció Lucas–. Tendrán el cadáver en el congelador, y al doble enseñándole a mover la mano como si tuviera párkinson.

–Un vecino mío me ha contado que hace un par de años desapareció un compañero de trabajo de su padre que era clavado a Franco y que no se ha vuelto a saber de él. Un día no se presentó en la fábrica, y punto. –Había vuelto a hablar Pedro.

Marga Durán, que había permanecido silenciosa mientras repasaba y marcaba con un lápiz rojo el texto que había escrito para leerlo en el maratón literario, se metió en la conversación como con desgana. Se quejó de que llevaban en el despacho un montón de tiempo y prácticamente no habían hablado del tema que los había llevado a reunirse, o sea, si se ocupaba por la fuerza o no el paraninfo, y, luego, refiriéndose a lo que Pedro había contado, dijo:

–Eso sería cuando lo de la flebitis, hace dos veranos. Hay mucha gente que dice que fue entonces cuando se murió y le pusieron un doble, pero ahora tenemos que hablar de otra cosa, del acto de hoy. Dejemos que se muera en paz.

–Que no, que os digo que ese cabrón no se va a morir nunca. –Era otra vez Lucas, incidiendo en lo que Marga quería cortar. Y, sin embargo, lo hacía convencido de que era una forma de que ella se fijase en él.

–Tiene razón Quini. Se murió Napoleón. Y Julio César. Y se murió su amigo Hitler, ¿por qué no se va a morir él? A lo mejor lo que pasa es que nos da miedo que se muera. –Pedro contradijo a Lucas y, aunque todo el mundo hablaba en aquellos momentos en broma, dio la impresión de que él había puesto cierta acritud en lo que decía.

–Pues precisamente por eso, porque se murió Hitler hace treinta años y él no. Ésa es la prueba. Y han llegado los ingleses y le han lamido el culo, y los franceses. Y los americanos. Es eterno.

Volvió a hablar Marga Durán:

–Inmortal, Lucas, inmortal. No es lo mismo la inmortalidad que la eternidad. Parece mentira que hayas estudiado con los curas. Seguro que tampoco distingues la diferencia entre adorar y venerar, entre latría, dulía e hiperdulía.

Hasta ese momento había hablado en broma, pero, de repente, se puso muy seria cuando dijo:

–Me parece inmoral que estemos aquí haciendo bromas con un viejo que se muere; será un cabrón, lo que queráis, pero ahora ya no es más que un viejo que se muere, y merece respeto.

Quini saltó sobre sus palabras como un felino e hincó los dientes en ellas:

–¿Qué respeto? ¿El que él guardó a los que fusilaba? ¿Sabes que firmaba las listas de los condenados a muerte después de comer, mientras se tomaba el café?

–¿Y qué? Él es él y yo soy yo, y nosotros somos nosotros. Él ha matado y yo no quiero matar a nadie. Él se ha reído de los que fusilaba, no lo sé, a lo mejor sí, bueno, pues yo no me puedo reír cuando un viejo está entubado y lleno de cables, y con llagas y costurones por todo el cuerpo, y seguramente no puedo hacerlo porque, a pesar de todo, en mi juventud no soy lo que ese viejo fue de joven.

Estaba muy nerviosa. Había hablado atropelladamente, como si fuera a echarse a llorar. La intransigencia de Quini le hacía daño. Le hacía daño discutir con Quini, que Quini le llevara la contraria, y más con esa acritud. Lucas se vio obligado a intervenir:

–Marga tiene razón. –Y en voz baja, como si pidiera disculpas, añadió–: ... a lo mejor. –Luego desvió la mirada hacia la ventana y siguió hablando–: Está lloviendo otra vez. No era normal. El ambiente bochornoso de esta mañana quería decir agua, más agua. Está el aire como chicle, ¿verdad?

Se oía caer la lluvia y eran más de las once.

–Hay que bajar al paraninfo y hacer saltar la puerta.

Al final no habían hablado del tema que los había convocado, pero estaba claro que sí, que tendrían que asaltar el paraninfo y celebrar el maratón literario, porque esa celebración era una manera de sentirse unidos. Sin embargo, cuando llegaron al hall se encontraron con que alguien había hecho saltar ya el candado que cerraba la puerta de la sala. La gente empezaba a ocupar los asientos que ascendían en semicírculo, elevando y ensanchando la forma del escenario, que se situaba en la parte más baja. Abundaban las banderas rojas y republicanas y, detrás del escenario, y también en la zona más elevada, tras las butacas de la última fila, pendían pancartas con consignas que poco tenían que ver con el acto que allí se celebraba. Unos cuantos lectores y recitadores se reunían en el escenario. Marga se acercó al grupo y se fundió con él. Todo el mundo tenía prisa por iniciar el maratón, nadie quería quedarse sin leer los textos que, para la ocasión, había preparado con tanto esfuerzo. Para unos, se trataba de comunicar su emoción revolucionaria a los asistentes; para otros –seguramente los que habían trabajado con más denuedo aquellos textos–, el objetivo era darse a conocer como pensadores brillantes, como buenos prosistas, como poetas. Por eso, tanto participantes como oyentes mostraron con murmullos su desacuerdo con la duración del parlamento que iniciaron los dos presentadores: Lucas, que intervino porque formaba parte del comité organizador del acto, y que, si actuó, fue seguramente porque el partido se lo había pedido, y José Coronado, el que quería ocupar aquella mañana Madrid. Nadie sabía quién le había otorgado a Coronado autoridad para efectuar aquella intervención, pero habló durante un buen rato acerca de que la convocatoria era una muestra más de los cambios que se estaban produciendo «en las condiciones subjetivas del país, con una conciencia creciente de las masas; creciente en cuanto a su profundización, pero también por lo que se refiere a su extensión». «Cada vez contamos con un pueblo más politizado y con más pueblo politizado», fueron las últimas palabras de su intervención. Por su parte, Lucas habló de cómo las ideologías de izquierdas, y hasta comunistas (ahí, al llegar a la palabra «comunistas», se oyó un murmullo desaprobador que fue pronto cubierto por los aplausos), habían prendido «en las propias capas dominantes: en la burguesía, e incluso en sectores de la alta burguesía», estaba dedicándole a Marga su intervención, ojalá ella se diera cuenta, «calando en sus propios hijos, es decir, haciendo que la juventud que muy pronto dirigirá las grandes y medianas empresas industriales, la futura propietaria de muchas de las tierras de España, los más inteligentes y preparados hijos de esa vieja capa reaccionaria ya se hayan dado cuenta de que el marxismo proporciona los únicos instrumentos para superar la contradicción que existe entre el desarrollo de los medios de producción, cada vez más veloz, y su obstinado control por parte de una oligarquía inmóvil y retrógrada que, en su egoísmo, sacrifica el desarrollo del país al mantenimiento de sus estrechos privilegios». Concluyó Lucas: «Por eso, por esa imparable toma de conciencia de la necesidad de un cambio por parte de sectores cada vez más amplios de la población, puede decirse sin temor a equivocaciones que el futuro progresista del país está asegurado; es más, es históricamente inevitable.» Alargó su conclusión, enumerando las razones por las cuales quien opusiera trabas y cortapisas a la llegada de ese futuro estaba poniéndole ridículas puertas al campo. Y dijo: «El podrido régimen se apoya sólo en un grupo de viejos carcamales apegados a sus privilegios como las lapas se pegan a las rocas, y por cuatro tarados», sí, así lo dijo: «y por cuatro tarados como esos guerrilleros de Cristo Rey, o esos grupos fascistas, los ATE y gente así», y, en el momento de decirlo, sintió un escalofrío, un zarpazo de miedo, porque se trataba de palabras que, sin duda, alguien podía hacerle pagar; palabras que uno lamenta haber dicho cuando se encuentra a solas en una calle poco transitada y los ve venir a ellos en grupo, con sus camisas azules, con sus pelos engominados, con los bates con que se golpean, amenazadores, en la palma de la mano, calzados con botas militares. En fin, qué se le iba a hacer, el guión de la vida exigía riesgos, y había que correrlos si se quería ser consecuente. Los aplausos habían cubierto las últimas palabras de su intervención como una ola cubre la arena de la playa, tapándola durante algunos segundos y, por debajo de los aplausos, fue creciendo el sonido de una guitarra que emitía una música alegre, sincopada, a la que pronto, desde el lado izquierdo del escenario, se le unió la voz frágil de una mujer de ojos tristes y rasgados que cantaba una canción en la que se quejaba de que estaba perdiendo la razón («Me estoy volviendo loca, loca, loca», decía) porque había empezado a ver marcianos por todas partes («hasta en la sopa, sopa, sopa»). Veía marcianos a la salida del metro, marcianos en la parada del autobús, marcianos en el parque, y también veía marcianos en la puerta de la facultad, y en los pasillos, y en la cafetería, y, cuando iba a los comedores del SEU, miraba al plato y se los encontraba («hasta en la sopa, sopa, sopa»). Por la descripción que hacía de cómo vestían aquellos marcianos y de las máquinas de transporte que utilizaban, así como por otros detalles que aportaba la letra de la canción, todo el mundo había descubierto enseguida que estaba hablando de los guardias que tenían ocupada la facultad y sus alrededores. La gente tarareaba con humor la canción, que era muy pegadiza, y acompañaba la música con las palmas. Pero el momento más intenso llegó al final de la actuación, cuando aquella mujer miró al público con ojos brillantes y acusadores y aseguró que veía marcianos allí, sí, allí, frente a ella, marcianos peligrosos ocultos entre la gente normal. La música había cesado y la mujer se limitaba a recitar con voz lenta y ronca, señalando con el índice hacia el público. Y, en ese instante, el paraninfo se vino abajo por el estruendo del público, que gritaba: «Fuera chivatos de la político-social», y otras consignas de ese estilo, como «Estudiantes sí, policías no». Después de la vibrante actuación de la muchacha que se estaba volviendo loca, le tocó el turno a un chico delgado que, acompañándose con una guitarra, cantó la versión musicada de ese poema en el que León Felipe le deja la espada al general y se lleva la canción. También fue despedido el intérprete con grandes aplausos, aunque menos de los que mereció el poema de Neruda titulado «Mola en los infiernos», el enunciado de cuyo título ya provocó un auténtico delirio; y que cantaron a dúo dos tipos con la cabeza cubierta por pasamontañas y envueltos en sábanas pintadas con vistosas hoces y martillos. Dedicaron la canción «a quien vosotros sabéis, y que muy pronto irá a hacerle compañía a Mola». La gente gritó y aplaudió a rabiar, mientras el dúo desgranaba los versos, entrecortados por largas pausas musicales:

> ... es arrastrado el turbio mulo Mola
> de precipicio en precipicio eterno
> y como va el naufragio de ola en ola
> desbaratado por azufre y cuerno,
> cocido en cal y hiel y disimulo,
> de antemano esperado en el infierno,
> va el infernal mulato
> el Mola mulo definitivamente turbio y tierno
> con llamas en la cola y en el culo.

La multitud se había puesto en pie, y a los gritos y aplausos se sumaba el estruendo del pataleo sobre el entarimado de madera. Ahora eran gritos contra la pena de muerte. Meses atrás, había sido condenado a muerte y ajusticiado un grupo de revolucionarios, en un acto de violencia gratuita que el régimen había llevado a cabo con ánimo de que sirviera como botón de muestra de su fortaleza en los momentos de incertidumbre, un castigo ejemplar para tapar el ruido de sus propios estertores. La gente coreó con pasión las consignas contra aquellos asesinatos y resultó muy difícil restablecer el necesario silencio para que Marga, que era quien debía iniciar el turno de lecturas, con un texto que llevaba por título «Cuando la voz del líder es el silencio del pueblo», pudiera empezar. Sus compañeros vociferaban: «Silencio, por favor, os pedimos silencio, no sabemos cuánto puede durar este acto.» La voz que más se escuchaba era la de Coronado, que llamaba al orden por el micrófono una y otra vez, y siempre en vano. De repente, dándoles la razón a los más alarmistas, al estruendo de palmas y pies del interior se sumó un repentino ruido que venía de fuera y que pronto se fundió con el de dentro mezclándose a la vez con una humareda maloliente que se extendió por el paraninfo mientras las voces roncas de quienes jaleaban a los cantantes fueron sustituidas por agudos chillidos de terror. Volaban carpetas por los aires y salían disparadas las carteras entre las piernas del público que se había puesto en pie y corría de un sitio para otro, sin saber adónde ir, porque la salida del paraninfo había sido ocupada por una sólida masa de hombres vestidos de gris, y el interior, por aquel humo que provocaba toses, asfixias, picores en la nariz y náuseas. Al bajar las escaleras, la gente tropezaba con zapatos abandonados, trenkas abandonadas, sábanas que habían sido utilizadas como pancartas y que ahora se enredaban entre las piernas. Alguien lloraba sentado en el suelo, con el cuerpo encajado entre los asientos, y sus zapatos asomaban las puntas en dirección al pasillo por el que bajaba la multitud. «Me he roto un tobillo, me he roto un tobillo», gemía el herido. El paraninfo se había convertido en el infierno al que el dúo había enviado minutos antes al general Mola. Lucas había tirado de Marga y se había escondido con ella detrás de la mesa del escenario, donde permaneció agachado sosteniéndole la mano, y desde donde asomó varias veces la cabeza, sin conseguir hacerse una idea muy clara de la evolución de aquel caos, aunque sí que alcanzara a darse cuenta de que, por detrás de la muralla de guardias uniformados que golpeaban a los fugitivos, más allá de la puerta había otro muro delgado y peligroso, el de los policías de la social, que detenían a determinados estudiantes, guiados bien por su sola intuición o por los gestos delatores de algunos guerrilleros de Cristo Rey allí presentes, y de otros confidentes que se habían colado en el acto mezclados con los estudiantes. Al ver a los guerrilleros, se arrepintió Lucas de las palabras que un rato antes había pronunciado contra ellos. Y cuando tuvieron que abandonar su escondite, porque un par de guardias los descubrieron acurrucados bajo la mesa, se extrañó de que a Marga, que seguía cogida de su mano, y a él los dejaran pasar sin pedirles ningún tipo de documentos, ni explicaciones, a pesar del evidente papel que ambos habían jugado en el acto. Era la hora del caos, y Lucas creyó detectar algo providencial en todo aquello: su discurso, la presencia cercana de Marga durante el recital, su estancia bajo la mesa, su salida cogidos de la mano, su beso espontáneo al ver que habían conseguido escapar juntos, el jardín con los árboles tristes y sin hojas, pero que, de repente, vino a iluminar un rayo de sol que se coló entre las nubes. Si se hubiera dejado llevar por su impulso, en aquel momento le habría dicho que estaba enamorado de ella. No se lo dijo, claro que no, la veía tan lejos a pesar de apretar la mano de ella con la suya. Llevaban tres años estudiando juntos, y ella reía a veces sus chistes, pero nunca le preguntaba por su trabajo de repartidor en la cristalería, nunca le preguntaba «qué te pasa», o «qué problema tienes» cuando lo veía serio. Como si él no tuviera vida, no tuviera dificultades, melancolías, sufrimientos, desesperaciones; no pudiera soñar, o amar, o quedarse un rato mirando el jardín, los árboles con sus ramas yertas, el raído césped, los feos bordillos de granito, la niebla que se pegaba como una gasa a las farolas, cuando salían de los cursos vespertinos y ya había anochecido en aquellos fríos días de otoño. Ella se reía si él entraba en el despacho del profesor Bartos, y decía: «Han llegado las masas populares con las provisiones», mientras le quitaba el envoltorio de papel albal a un gigantesco bocadillo de tortilla que había comprado en la cafetería con el propósito de aliviar la gravedad de las discusiones en las que se empeñaban; eso sí que lo hacía Marga, reírse; pero con quien comentaba las películas que habían visto en el cine club, con quien discutía los poemas de Gil de Biedma y repetía en inglés lo de que abril es un mes cruel no era con él, sino con Quini Ricart. La esperanza de Lucas se aferraba interesadamente a una teoría que defiende que la gente se enamora de lo diferente, de lo que añora porque no tiene; y, desde esa interesada teoría, se mostraba convencido de que Marga equivocaba en la actualidad sus sentimientos. El paso del tiempo acabaría descubriéndole su equivocación, porque Marga, equivocadamente, creía estar enamorada de lo que se le parecía y sólo Narciso se enamora de la imagen que el espejo le devuelve. Lucas se daba cuenta de que Marga estaba enamorada de Quini. Un día la había visto llorar por culpa de él. Discutían acerca del aborto y todos se mostraban abiertamente a favor, excepto Marga, que dijo que no sabía, que era un tema que tenía que pensar más a fondo; que, desde luego, ella procuraría no tener que verse nunca en esa situación. «Pero, claro, se trata de una vida humana», dijo. Quini le respondió con brusquedad: «La herencia beata de Marga. Es difícil despegar esa costra. Hace falta mucha lejía y mucho estropajo.» Lo dijo mirando al grupo, explicándole al grupo algo de Marga que el grupo tenía que conocer. Fue cruel, pero ella, en vez de replicarle, llenó sus ojos de lágrimas. Como si tuviera pena de que fuera él, precisamente él, quien tuviera tan poca sensibilidad hacia los niños que aún no habían nacido, y, sobre todo, hacia ella. Como si sus palabras fueran una dificultad añadida para alcanzar algo que ella perseguía en él. Sí, eso advirtió Lucas, y también él sufrió su parte de castigo en aquella conversación, pero enseguida pensó que Quini tenía el mismo color de piel que ella, coleccionaba sus mismos discos, guardaba sus mismos versos en la cabeza y, en sus casas, era seguro que había el mismo olor de telas y maderas buenas y armarios que guardaban ropa de la misma marca, seguro. También Quini tendría, pues, aquella costra tan difícil de arrancar, y, por un instante, le gustó ser diferente. A lo mejor, ella buscaba sin saberlo salir de algo de lo que Quini formaba parte. La estrategia de Lucas, aún más después de ese día, fue poner en el escaparate la diferencia, exhibirla. Por eso, se había propuesto como objetivo no recitar versos –tampoco hubiera podido aprendérselos en inglés, lengua que desconocía–, no hablar demasiado en serio de pintura («carezco de sensibilidad», bromeaba), y enfriar sus conceptos acerca de la música, o del cine («para mí, el arte es otra forma más de ideología», aseguraba), aunque a veces las películas y los libros lo llenaran de una emoción que le hacía brotar las lágrimas. Lucas hablaba con Marga de los valores campesinos y obreros. Le describía la vida en los lejanos montes de León, y también las madrugadas en el mercado del pescado de la Puerta de Toledo, los vagabundos, los camioneros, las prostitutas que acudían a los bares que permanecían abiertos durante toda la noche. Una vez que su amigo Pedro –el que más se parecía a él en el grupo: procedencia obrera– le dijo a Marga: «Es difícil saber lo que Lucas lleva dentro», Lucas respondió: «No rasquéis, no hay más que lo que se ve», pero lo dijo en un tono de voz que dejaba ver que, por el contrario, aquel interior estaba lleno de cosas que alguien tendría que decidirse a descubrir algún día, aunque convencido de que, a lo peor, ese alguien acabaría siendo una vez más Pedro y no Marga, porque Pedro lo asfixiaba precisamente por lo contrario que Marga, por su afán de excavar en él hasta dejarlo vacío. La amistad inicial de Pedro había derivado hacia un cerco neurótico que había acabado por ahogarlo, y eso que era el único del grupo que procedía de un nivel social semejante al suyo; es decir, de muy abajo. A veces, se preguntaba qué era lo que Pedro veía en él que le impedía mantener la relación como al principio había sido; y le hubiera gustado borrar al menos una parte de eso, la que lo molestaba. Por culpa de Marga, Lucas se esforzaba por negarse en público cuanto le gustaba, con la seguridad de que así se alejaba aún más de ella, se le volvía aún más ajeno y, por tanto, más deseable, aunque ella no parecía darse cuenta de la disciplina a la que él se sometía, y se reía, y le llamaba payaso, «pero qué payaso eres», y guardaba sus ojos húmedos para los otros, para Pedro, que conseguía entradas gratuitas para los teatros, y le hablaba del adagio de Albinoni, o de un concertante de *Cosi fan tutte;* para Quini, que representaba en el jardín trasero de la facultad, sólo para ella, el modo como Steve McQueen se volvía de espaldas y caminaba en busca de su destino; o que le contaba una escena en la que Angie Dickison caía herida de un disparo en una película de Aldrich. Otro día, Quini pontificaba que era imprescindible leer *La centena* de Octavio Paz, y decía que si no se había leído ese libro no se era ciudadano del siglo XX y probablemente ni siquiera humano, sino otra cosa anterior, de otra glaciación, de una especie que precedió al hombre pero que aún no era exactamente el hombre, y ella se presentaba en la facultad tres mañanas más tarde con el volumen de *La centena* en la mano, y, acabadas las clases, se sentaba en el autobús sosteniéndolo junto al pecho, rozándolo con el pecho. Lucas veía el libro allí, en su mano tibia, contra sus pechos tibios, y sufría, porque él ya se había leído *La centena* antes que el propio Quini, pero sabía que ella no iba a hablar de ese libro con él. El libro en su mano, el libro contra sus pechos, el libro golpeando levemente a cada inspiración de ella, y él, de pie junto a ella, cogido de la barra metálica del autobús, bromeando, contando lo que decía un compañero suyo de la pensión, o de la cristalería en la que había empezado a trabajar por horas, sólo por ver si a fuerza de volverse lejano se volvía deseable. «Ellas se enamoran de lo que no se les parece, son amigas de lo afín, pero amantes de lo ajeno», se decía él, y esperaba. Incluso cuando, unos meses antes, decidió afiliarse al partido comunista y no al grupo en el que ella y Quini militaban, lo hizo, al margen de afinidades ideológicas (que las había, ya que el pecé era el partido que le parecía más cercano a su forma de ser y de pensar, el partido más obrero), en parte con el mismo propósito, con el de ofrecer algo diferente a lo que ella tenía, algo que, no había que negarlo, se ajustaba más a su propia situación social, algo que citaba desde la periferia el pensamiento de la organización a la que pertenecía ella, situada en el centro de los problemas intelectuales –Poulantzas, Althusser, Debord, Adorno, Marcuse– y también en el centro de la ciudad: el último estreno de cine o de teatro, la última exposición de pintura, el libro que últimamente ocupaba el escaparate de las librerías. Aunque se daba cuenta de que el pecé estaba plagado de artistas e intelectuales, de etnocéntricos, como los llamaba él, Lucas sabía que también podía buscar en el partido a los obreros que trabajaban en las fábricas y vivían en los barrios del extrarradio; y a los que se encontraba y trataba en sus recorridos con la furgoneta de la cristalería cuando descargaban material en alguna obra. Además, en su nuevo trabajo de repartidor por horas, compartía bocadillo con un hombre maduro que, como él, militaba en el partido comunista y estaba afiliado a comisiones obreras. Muchas veces, buscaban quedarse ese camarada y él a solas para charlar de la situación política, y tal familiaridad con el viejo obrero le gustaba a Lucas, porque le daba la oportunidad de pertenecer a algo cuyas fronteras estaban más allá del límite de los jardines universitarios. Eran no ya su periferia, sino casi, casi su reverso, y esa excentricidad emborrachaba a Lucas, a pesar de que no le pasaba desapercibido que el viejo expresaba su confusión diciéndole: «En el partido, cada vez pesáis más los intelectuales sin experiencia obrera», y que decía «pesáis», y no «pesan», como a él le gustaría que hubiese dicho. Claro que, de puertas afuera, quién iba a notarlo. O mejor dicho, de puertas adentro, porque Marga estaba dentro, protegida. Marga. «Margarita, está linda la mar, y el viento lleva esencia sutil de azahar, tu aliento, Margarita, te voy a contar un cuento», se recitaba de noche, en la habitación, con la luz apagada. Margarita, lejana y políglota, Margarita de Goethe, Margarita de Mann, de Bulgákov, o de Gounod. Quini le había regalado a Margarita para su cumpleaños el *Mefistofele* de Boito, cantado por Mario del Monaco, en una edición que se había traído desde París. Y él había sentido celos. Porque, en su cortedad, ni siquiera se le había ocurrido que los marxistas se hicieran regalos de cumpleaños. Se había disculpado torpemente. Mefisto y Margarita. Qué podía esperar Margarita de Lucas, hijo de un albañil viudo, estudiante que trabajaba por horas en los repartos de una cristalería. Margarita acudía con un abono familiar a los conciertos del Real y conocía a sus veintipocos años Roma, París, Londres y Ámsterdam, y hablaba algo de alemán («estuve un verano estudiando en Múnich»), un correcto inglés en el que tarareaba las canciones de Dylan y de los Rolling («lo aprendí en un intercambio con una familia de Edimburgo»), citaba a Baudelaire en francés *(«La Maladie et la Mort font des cendres / De tout le feu qui pour nous flamboya»),* con un acento inmejorable («¿cómo no, si hice el bachillerato con unas monjas francesas?»), y, por descontado, se defendía en las otras lenguas romances; portugués («si es que es como el gallego y hemos veraneado allí, en Galicia, unos cuantos años»); catalán («por origen, como mi madre es de Valencia, y mis tías no hablan otra cosa»); italiano («que es tan parecido al valenciano, fíjate, a las sábanas ellos las llaman *lenzuole*, y los valencianos, *llansol»),* y hasta un poco de vasco: *«ama, cita, egunon»* y cosas así, porque había pasado unas cuantas vacaciones por allá arriba. Margarita, el viento lleva esencia sutil de azahar, tu aliento. Tan lejos de Lucas, tan deseable para él, que había pasado su infancia en León, y su adolescencia en un internado de Ávila, oyendo siempre el duro castellano de Castilla la Vieja, sus vacaciones trabajando como peón, más lluvia de duro castellano, o –las mejores– en un cámping de los Pirineos con su amigo Pedro Macías, de quien ahora se alejaba incómodo (ahí, en el Pirineo, la sola lengua de los pájaros, la del viento, la de un riachuelo junto a la tienda de campaña). Cuando quería castigarse con un punto de autocompasión, ni siquiera pensaba en su ignorancia del inglés, en su francés mal aprendido, con un acento que podría hacerla morirse de risa, en su desconocimiento de la literatura extranjera contemporánea (sabía de Quevedo, de San Juan; nada de Joyce ni de Kafka, ni de Fitzgerald, ni de Pratolini) y de la gran música reciente (había oído a Mozart, a Bach, nada de Messiaen, de Berg, de Hindemith, y apenas de Bartók, Prokófiev o Shostakóvich), no, ni siquiera pensaba en eso, sino en algo más prosaico y elemental: le daba por pensar cómo, llegado el momento, tendría que decirle él a Margarita que se abriera de piernas, que se la chupara, o cosas así, de la mecánica del sexo y del amor. Nunca sería capaz de proponerle en serio todas aquellas cosas que Quini decía que había conocido, y contaba entre chistes vulgares en las reuniones, cuando describía las playas nudistas de Ibiza, los acoplamientos nocturnos en el agua, o a plena luz del sol, entre las dunas; los locales de Ámsterdam en los que había consumido exóticas drogas y había hecho el amor en grupo. «Nunca supe de quién era aquella mano, pero es la mejor paja que me han hecho en la vida», contaba Quini burdamente, queriéndose dar aires de degenerado. E imaginaba Lucas los ojos refulgentes de Marga; imaginaba que él le proponía algo así, y que ella lo miraba con unos ojos como de gata y que luego le cruzaba la cara de dos bofetadas, pero ni siquiera con fuerza, nada más que con un fatigado desprecio. O, aún peor, la imaginaba sonriendo mientras él le proponía algo, y luego estallando en una serie interminable de carcajadas y llamando a los demás para contárselo. O, todavía más humillante, que ella se echaba a reír y decía que sí y le alargaba el cigarrillo de hachís, y le ponía sobre la lengua la coloreada estrellita de papel impregnada en ácido, y se volvía hacia él y acercaba al muslo de él su muslo y empezaba a desabrocharle con su mano los botones de la camisa. Decirle esas cosas, pero decírselas en otra lengua. Decirle *«suce-moi la bite»* y, entonces, que ella le dijera, *«oui, je vais succer ce petit truc»,* y desabrochara y buscara con la punta de sus dedos. Lucas se sentía pequeño y sucio al lado de ella, envuelto en olores nombrables y compartidos por legiones de seres humanos. La democracia de la sordidez. El igualitarismo de la suciedad. La modestísima casa de la familia de Pedro, a la que había sido invitado a almorzar con frecuencia, en la calle del Amparo, cerca de Tirso de Molina, un piso al que se accedía por una sombría escalera de madera, crujiente y sucia. Las casas de los camaradas de Getafe, de Vallecas, de Villamil, en las que se reunía su célula. Una igualdad de pisos mal ventilados, de habitaciones interiores que guardaban el olor de humedad y de las secreciones físicas de cuatro o cinco generaciones; de tabernas que apestaban a aceites usados para freír productos dispares decenas de veces. Cuando le daba por pensar de esa manera masoquista, hasta su militancia en el pecé le parecía vulgar, los del pecé, aquellos camaradas con una ideología falta de matices, que se reunían para asar chuletas en algún lugar de la sierra, se emocionaban sólo porque alguien les pasaba una cinta grabada con la voz de Dolores, guardaban las fotos de José Díaz como si fueran estampas, y sollozaban tarareando en voz baja «La Internacional», con la intensidad emotiva con que las beatas entonaban el «Ave María de Fátima». Y él formaba parte de aquello, se emocionaba como ellos, vivía en casas como las de ellos, y tenía que contener las lágrimas cuando escuchaba en la radio «La Internacional». Lejos de Margarita, ridículo ante ella. En cierta ocasión, Quini lo había llevado a su casa. Había sido a principios de curso. Le había enseñado su habitación, la colección de discos de jazz, los estantes con novelas en inglés, los paquetes de tabaco para la pipa, y él, que hacía sólo unos meses que había ingresado en el pecé, había pensado en los compañeros de reparto de la cristalería comiéndose el bocadillo de anchoas en la furgoneta y metiéndose en la boca el gollete de la botella de cerveza; en los camaradas de los barrios, cuyo vocabulario cabía en un par de páginas del diccionario; en su propio padre, metido en la taberna todo el día; en Pedro y sus padres, los brazos desnudos de la madre de Pedro, que olían a sudor y colonia barata cuando los extendía para poner los platos encima de la mesa; Pedro, con sus sórdidas clases en las que impartía asignaturas que desconocía en una academia de Portazgo que olía a niños mal lavados. («Tengo que dar clases de matemáticas y de inglés, imagínate lo que aprenderán esas criaturas», le contaba Pedro, intentando tapar bajo las bromas la sensación de impotencia y humillación que lo dominaba.) Si estaba de buen humor, pensaba que quizá, por eso mismo, por la infinita distancia que los separaba, a él le gustaba Margarita, y que era muy probable que él acabara por gustarle a Margarita, porque también los humanos se sienten atraídos por lo que no se les asemeja, y esa atracción irrazonable es la fuerza que lleva a los más repulsivos insectos polinizadores hacia las bellas flores polícromas y perfumadas. La flor y el insecto polinizador. Él, el insecto polinizador, tendiendo la pegajosa red, arrastrándola hacia la colmena. El olor de la colmena, del hormiguero, en unos tiempos en los que en prácticamente todas las pensiones te cobraban por permitirte una ducha, que se encarecía si era con agua caliente, y nadie tenía dinero para pagar ese suplemento, e incluso los que vivían en pisos compartidos y milagrosamente mantenidos por una frágil economía, intentaban ahorrar en bombonas de butano, y ya se sabía que más de la mitad de las bombonas de butano se evaporaban en los calentadores; tiempos en los que el gran narrador del régimen aún daba conferencias ante señoras perfumadísimas y poco pasadas por agua que aplaudían aquella ocurrencia suya de que, desde que se inventaron el bidet y la máquina de cortar jamones, ni el coño sabía a coño, ni el jamón a jamón. Y él, Lucas, quería arrastrar a los túneles de aquella colmena maloliente a Marga, Margarita, la flor arrastrada por los pegajosos pasadizos de la colmena, ella, recién bañada todas las mañanas, recorrida cada día por geles y jabones cuya calidad podía detectarse cada vez que uno se ponía a su lado para coger apuntes, porque sus aromas se escapaban a través de los vestidos. El viento lleva esencia sutil de azahar, tu aliento. La frágil flor arrastrada por los malolientes pasadizos del laberinto en cuyo interior los negros insectos almacenaban sus pequeñas basuras: el queso, el chorizo, el salchichón, las tabletas de chocolate, las magdalenas y bollos de chicharrones que la familia había enviado desde el pueblo al hijo estudiante, y que el muchacho guardaba en el fondo del armario, donde esa cambiante despensa se enranciaba y comunicaba su olor a la ropa, a la habitación, a la calle, a barrios enteros en los que convivía la miseria de la capital con las estrecheces de los recién llegados. Quién, desde el fondo de ese hormiguero, podía tener valor para meter la manaza dentro de aquel escote, para recorrer con los dedos la espalda, para apartar la tela suave –tenía que ser suave– de la braguita y hundir algo, lo que fuera, nada más que el dedo corazón, un lapicero, la lengua, en un santuario cosmopolita, cuyas paredes debían de estar decoradas con imágenes del lago de Ginebra, de la cúpula del Panteón («los italianos dicen Páááanteon, acentuando mucho la a», había dicho ella cierta vez en clase de arte), de las torres de Notre-Dame. «Encima, ni tengo la polla grande ni bonita», se le quejaba Lucas a Pedro, que había sido durante los primeros tiempos el único confidente de su pasión por Marga. Pedro sabía de su pasión por Marga, e igualmente sabía parcelas de la vida que había llevado Lucas en el seno de una familia menos que modesta de León (lo había visitado durante las vacaciones dos años antes: dos hermanos trabajando en una fábrica de jabones, un padre albañil, jubilado y viudo, que sólo salía del bar a la hora de meterse en la cama) y también sabía lo que se refería al problema de volúmenes. Lo sabía, porque había ayudado a curarse a Lucas cuando lo operaron de fimosis y había visto aquel minúsculo capullo rojizo y tímido rodeado de vendas, como un animalito abandonado en un nido. Lo consolaba Pedro: «Cuestión de gustos; el arte, y más en los tiempos que corren, después de Duchamp, es algo tan discutible.» No era grande su polla, pero estaba bien proporcionada, tenía unas nervaduras o unas venas que resaltaban, y que hacían pensar en ella como en un pequeño y fuerte atleta. De ese modo le hablaba Pedro, al principio, mientras Lucas sufría pensando en lo que podía pensar de su miembro Margarita. Además, Lucas era el único del grupo que, a sus veintidós años, seguía sin haber tenido lo que él llamaba «una experiencia completa» con una mujer. Y todo eso por culpa de los cinco años de internado en un colegio religioso de Ávila, adonde lo había enviado su padre cuando se quedó viudo, gracias a una beca que obtuvo del obispado. Ávila vista desde la lejanía de una colina, las murallas, los pastos quemados por el frío del invierno, y la nieve empezando a caer al mismo tiempo que la noche. Desde las ventanas del dormitorio, el brillo de la luna sobre el sudario de la nieve. Un mundo de muchachos solos, de hombrecitos violentos que jugaban a pelearse en camiseta sobre las frías losas del dormitorio. El olor a sudor y a secreciones y a tinta y a tiza y a barro seco y a porquería entre las rugosidades de las suelas de las botas. Allí no había que pagar por el uso de agua caliente en las duchas, y ni siquiera servía la excusa de que se vaciaba enseguida el depósito del calentador, pero pocos la utilizaban a diario (Lucas, sí: tenía fe en el deporte y en la higiene), sólo una vez por semana, los sábados, cuando los celadores obligaban a aquel rebaño a la vez brusco y melancólico a pasar por las cabinas de las duchas. El internado y, luego, la maldita fimosis, esa malformación, ese rasgo físico del que no había oído hablar hasta que llegó a la pensión en la que vivía en Madrid desde que inició el curso de Preuniversitario: una fonda de la calle Toledo a la que llegaba el olor del cercano mercado de pescado. En aquella pensión de la calle Toledo había compartido cenas y también habitación con camioneros que venían de Vigo apestando a salobre y en cuyas manos podía ver las escamas de pescado adheridas cuando se acercaban la cuchara de la sopa a la boca, hombres que contaban sus experiencias en el transporte, sus dificultades para la carga y descarga de las mercancías, y también sus aventuras con mujeres que se ofrecían en locales al borde de la carretera. A veces, la patrona le enviaba a alguno de aquellos hombres a dormir a la habitación doble en la que él se hospedaba, y su olor no se desvanecía del todo hasta pasados algunos días. En las conversaciones mantenidas en la soledad de la habitación con aquellos hombres había oído hablar por vez primera de la fimosis y había descubierto que él sufría esa malformación cuyo conocimiento no le ayudó en nada a construir la confianza en sí mismo, en la propia virilidad, que tanto necesitaba después de los años de alejamiento del mundo femenino y de ignorancia de los más frecuentes usos sexuales. Por si fuera poco, tuvo lugar el incidente que inició los malentendidos con Pedro, una noche en que los dos se habían puesto a mear en una callejuela bajo un cielo que parecía un colchón al que estuviera saliéndosele el contenido. Pedro se había agachado de improviso delante de él y Lucas se apartó molesto, y le preguntó qué era lo que estaba haciendo. Pedro apeló a la camaradería: «¿Que qué hago?», dijo, «convencerte de que tu polla puede gustarle a mucha gente, y, por qué no, a Marga.» Lucas lo rechazó, ahora con una brusquedad que rozaba lo brutal, cerrando la cremallera de la bragueta de un solo golpe de muñeca. Se sentía confuso. Pedro se había incorporado y le daba la espalda y tenía la cabeza baja. Ninguno de los dos decía nada, ni se movía. Allí estaban los dos en silencio, quietos, envueltos por la noche, el hombro derecho de Lucas en dirección a la espalda de Pedro. En el cielo, el relleno del colchón se expandía, las nubes bajas envolvían las partes más elevadas de los edificios. Y la niebla y la ligera llovizna eran amortiguadores que acallaban la tensión y que volvían soportable la escena. Lucas sacó un cigarro, le tocó con la punta de los dedos de la mano derecha el hombro izquierdo a su amigo, y le preguntó si quería fumar. El otro, en vez de decir sí o no, dijo: «Perdona, ha sido una broma y a lo mejor tú te lo has tomado por otra cosa.» Lucas encendió el cigarro y se puso a caminar. Pedro siguió manteniéndose a tres o cuatro pasos de distancia. No tenía ni idea de que, en aquellos instantes, Lucas navegaba en un mar de dudas, pensando que a sus veintidós años su única experiencia había sido con las mujeres que se ponían en las últimas filas del cine Montera. «Mierda, mierda, mierda», se iba diciendo mientras daba caladas al cigarro y caminaba. Oía detrás de él los pasos de Pedro, y también le oyó decir: «Disculpa, buenas noches», y al cabo de unos instantes: «Hasta mañana.» Y él dijo: «Hasta mañana», pero pensaba mierda. Pensaba que aquella noche el cuerpo de ella y la boca del otro iban a luchar en la cama por apropiarse de su voluntad. Mierda. De repente, se encontraba compartiendo su cuarto con un intruso al que nadie había invitado. De eso hacía algunos meses y no puede decirse que el incidente hubiera ayudado a darle estabilidad a Lucas, ni a afianzarlo ante Marga, a pesar de que necesitaba cada vez más esa solidez.

Por eso le parecía que había algo providencial en cuanto había ocurrido aquel mediodía, y se encontraba repentinamente feliz, crecido, mientras, recién escapados del cordón policial, ella seguía cogida de su mano y decía que sí, que se tomaría encantada una cerveza con él. «A ver si se me bajan un poco los nervios», le dijo, y él le respondió: «No tengas miedo, ahora ya ha pasado todo», y, al decírselo a ella, era como si se lo dijera a sí mismo, como si se dijera que había pasado el tiempo de las dificultades y defectos físicos, como si se hubiera evaporado el olor de pescado que envolvía los oscuros muebles de la pensión, como si la propia pensión perteneciera a una geografía a la vez lejana y pretérita, casi de otro planeta y de otra era geológica. Cuando empujó la puerta acristalada del bar y le dejó paso a Marga, fue como si entrara en otra vida, en la vida futura a la que todo creyente puede optar. En la pantalla del televisor que estaba situado sobre una de las esquinas de la barra, un hombre vestido con bata blanca daba lectura al parte firmado por el equipo médico habitual en el que se comunicaba que, a las once horas de aquel diecinueve de noviembre de mil novecientos setenta y cinco, Su Excelencia el jefe del Estado, el Generalísimo Franco, seguía presentando signos de vida. Eran casi las dos de la tarde. Un par de clientes miraban de reojo hacia el televisor sin dejar de acercarse el vaso de cerveza y el cigarro a los labios. En la calle, el viento arrastraba papeles y hojas secas, y el cielo estaba completamente cubierto por unas nubes negras que presagiaban más lluvia. Por detrás del rumor del intenso tráfico, se oía la sirena de una ambulancia.

8

Acababa de volver de la peluquería y, por culpa del chaparrón que cayó cuando estaba entrando en el portal, casi se le descompuso la permanente que le habían hecho un rato antes. Por si fuera poco, en cuanto abrió la puerta de casa se enteró de que Pruden le había dejado un recado a la chacha diciéndole que no lo esperase, que saldría tarde de la oficina y se presentaría él por su cuenta en la fiesta de los Ricart. Menos mal que Marga iba a pasarse a la hora de comer y podrían salir juntas. Aquel cumpleaños era un fastidio que le trastocaba un montón de planes. La vanidad, el afán dictatorial de Olga. Cualquiera le decía que no podía asistir. Había tenido que comprarle un regalo al viejo, que no sabía si iba a gustarle, ni si lo llegaría a usar, una bonita leontina de plata que había recogido esa misma mañana en Piaget, en la Gran Vía. Nada más que a Olga se le ocurría celebrar aquel cumpleaños, estando como estaba su suegra (¿qué harían con ella? Aquella mujer no estaba para visitas), y en una tarde en que la noticia de la muerte del Caudillo podía llegar de un momento a otro. No podía haber elegido peor día. Encima, a Elvira le habían regalado unos días antes entradas para la sesión de esa noche en el Eslava que, claro está, no podría usar; y, por si fuera poco, había un pase de moda a las siete en casa de Manina Muñiz que, evidentemente, también se perdería. Y ahora resultaba que Prudencio iba a presentarse por su cuenta en Juan Bravo, sin llevarlas a ellas en el coche. Tenía que llamarlo enseguida para ver si, por lo menos, les mandaba el chófer a recogerlas a Marga y a ella. Las fiestas de Olga. Recordó el último cumpleaños que había celebrado el viejo, antes de que doña Amelia se pusiera peor, y lo hizo con una sensación de aburrimiento, de *déjà vu.* También aquel día había acudido Pruden por su cuenta. Había entrado en el salón de los Ricart, mirando a todas partes con ese gesto congénito de fastidio que le concedía su miopía, mientras ella se dejaba coger del antebrazo por la larga mano de Olga y charlaba, así cogida, en el centro del salón: «precioso el bufé, preciosas las flores», se acercó a ellas y casi introdujo la nariz en el centro del centro, fingiendo interés, antes de preguntar: «¿Son de Betsy?», a lo que Olga había respondido, quizá un poco demasiado deprisa, que no, que no eran de Betsy, que eran de Octavio Parterra, el florista que estaba al lado de Rubén Darío, el de siempre –eso había dicho Olga: «el de siempre»–, y lo dijo en el mismo tono de evidencia con el que diría que su marido era el de siempre. Elvira recordaba a Pruden, mirándola de reojo (sabía que a ella no le gustaba que bebiera alcoholes fuertes), rascándose la cabeza en un hipócrita gesto de duda, antes de pedirse un chivas, «no, no, sin agua, sólo hielo», todo como siempre, *déjà vu,* y como si fuera la primera vez. Pruden había alzado con las puntas de índice y pulgar el paño blanco que cubría el jamón y había acercado la nariz a la pieza. La olió y, cuando levantaba la cabeza, su mirada se encontró con la de Sole Beleta, que había estado vigilando la relación que Pruden establecía con el jamón como una madre vigilaría a su hijo menor que se ha puesto a jugar en el parque con un pederasta recién salido de la cárcel. Las fiestas familiares de Olga. A las que organizaba con artistas se le olvidaba invitarlas a Sole y a ella. Sus amigas de siempre estaban sólo para esas fiestas que ella llamaba «de los de casa», y en las que se repetían monótonamente las actitudes y los diálogos. «Magnífico, magnífico»: dos veces; había dicho Pruden lo de magnífico dos veces, y se había parado un momento antes de repetir esa palabra una tercera vez, la más contundente: «mag-ní-fi-co», y la tercera vez pronunció la palabra muy despacio, aislando las sílabas, dejándolas desguarnecidas, en el aire, la una sin apoyo de las otras. Si cerraba los ojos, podía ver la escena, y hasta escucharla, y eso que dicen que de lo primero que se olvida uno es de las voces. Pruden dijo tres veces magnífico y se pusieron en marcha los dos –Sole desde un lado, él desde el opuesto– y avanzaron el uno hacia el otro y, ya antes de encontrarse, él dijo: «Me juego la cabeza a que estos jamones son de los de Sole, es que me la juego y sé que no la pierdo. Qué aroma, qué aroma», y parecía decirlo de la colonia de ella porque estaban rozándose las mejillas, una vez, otra, ya está, y lo del aroma lo había dicho en el momento de proximidad máxima, entre las mejillas y los oídos de ella, pero en voz lo suficientemente alta como para que Olga lo hubiese escuchado y se viera obligada a intervenir:

–Sí, pero no te pongas celoso. Son de ella, pero no son regalados. Si los quieres iguales, creo que, al mismo precio, aún le quedan unos pocos en el cortijo, ¿verdad, Sole? –dijo, guiñando el ojo derecho con un gesto de complicidad.

Y Pruden se calló, torpe, pero no ella, ella no tenía por qué callarse:

–Nosotros no podemos hacerle el feo a Quico, que lleva veinte años trayéndonoslos de Jabugo, y, sí, es verdad que los de Sole son una maravilla, ya los he probado yo unas cuantas veces, ya, pero los de Quico, mejorando lo presente, no se le quedan atrás, como tampoco creo que se le quede atrás el precio. ¿A cuánto te los deja Sole?

Fue el instante en que Olga palideció, sintiéndose atrapada en una trampa que ella misma había ayudado a tender, porque la conversación, que hasta ese momento había volado por encima del escote, a la altura del collar y los pendientes, a la altura del perfume que cada una se había puesto detrás de las orejas y en el cuello, de repente había bajado al nivel rastrero de la montanera. Se le vio en la mirada que Olga pensaba: «Esta Sole consigue meternos la pocilga en Madrid», y que evitaba responder, y que ya no sonreía, sino que decía en tono de sorpresa, como si acabara de descubrirlo, como si no lo hubiera dicho ya tres veces en los últimos cinco minutos y trescientas en los pasados tres años:

–Pero cómo está de guapa y de mayorcísima Margarita, seguro que tiene novio. Ya no hay que llamarla Margarita; ahora, Marga a secas, que por algo es un nombre precioso. Yo te voy a llamar Marga de ahora en adelante. Además, ese collar te sienta estupendamente, te hace una mujer.

A ella le tocó dudar acerca de la intención con que Olga dijo lo de que el collar convertía en una mujer a Margarita; dudar de que fuese exactamente un cumplido, pensar que Olga lo decía malévola porque sabía que el collar era suyo, de la madre, y que la hija se lo había puesto aquel día por primera vez para ir a la fiesta, y a lo mejor lo que había estado queriendo decir Olga era que no le pegaban esas tres esmeraldas gordas de la caída a una adolescente, como si las esmeraldas no le sentaran bien a cualquier mujer por joven que fuese. También Pruden, cuando la llevó a comprarlo, dijo algo parecido. «¿No te parece un poquito excesivo?», le dijo cuando vio el collar, y ella, ni corta ni perezosa, le respondió que si se refería al precio o a qué se refería. ¿Excesivas las esmeraldas? Exactamente, le dijo: «Excesivas para mí y no para Elizabeth Taylor, que tanto te gusta y tan elegante te parece, ojos color violeta, pechos descomunales y paticorta; y si lo dices por el precio, claro que es excesivo, esto no son garbanzos de Fuentesaúco, Prudencio», y es que Pruden no era como los otros hombres. No le gustaba gastar dinero, y, lo que era peor, no le gustaba demostrarles a los demás que lo tenía y lo gastaba. Cuando todo el mundo procuraba lo contrario, o sea, que los demás creyeran que tenía más de lo que tenía, él, al revés: iba y lo escondía. Le sabía mal cambiar de traje, de muebles, de vajilla, dar cenas. Parecía como si aún estuviese en Salamanca con los curas aquellos con los que estuvo interno un montón de años: «Es que trabajo con el Estado, y la gente se fija, y comenta, y no le gusta que, con dinero del Estado, se presuma», se justificaba; y tampoco le gustaba a él presumir, que hasta para el veraneo tuvo ella que ir empujándolo hacia arriba, o, por ser más exactos, hacia el norte; primero hacia el norte, y hacia el este después. Fue una larga travesía.. Olga se lo decía al principio. «Hay que ver qué tipo tan tacaño. Es una urraca.» Claro que Olga estuvo enamorada de él, algo vería Olga en él al principio. Los primeros años, cuando Pruden se presentaba en la casa de Jávea, corría a recibirlo, a ponerle el café con leche, el granizado, y él, tan tímido, que no se sabía muy bien si iba allí por la una o por la otra. Pruden parecía dudar. Si llegaba a casa y Olga estaba sola, al parecer la miraba con los mismos ojos como uvas negras con que miraba a Elvira cuando se quedaba a solas con ella, o al menos eso era lo que le decía Olga a Elvira.

–Está enamorado, Elvira. Pruden está enamorado –le dijo Olga a Elvira, y Elvira le respondió:

–Pues claro que está enamorado, ¿por qué te crees que viene tarde sí tarde también?

–Entonces, ¿crees que me quiere? –añadió Olga.

Y Elvira:

–Estás loca. Si ese hombre lleva dos meses viniendo a casa es por mí. No me digas que habías pensado otra cosa.

Entonces fue cuando se dieron las dos cuenta de que cada una recibía a Pruden como destinataria del amor que parecía emanar de él. La conclusión que sacó Olga fue que, en realidad, le daba lo mismo la una que la otra; que de lo que Pruden estaba enamorado era de su posición –de la de las dos–, o, por decirlo de otro modo, de su dinero (del de las dos), y que se excitaba de manera indistinta con cualquier cuerpo que cumpliera las expectativas que él alimentaba: soporte económico.

–Eres tú la que se ha hecho esas fantasías –dijo Elvira.

Olga no se lo había perdonado nunca. Que Pruden hubiera elegido a la amiga tonta, en vez de a la lista. No podía haber perdón. Por eso, cuando se casaron Elvira y Pruden, y él se puso a hacer todas aquellas inversiones en bolsa, y salía del ministerio y se quedaba hasta las tantas fuera, de reuniones aquí y allá, y parecía que siempre hubiera sido un hombre de negocios, y a ella le tocaba quedarse en casa esperándolo hasta las tantas, Olga pudo decirle a Elvira:

–Siempre te dije que de lo que ese hombre estaba enamorado era de tu dinero, no de ti.

–En todo caso, se decidió por mi dinero, y no por el tuyo –le respondió Elvira con las palabras que usaba la protagonista de un viejo folletín que había leído mucho tiempo atrás.

Para entonces, Olga llevaba ya tres años casada con Tomás Ricart, el vecino de chalet con el que habían jugado desde pequeñas en la playa, un novio que pasó por todas las fases –amiguito, compañero, confidente y novio– antes de llegar a marido. Elvira nunca había entendido cómo Olga, tan atrevida, tan rompedora, había acabado casada con él, torpe, taciturno, sin ningún misterio que lo adornase, aunque no fuera feo, ni precisamente pobre, y sí que fuera serio, fuerte; viril, como a Olga le gustaba decir. Pero, para novio, para marido de Olga, le hubiera parecido mejor alguien que viniera de fuera, que trajera algún secreto consigo. Un perfume de París, de Roma, de Nueva York. Siempre lo había pensado. Además, Tomás supo que Olga estuvo enamorada de Pruden, y lo supo a dos bandas, porque se lo tuvo que comentar Pruden, que, en Jávea, salió varios veranos con la misma pandilla que él, y que también salió con Olga, que, por entonces, aún lo trataba sólo como confidente. La indiferencia, la paciencia de Tomás, que consideraba todos esos enredos sentimentales poco menos que tonterías de niñas, para Olga era signo de poderosa virilidad. La virilidad era para Olga pesada y silenciosa, como uno de esos budas descomunales que aparecen en los reportajes de televisión. La virilidad exhibía calma y paciencia. «Él sabía que acabaría teniéndome. Había abierto la jaula, me había dejado revolotear un poco, y estaba esperando a que volviese dentro», decía Olga de Tomás. Pruden era muy diferente. Incluso su físico era distinto: más delgado, es decir, más nervioso e irritable. A Tomás le gustaba el trabajo por el trabajo. Hacer cosas, permanecer ocupado, que los balances estuviesen bien cerrados como si fueran un embalaje. En cambio, a Pruden le gustaba más conocer que hacer: era con el dinero como un niño curioso que se agazapa para vigilar el parto de un animal: cómo sale un ternero del interior de la vaca, cómo caen los gatitos como pelotas de pimpón desde el interior de la gata, y cómo la gata los va lamiendo para limpiarlos. A Pruden le gustaba sorprender el mecanismo por el que el dinero se reproduce; en ese sentido podría decirse de él que era un pervertido económico, un *voyeur,* porque, una vez que conseguía ese dinero que había visto brotar, no sabía qué hacer con él. Era como si Pruden agotara toda su energía ganando el dinero y luego ya no le quedaran fuerzas para gastarlo. Su actitud ante el veraneo le había servido a Elvira como un detector de alta precisión para constatar esa falta de iniciativa suya respecto al uso del dinero. Cualquiera que no lo conociese hubiera pensado que era un miserable, y no: se trataba de otra cosa. A Elvira le había costado mucho conseguir quitarle un vicio que más que con la tacañería rozaba con la timidez, con la poquedad, una forma de perversión económica. De recién casados, decía que le gustaba veranear en Candelario, al lado de Béjar, su pueblo, entre palurdos con pantalones de pana, todo el día pisando bosta de vaca, sin bañera en la casa, con una ducha de la que caían cuatro gotas y bajo la que era un suplicio lavarse; y, para más inri, sometido el matrimonio que llegaba de Madrid las veinticuatro horas del día a la vigilancia, análisis y críticas del vecindario, que opinaba libremente acerca de cuanto ella decidía: «Arreglar el tejado os costará un dineral, ¿y no vais a quitar los palos del techo? Pues vaya reforma», «Rosa, la que os vende la leche, es la más carera y la que más agua le echa», y así todo el tiempo, entrometiéndose en todo. Tuvieron que pasar tres años antes de que ella adquiriese la suficiente autoridad como para plantarse y decir: «Hasta aquí hemos llegado», y luego otros diez para hacerle cruzar a Pruden en una larga travesía la cornisa cantábrica de oeste a este: dos años en Galicia, en una playa tranquila y desangelada en donde una no podía vestirse decentemente durante tres meses sin llamar la atención y que se volvieran los del pueblo a mirarla; un pueblo híspido donde, por la noche, lo más selecto que podía hacerse era ver la tele en casa del secretario del Ayuntamiento de Espasante; después fueron dos largos veranos en Cudillero, en Asturias, todo muy típico, muy popular, balcones de madera, fabes con almejas, olor de manzanas fermentadas en las tabernas que tenían regatos al pie de la barra para que los bebedores vertieran los restos de sidra de los vasos, el suelo siempre húmedo y cubierto de serrín, y ni una sola persona con la que hablar en todo el verano. Luego vinieron tres vacaciones en Comillas: otra cosa, es verdad, pero no lo que ella quería; gente un pelito beata, antiguos alumnos de los jesuitas, misa todas las mañanas de domingo, rosario todas las tardes de todos los santos días; a continuación, y como un gran triunfo, llegaron los tres veraneos de Zarauz, «bueno, vamos mejorando», se decía ella, aquí ya sí, ya casi sí, sin duda otra cosa, aunque todavía faltaba algo. Ella le insistía a Pruden: «Lo que falta es el detalle, el canto del duro, que es importantísimo, el detalle es siempre lo más importante, y si no, que se lo pregunten a un modisto, a un perfumero, por qué un traje es una birria y otro una maravilla, por el acabado, por el detalle»; así que al décimo año, en el mes de mayo, antes de que Prudencio renovara el alquiler de la casita –porque para qué vamos a engañarnos, era más casita que villa– lo cogió por banda y le dijo: «Mira, para estar en un barrio de San Sebastián, que eso es lo que es Zarauz, yo creo que es mejor que vayamos de una vez por todas al propio San Sebastián (Donosti, como les gusta llamarlo a ellos, a los de allí, yo soy de Donosti, donostiarra, dicen ellos), que tiene otro nivel, donde aunque sea verano una puede ponerse un traje de noche, unas joyas, ir a un concierto, alternar con toda esa gente que lleva consigo el Caudillo en sus desplazamientos», y él agachó la cabeza, modorro, como se ponía Prudencio cuando quería una cosa y al mismo tiempo no la quería, o temía que se le notase que la quería, y acabó pasando por el aro de algo que tenían que haber hecho desde el primer día. Pero si era mejor hasta para sus negocios. Ella se excitaba: «Qué empeño por ir de humilde, ¿es que nos falta algo de lo que tienen los otros?, ¿tenemos una pierna de menos los de nuestra casa?, o –que es lo que al cabo importa– ¿tenemos un duro de menos? Pues mira, a lo mejor, de más. No te olvides de que tienes una mujer y una hija, y qué quieres, ¿casar a tu hija con un vaquero de Béjar, o con el dueño de una pescadería de Coruña? Parece que es eso lo que quieres, porque se te olvida siempre que para que abreve el buey hay que llevarlo a la fuente, y que donde no hay agua no se puede beber.» Se diría que Prudencio llegó a Madrid por equivocación; que iba de Béjar a Ciudad Real y se quedó en el transbordo. Elvira se le quejaba a Olga: «Qué manía con el campo, con lo auténtico, lo de pueblo, pan de pueblo, carne de pueblo, chorizos de pueblo, como si todos los panes no fueran de panadería y todas las carnes –mejor aún las de Madrid, adonde llegan, que no te quepa duda, las de más calidad– no salieran de las vacas, de los cerdos o de los corderos.» Y concluía: «Me he pasado años diciéndoselo para nada. Todavía ahora, cada vez que sale por ahí a ver las obras, vuelve a casa con hogazas de pan, con chuletas de cordero, con chacinas dudosas que se come con veneración, como si siguiera comulgando en el colegio de los curas de Salamanca.» Y a él le decía: «Es ridículo. Eso es querer demostrar que comen mejor los palurdos que los banqueros, hijo mío. ¿Pero no ves que lo mejor viene a Madrid? A Blas, en el barrio de Salamanca, llega lo mejorcito de Aranda y de toda esa parte, qué lechales; a Coruñesa, ahí, en Recoletos, al lado de Blas, llevan la crema de la crema de los pescados y mariscos del norte, mejor merluza que en Vigo, mejores almejas de Carril que en la ría de Arosa, y ostras con garantía, porque las que se compran así, sin saber, lo mismo las tienen engordando donde desemboca el caño del desagüe; y verdura, ¿me vas a decir que tienen mejores tomates y lechugas en esos poblachos de Ávila y de Toledo adonde tú vas que en la frutería de Fernando VI?» Pero, como si nada, él se presentaba en casa con liebres que no se sabía quiénes ni cuándo las habían matado, con patos llenos de pulgas entre las plumas, que hasta la muchacha se quejaba y decía que le daba asco desplumarlos.

–Lo natural, lo auténtico. Para empezar, que ese concepto es falso –razonaba inútilmente ella ante Olga–. Esos animales son los que peores piensos llevan comidos y esos chorizos los que tienen más conservantes descontrolados, pero es que, aunque fuera verdad que se trata de cosas naturales, el hombre no es natural en nada, pero en nada. Es fruto del artificio. Lo natural sería ir en cueros, vivir en cuevas, sentarse en el suelo, y no, eso no lo hacemos nadie: queremos buenos sillones, un buen receptor de radio, un aparato de televisión, una lavadora, una nevera, luz eléctrica, camas con cabezal labrado, trajes buenos, relojes, dónde está lo natural, le digo yo, y por qué no te vas en asno a ver las obras; no, vas en el coche. Y hasta lo del asno es poco natural, un animal a lomos de otro, eso no se ve en la naturaleza, lo natural sería que fueras al trabajo andando, ah, no, eso no, natural es un chorizo que tiene una grasa que parece jabón, de lo dura que está, y que apenas tiene magro, ¿eso es natural? ¿Es eso lo natural?

Olga la escuchaba con la sonrisa en la boca.

–Lo mismo que los jóvenes de ahora, los jipis, que quieren irse al campo a vivir sin luz eléctrica ni nada, los amigos de Margarita, que se fueron a Ibiza, y resulta que contaban que la casa era una maravilla porque el agua la sacaban de un pozo y no tenía luz eléctrica, pues a otro con esa joya; claro, que fue el padre, Manolo Roca, con el genio que tiene, y se trajo a la niña a rastras, cogió el avión por la mañana, y por la tarde ya estaba la niña en casa, y al pazguato que estaba con ella le dio un empujón que todavía debe estar curándose la rabadilla del porrazo que se pegó contra las piedras, jipis, ya les daría yo jipismo, y he dicho pazguato, pero lo que debe ser el tipo es un sinvergüenza, porque era compañero de curso de ella en la universidad, en Políticas, pero al parecer es hijo de un panadero o un churrero, o algo así, de la Latina, o sea, que de tonto nada, ése pensaba que se había llevado ya a la niña de Roca, nada menos, hija única, porque el niño tiene no sé qué enfermedad y está en silla de ruedas y cada vez peor, heredera de la fábrica de azúcar de Valladolid, de la harinera y de la constructora Rocamayor, nada menos, el churrerito, o panaderito, o lo que fuera, pues no picaba alto, tres meses sin luz eléctrica, y luego, la central eléctrica entera para mí.

Le había dicho a Olga que eso era una visión «casi cristiana de la cosa, veinte años de penitencia en un convento y una eternidad garantizada, eso es el jipismo, mezclarse los de arriba con los de abajo, y a río revuelto, ya se sabe». Olga se reía a carcajadas de la espontaneidad de Elvira, que resultaba tonificante, siempre que una se limitara a soportarla sólo durante unas pocas horas y nada más que durante unos pocos días cada año. Así se lo decía luego, por la noche, a Tomás, que era amigo de Pruden desde los tiempos de Jávea y con el que jugaba a veces en bolsa. Elvira, por su parte, no dejaba de mirar a Olga como una advenediza. Estaba convencida de que todo el mundo tenía una exagerada prisa por firmar el futuro, y que era esa impaciencia la que con frecuencia impedía que el futuro llegase por sus propios pasos. Eso le pasaba a Olga, siempre empeñada en ir por delante de todos sus amigos; empeñada en ser siempre la primera y también la más. Hasta el propio Pruden pecaba de esa prisa, «¿o es que Pruden hubiera llegado a algo de hijo de notario de Béjar y licenciado en Derecho por Salamanca?, ¿adónde hubiera llegado?», pensaba Elvira en silencio durante las horas en las que a Pruden lo retenían sus negocios y compromisos y a ella le tocaba esperarlo a solas, y notar cómo se le llenaba la garganta con un regusto amargo. Porque, claro, Elvira Barcia había sido mucho, sí, con una fortuna, aunque hubiera otros dos hermanos varones para repartir con ella, con la niña, con la pequeña, pero es que, además del dinero, la familia tenía una guía de teléfonos completa con las relaciones de don Sebastián Barcia, una agenda que daba de sobra para ocupar las aspiraciones de los dos varones y las de «la hembrita», que era como decía su padre cuando se refería a ella, «mi hembrita», decía. La agenda de don Sebastián Barcia dio para cumplir las aspiraciones de todo el que se acercó por su casa cuando él vivía: don Sebastián Barcia financió el alzamiento, estuvo en el frente, y, mejor aún, en la retaguardia, negociando con los ingleses y con los americanos la llegada del material de guerra, ¿o no le dijo Franco delante de un montón de ministros del gobierno y de no sé cuántos embajadores: «Sebastián, yo he ganado media guerra, la otra mitad me la ganaste tú»? Así de claro lo dijo, aunque, últimamente, como Franco había estado chocheando, hubieran empezado a hacerle la cama los del Opus, los camisas blancas, esos que –según Elvira le decía a Olga– una vez que se casaban sólo se acostaban con la mujer el día que el médico les marcaba como hábil para que la mujer pudiera dejarse embarazar, estuviera fértil. Decía Elvira: «De verdad, Olga. Sabes las veces que se han acostado con ellas por los hijos que tienen. Dices, Jaime, tres hijos, bueno, pues tres veces en su vida, o seis, si falló en los primeros intentos.» Ambicioso Pruden, claro que sí, pero ella estaba convencida de que Pruden no renegaba de debérselo todo al noventa por ciento a su suegro, o al noventa y cinco si uno se apuraba, porque ahora, por más que se empeñara en que fuesen a misa de doce todos los domingos a la iglesia del Retiro, que era la del Opus, y en peregrinación a la sierra de Rialp, él veía que los negocios se le habían puesto correosos, y tanto, porque don Sebastián ya no estaba bajo la capa del cielo, sino por encima de ella, y Pruden tenía que hacer malabarismos para torear entre tanto lobo con cilicio, porque se habían apoderado de los ministerios económicos: hablaban bajito, como si rezaran, pero tenían los dientes afilados y, en cuanto te descuidabas, entre oración y oración, te habían cortado de una dentellada la yugular y estabas muerto. «Mira Manolo Fraga, con todo el poder que tenía, todas las voces que daba, que miraba el mundo desde arriba. Dicen que cuando era profesor de la universidad vigilaba los exámenes de los alumnos, caminando por encima de los pupitres, pisándoles las cuartillas y a veces hasta las manos a los alumnos, y que, en sus accesos de rabia, daba patadas en el culo a sus colaboradores, a Cabanillas, y a los que tenía más cerca, Lacierva y todos ésos. Bueno, pues ahí lo tienes. Les hizo cosquillas a los santurrones y se ha tenido que ir con el rabo entre las piernas y su aspecto de hipopótamo a ver crecer las flores del campo británico, a pasear por los parques de Londres», le decía Pruden a Elvira en la soledad del dormitorio, y lo hacía en voz muy baja, como si temiera que hasta allí dentro llegaran los oídos de la Obra. Pruden, Tomás, los tiempos habían cambiado. Sus padres –el de ella, el de Tomás, el de Olga– habían tenido otra pasta. Habían sabido nadar y guardar la ropa. Cómo no iban a saber, si aprendieron a vivir en las trincheras, en las del frente, pero también en las de los despachos, que a veces eran peores, porque bastaba una denuncia de alguien, ni siquiera una denuncia, una sospecha que dejaban caer, y ya estabas perdido. El padre de Olga más que el suyo, porque al suyo cualquiera le decía nada, quién le iba a decir traidor, o lo que fuera. Al padre de Olga sí que se lo podían decir, y aún más al suegro, al padre de Tomás, porque esos dos estuvieron primero en un lado y luego en otro. Ellos decían que la guerra les había pillado del otro lado y que se habían pasado en cuanto habían podido, y por supuesto que se habían cambiado de bando, pero más bien cuando vieron que lo tenían perdido, cuando estaba claro que la República se hundía. Quién sabía lo que habían hecho en el tiempo que estuvieron con los republicanos. Las malas lenguas comentaban que, antes de pasarse –lo hicieron casi al mismo tiempo, aunque no se conocían por entonces, los dos vivían en Valencia, allí los conoció antes de la guerra don Sebastián Barcia–, habían escondido un montón de obras de arte. Unos decían que había sido el padre, otros que el suegro, pero todo el mundo coincidía en que buena parte de esa colección de la que tanto presumía Olga tenía su origen ahí, al margen de lo que vendieron y traficaron; y que de la complicidad durante aquellos años les venía la amistad al padre y al suegro de Olga, y que por eso había querido Olguita hacer historia y aprender arte en la universidad, pero parecía claro que lo de los estudios no iba con ella, y tuvo que dejar la carrera sin acabar, después de que se pasó todo aquel tiempo echándoles a las amigas en cara que no estudiasen. «Hasta para freír un huevo, siempre es mejor saber que no saber; siempre lo hará mejor una lista que una tonta», decía levantando la nariz y moviendo aquella melenita lisa que llevaba de joven, y arrimándose el cigarro a los labios, que por entonces Olga era la única de todas ellas que se atrevía a fumar en público, una cría, y el cigarro, con lo mal visto que estaba por entonces que una mujer fumara, y ella rompiendo, y diciéndoles que eran tontas de baba por no hacer una carrera como ella, cien tíos en el aula, y ella y otra que era hija de un abogado republicano que estuvo no se sabe cuántos años en la cárcel, y que mandó a la niña a estudiar Filosofía y Letras y nadie se explicaba ni cómo la admitieron. Olguita. La recordaba Elvira como si la estuviera viendo, enseñándole el paño manchado, y diciéndole: «Eso te pasará a ti también», y ella echándose a llorar como una imbécil: «Eso a mí no me pasará nunca, tú estás enferma», le dijo, y Olga se burló de ella. Recordaba como si fuera ahora mismo el cuarto de baño de la casa del padre de Olga, en Jávea, los azulejos blancos con una línea azul oscuro, el lavabo, y ella cerrando la puerta y sentándose en la taza del váter y enseñándole aquel trapito manchado. Tuvo un ataque de nervios y no era capaz de abrir la puerta. Estaban las dos solas en casa. La criada se había ido al pueblo a hacer la compra y los padres se habían marchado de viaje. Dormían las dos en la misma habitación, y aquella noche, después de lo del paño, Elvira no quería estar a solas en el cuarto con ella. Le parecía que iba a contagiarle algo, aquella enfermedad de la que no se curó, ya que, desde entonces, le había parecido el mar un sitio confuso, la gente a medio vestir o apenas vestida, el quita y pon de faldas y bañadores, el agua cubriendo el cuerpo, acariciándolo; no, no le gustó el mar aquel verano, con Olguita señalándole con el dedo a un muchacho muy moreno que se quitaba la camisa y los pantalones y se quedaba en bañador y caminaba despacio por la playa, o diciéndole que fueran dando un paseo hasta las rocas para espiar a una pareja que se había metido en una cueva; desnudándose sin ningún pudor en la habitación cuando se cambiaban; señalándole la primera hinchazón de sus pechos; todo aquello le parecían también síntomas de la enfermedad, y cuando volvió a finales de septiembre al colegio, pensaba que había estado perdida en un sitio que no podía confesar, y se ponía colorada cuando le preguntaban que dónde había pasado las vacaciones, y decía: «Con mis padres en la sierra y, luego, el mes de agosto, con una amiga en el mar», y cuando decía «el mar» se ponía colorada, y creía que las sores y las chicas iban a saber todo cuanto le había ocurrido durante aquel mes; cuando sus padres se juntaban para pasar el fin de semana –eran amigos íntimos el padre de Elvira y el de Olga, tenían negocios juntos–, ella no se atrevía a comentarlo el lunes en el colegio, y eso que se veían en El Escorial, y, allí, entre los pinos que olían a resina cuando los calentaba el sol, y que en invierno se doblaban bajo el peso de la nieve, todo era distinto, más cercano, más recatado. Fue así hasta que también ella sangró un día y no se lo quiso decir a su madre y se estuvo frotando las bragas y la falda en el lavabo, y cuando su madre se presentó llevando en la mano la falda que ella había colgado en el tendedero y le dijo: «¿Qué te ha pasado, Elvira?», ella se echó a llorar, y su madre le cogió la cara, y le decía: «Bonita, bonita, no llores, si es normal.» Elvira se quedó de piedra, porque aquello era como si hubiera una sociedad secreta, como de masones o algo así, unos lazos que se mantenían escondidos, y que su madre le había ocultado hasta a ella, es decir, que su madre también formaba parte de aquella sociedad que las sores desconocían, que ella misma había desconocido, y lo peor era que ahora también ella había sido captada por los miembros de la secta, sí, seguramente, en la playa le habían inoculado sus vicios. Sangraba. Lo pensó durante un tiempo, e iba a comulgar con una voluntad sacrílega y a veces hasta mordió la hostia, la masticó. Se acordaba de esas historias de los judíos que robaban un copón lleno de «sagradas formas», así decían las monjas que había que llamarlas, «sagradas formas», y las robaban para profanarlas; bien, pues ella, Elvira, profanaba la sagrada forma porque era miembro de una secta, y por las mañanas empezó a mirarse en el espejo mientras se secaba, y por las noches, en la cama, se acariciaba, y sentía placer y luego miedo y luego ganas de sentir ya todo el placer de una vez para de una vez morirse y condenarse. Olga y ella, muchos meses más tarde, en El Escorial, sentadas en el suelo, con las faldas levantadas, abiertas de piernas una frente a la otra, y abriéndose con los dedos sus partes, Olga extendió el brazo y metió sus dedos en el sexo de Elvira y dijo: «Estás ardiendo», y le metió la lengua dentro de la boca durante un instante y se levantó de un salto. La dejó de piedra. Le pareció excesivo y, al mismo tiempo, le supo a poco. Ya nadie volvió a meterle la lengua en la boca hasta cuatro años después, una noche, junto a la verja de uno de los chaletitos de la colonia, y también esta vez por sorpresa. Fue Pruden. Le estaba hablando despacito al oído, le dio un beso en la mejilla, que ella intentó esquivar, y, a continuación, la acorraló contra la verja con repentina violencia, y le abrió los labios con la lengua: también fue sólo un instante y también esa vez ella se resistió y también en esa ocasión le supo a poco, y desde ese día esperaba cada noche que eso volviera a ocurrir y se excitaba por las tardes antes de que él fuera a recogerla a casa pensando que sería esa noche; y como no era tampoco esa noche cuando la besaba en la boca, en cuanto la dejaba a la puerta de casa un par de horas más tarde, lo echaba de menos con todas sus fuerzas, y estaba loca por que llegase el día siguiente, y así ocurrió una noche tras otra, durante mucho tiempo, y cuando llegó la noche de la verdad, cuando por fin volvió a ocurrir aquello, ya casi a punto de casarse, ella estaba loca por él, sólo pensaba en él, sólo lo deseaba a él, aquella lengua, algo que aquella lengua llevaba consigo y que él tenía guardado y que ella tenía que sacar a la luz. Era como si sólo él tuviera aquello que Elvira tanto necesitaba. Qué tonta había sido.

9

Colgó el teléfono y abandonó la cabina caminando deprisa hacia la derecha, sin dirigir una sola mirada a los lados o atrás; luego, en el momento en que el semáforo estaba a punto de virar a rojo, cruzó la calzada para cambiarse de acera y torció por la primera calle a su izquierda: allí se metió en la boca del metro, merodeó por el laberinto de pasillos durante unos minutos y buscó la otra salida, que se abría a una calle tranquila. De nuevo en el exterior, sí que miró a ambos lados antes de volver a girar –otra vez a la izquierda– por una calle solitaria en la que, a aquellas horas, sólo llamaba la atención el luminoso de un pequeño bar de aspecto poco acorde con el aire burgués del barrio, y que, de buena mañana, frecuentaban los obreros, chóferes y repartidores, mientras que, en esos momentos del mediodía, permanecía prácticamente vacío. El dueño del bar al que acababa de entrar Lucio, en cuanto terminaba de servir la tanda de los desayunos ponía sobre la barra lo que los escasísimos clientes le pedían, y luego desaparecía tras la puerta que había al fondo del local y sólo volvía a salir de su escondrijo cuando sonaba la campanilla instalada en la puerta para avisarle de la entrada de algún cliente. Era allí, en aquel local vacío en el que se podía charlar a gusto, donde Lucio se veía con Lurditas cuando la buscaba en horas de trabajo, o cuando acudía a recogerla al final de la jornada. El bar estaba cerca de la casa de los Ricart, apenas a tres o cuatro minutos, y, además, en una zona poco concurrida, donde ella podía descubrir enseguida si alguien la vigilaba o no. Lurditas conocía perfectamente las normas de seguridad a las que Lucio tenía que someterse y a las que no le quedaba más remedio que someter a cuantos lo rodeaban; por eso, aquel mediodía a él le había extrañado que no hubiese entendido a la primera que, si le decía que necesitaba verla, era porque de verdad algo muy grave estaba ocurriendo, algo ante lo que ninguna importancia tenía lo que ella pudiera estar haciendo en aquellos momentos en casa de los Ricart. Miró el reloj. Faltaban pocos minutos para las dos. Estaba claro que, para ella, tenía que ser la peor hora para escaparse, puesto que estaría dándole los últimos toques a la comida del mediodía, pero él no quería verla más que un minuto, sólo un minuto, para decirle personalmente lo que no podía decirle por teléfono. La clandestinidad restringía el uso del teléfono. Las líneas telefónicas eran un pasadizo por el que circulaban indeseables visitantes cuyos pasos a veces llegaban a escucharse escoltando las palabras del interlocutor. «Tiene el teléfono intervenido. Hace unos ruidos raros», se decía entre los camaradas cuando hasta el auricular llegaba el eco de esos pasos. Él, desde que salió de la cárcel, creía escuchar ese eco en el teléfono de casa de los Ricart. «A lo mejor vigilan a los hijos, a lo mejor te vigilan a ti, porque me están rondando a mí. Vete a saber. Pero yo creo que ese teléfono está intervenido, ¿tú no te has dado cuenta de que hace ruidos raros?», le había explicado a Lurditas, y no se había quedado satisfecho cuando ella le dijo que las llamadas de servicio llegaban a un par de extensiones que había en la cocina y en la sala de plancha y que, seguramente por eso, no eran demasiado buenas las conexiones y se escuchaban ruidos. Lucio estaba convencido de que tenía a la policía tras sus pasos, especialmente desde que había abandonado el pecé para meterse en Vanguardia Revolucionaria y habían colocado un par de años antes los dos petardos en el túnel del metro, petardos contra los que hicieron declaraciones los de comisiones obreras, que, en un documento, dijeron que aquellas explosiones habían sido obra de provocadores que buscaban la desestabilización en unos momentos delicados en los que los militares estaban deseando dar un golpe de mano para tensar las riendas que la enfermedad de Franco había aflojado. La empresa y hasta los propios compañeros sospechaban que él había tenido algo que ver en las explosiones. En torno a él todo se había ido enrareciendo y, en vez de la buscada solidaridad, se extendía la sospecha. Se sentía muy cansado de una forma de vida cada vez más sombría, y más aún aquella mañana. A veces dudaba de sí mismo; de si su decisión de empezar a militar en aquel grupo había sido acertada. Por vez primera en su vida, se encontraba solo, condenado a no tener contacto más que con la media docena de militantes con los que concertaba las citas que el aparato del grupo le organizaba («Vanguardia Revolucionaria no es un partido, es un grupo que trabaja para la reconstrucción del partido del proletariado», decían los estatutos). Tras su salida de la cárcel había pasado a la clandestinidad, y si seguía viviendo en la casa de Entrevías había sido porque, en su primera caída, esa dirección no había aparecido en ninguno de los interrogatorios, ya que él, por las lógicas precauciones tomadas a causa de la huelga, tenía por entonces su domicilio en un cuarto de alquiler cerca del Pozo del Tío Raimundo. Solo y cansado. Vagabundeando de un sitio para otro. Se había sentido especialmente solo aquella mañana, cuando comprobó que Enrique y el Viejo no se presentaban a la primera cita de seguridad después de la acción de la noche anterior en la que habían sido sorprendidos por la policía, y tampoco acudieron al segundo contacto, lo que lo convenció de que habían sido detenidos, e incluso le hizo sospechar que pudieran haber sido heridos, o algo aún peor, porque la policía había disparado contra ellos. Él había oído en su huida aquellos disparos, pero había seguido corriendo sin parar por los descampados que rodeaban la mole de la cárcel de Carabanchel, hasta que llegó a la estación del metro a tiempo para coger el primer tren. La cita con Enrique y el Viejo la habían concertado precisamente en el vagón de cola de ese primer tren que salía a las seis en punto de la cabecera de la línea y pasaba pocos minutos más tarde por Aluche. En el trayecto entre ambas estaciones tenían que reconocerse los tres miembros del comando. No hacía falta ni siquiera hablar, bastaba con mirarse y comprobar que estaban los tres allí, pero los otros dos no habían acudido, y él se había encontrado rodeado de desconocidos en aquel vagón; como tampoco se habían presentado –tal como estaba previsto en la cadena de citas de seguridad– una hora más tarde en el bar El Brillante de Atocha, que era un lugar fiable, porque uno se confundía con los cientos de albañiles que a aquellas horas se encontraban allí cada mañana ante cafés y copas de anís con sus compañeros de cuadrilla. Lo peor fue que tampoco en el teléfono de alerta que la organización le había hecho aprenderse de memoria para cuando ocurriese un percance así había respondido nadie, de modo que, a las siete y media de la mañana de aquel diecinueve de noviembre, Lucio ya se había venido abajo. Por si fuera poco, cuando volvió a casa para contarle a su compañera que se encontraba en una delicada situación, eran ya prácticamente las ocho, y Lurditas se había marchado a trabajar. Se sintió aún más solo; más cansado y más solo. Estaba tan deprimido que, contraviniendo cualquier norma de seguridad, se había tumbado en la cama y se había quedado allí durmiendo hasta el mediodía, momento en que se había despertado con mal sabor de boca y una tremenda angustia. De nuevo habían resultado inútiles los esfuerzos por contactar a esa hora con el teléfono de alerta, desde una cercana cabina. Así que no lo pensó más. Se volvió a casa, recogió precipitadamente el dinero que, para un caso así, tenía guardado en un ladrillo despegado que había bajo la cama, metió la ropa en la bolsa de deportes, y se dirigió a Juan Bravo. Necesitaba ver a Lurditas, decirle que no lo esperara a dormir durante unos días, que ya le saldría él al encuentro en el trayecto del trabajo a casa para tenerla al tanto de lo que ocurriese. Pero ¿adónde iba a ir? Estaba lloviznando otra vez y, por el color y densidad de los nubarrones, se adivinaba que esa tarde iba a caer una buena tromba de agua. ¿Adónde iba a ir? En las pensiones pedían el carnet, y tampoco podía presentarse en casa de ninguno de sus antiguos camaradas del pecé. De los camaradas de Vanguardia no tenía ninguna dirección, porque así lo exigía la clandestinidad. Ni siquiera sabía dónde vivía su compañero Enrique, a quien él había metido en Vanguardia; y del otro lado del teléfono de alerta, donde tenían que darle las instrucciones, seguían sin responder. Mientras desde el interior del vagón de metro que lo llevaba a la cita con Lurditas veía pasar los paneles de la estación de Atocha, pensaba en lo absurdo de su vida, él allí, solo, cargado con la pequeña bolsa de deportes como único equipaje, sin saber adónde ir, y con la cabeza repleta de sueños de solidaridad desde un montón de años antes: recordó los recreos infantiles en el patio del colegio de La Paloma, los grupos de alumnos desenredándose a medida que, a la salida de clase, se dirigían unos hacia Bravo Murillo y los otros hacia la Dehesa de la Villa, o hacia Villamil; pasaron por su memoria los futbolines de la calle Navarra, el olor penetrante de las cuadras del cuartel de La Remonta, frente a la estación de Alvarado; y los desmontes del Pardo a los que su padre lo llevaba a cazar conejos a lazo, a pesar de la vigilancia de los guardias cuyos caballos aparecían frente a uno de improviso; su padre diciéndole: «Aprende, hijo, aprende; si no sabes defenderte, si no tienes cultura, la vida es una marranada, hacen contigo lo que quieren.» Hacía unos cuantos años que su padre comía tierra, y él, entre tanto, había conseguido aprender matricería en La Paloma y aprender a leer los libros de Engels, de Marx y de Bakunin que les dejaba uno de los compañeros de su padre, que había abandonado Reinosa huyendo de un pasado de maquis. «Aprende, hijo, aprende.» Él había aprendido. Había aprendido a pensar y, casi de improviso, a luchar, porque había ingresado en los talleres del metro y allí se había afiliado enseguida en la célula del pecé. A veces pensaba que la dureza lo había seguido a todas partes. «Obligado a la dureza», pensaba, añorando el uso de sus sentimientos, que los tenía. Quería a Lurditas, y se preguntaba por qué ni siquiera Lurditas podía visitar su parte de blandura. Tenía la impresión de que había dentro de él algo así como un parque bien cuidado, plantado y ordenado, en el que, sin embargo, nunca entraba nadie. Nunca había podido entrar nadie. Oía algunas canciones y tenía ganas de llorar y de contarle a alguien que tenía ganas de llorar. «Volver a los diecisiete, después de vivir un siglo.» Oía a Violeta Parra y era como si, por un instante, paseara por el interior de ese parque. «Se va enredando, enredando, como en el muro la yedra.» Un parque cuya existencia nadie conocía; que nadie visitaba. Había entrevisto ese parque con Miguel –su amigo de infancia y adolescencia– en La Pedriza, en El Escorial, caminando entre las casas lujosas, y luego quedándose a dormir en mitad del monte, junto a la presa. Por entonces aún no tenía casi nadie tienda de campaña, y se quedaban los dos acostados al raso, bajo una manta, después de comerse unos cuantos bocadillos de *chopped*, de sardinas en aceite, o de atún, y de beberse una botella de vino con gaseosa. Envueltos en un par de mantas, los dos muchachos, perdidos entre las sombras del pinar, que, cuando llegaba la mañana, el calor volvía denso, oloroso, y que por la noche era húmedo, y tenía una densidad casi pantanosa: las hierbas mojadas manchando de oscuro las perneras del pantalón. Fueron buenos colegas. Con Lurditas hubiera querido abandonarse, como se había abandonado con Miguel, a quien le hablaba de todo, y le contaba sus proyectos, sin disimularle nada, pero nunca acabó de conseguirlo. ¿Dónde estaría ahora Miguel? Se había casado, se había ido a vivir a Gijón, y ya no había vuelto a saber nunca más de él. Lurditas le gustaba mucho, le gustaba abrazarla, besarla, comérsela, follarla, pero no acababa de abandonarse con ella, no se abría él con ella como ella se abría con él, eso no, y se preguntaba por qué. Ni siquiera le gustaba decirle que la quería. No, no era verdad, porque sí que le hubiera gustado decirle que la quería, pero las palabras se le atragantaban cada vez que lo intentaba. Seguramente la necesidad de disciplina militante, el rigor que exigía lo de fuera, lo público, y que acababa ordenando aun a su pesar lo de dentro, lo privado. Así pensaba. Cuando, un par de años antes, había dejado el pecé para meterse en el grupo al que lo había llevado Taboada, hubo un momento en el que hubiera querido besarla a ella, a Lurditas, morderla toda ella, quedarse todo un día encerrado con ella y dentro de ella, y no acudir a la cita con Taboada, o acudir al día siguiente, y decirle a Taboada: «Que se vaya todo a la mierda, vete tú a la mierda, y la lucha y la revolución y Marx y Lenin, todo a la mierda», pero no lo hizo, porque ella era, a la vez que su compañera, su discípula. Él le había dejado leer aquellos folletos y libros, y a continuación no podía decirle que se vaya todo a la mierda, porque era como estar mandándose a sí mismo a la mierda. A lo mejor ella lo hubiera agradecido, hasta es posible que lo hubiera querido más, pero lo hubiera querido desde arriba, como se quiere a un niño al que se le riñe porque ensucia la ropa, a un viejo que no sabe valerse por sí mismo, a un pájaro metido en una jaula. Aunque... ojalá se lo hubiera dicho. Porque, ahora, ¿qué quedaba ahora?

Taboada, Tabo, le había dejado todos aquellos documentos sobre lucha armada: «¿Ves adónde os ha llevado el revisionismo del pecé?», le había dicho cuando los despidieron del metro y la policía hizo una redada y se llevó a los principales dirigentes de la huelga a la cárcel, y los compañeros, como borregos, regresaron al trabajo. Él estaba solo en Carabanchel, porque los distribuyeron por varias cárceles. Caja de resistencia. A la cárcel les llegaban a los presos las camisetas limpias, los calzoncillos, los botes de leche condensada, y les llegaba también todo el apoyo ideológico del partido y de comisiones obreras, pero los trabajadores, los compañeros, todos aquellos que habían dicho unidad hasta el final, abrían cada madrugada las puertas metálicas de las estaciones, expendían billetes detrás de las taquillas, conducían los trenes; y los pasajeros leían distraídos el periódico y miraban pasar los letreros que anunciaban las estaciones y también los paneles con anuncios de muebles, ropa, helados, cosméticos, vajillas y trajes de boda; y luego salían a la superficie y compraban lo que habían visto en los anuncios. La ciudad era una balsa de aceite. La solidaridad se limitaba a un acto privado que se celebraba en la tercera galería de Carabanchel. Camarada esto, camarada lo otro. «Hoy han traído las mujeres de Vallecas un cocido para chuparse los dedos.» «Hoy no han dejado pasar visitas porque están rabiosos, porque los vascos se han cargado a un guardia»: ese día, los de la comuna de abajo, los izquierdistas, los que no estaban en el pecé, los de la eta y el frap y el peté y la oerreté y el emecé habían estado cantando, «están locos, quieren desestabilizar el país, la situación es delicada, gavilanes y palomas luchan por hacerse con el poder y eso les da la razón a los gavilanes». Otro día: «Han conseguido meter una carta de Dolores animándonos a los presos, escrita de su puño y letra, mírala, pasáosla de unos a otros, camaradas, pero con cuidado, esto es un documento histórico.» Cosas así decían en la comuna de arriba, los del pecé; y los compañeros, fuera, en la calle, en donde la vida era la vida y no aquella pantomima de camarada esto camarada lo otro, conducían los autobuses de la EMT, las camionetas de Vicálvaro, las de Getafe, los convoyes del metro que salían de la Plaza de Castilla y los que venían en dirección contraria, desde Portazgo. Y, en los barrios rojos, en el cinturón industrial, en los lugares donde vivían todos aquellos por quienes uno luchaba, la gente se metía en las tiendas para comprar trajes de novia, y los hijos de los antiguos huelguistas hacían la primera comunión en los Salones Barcarola, y la gente se acodaba en las barras de los bares con un palillo entre los dientes, de cara al televisor, y comentaba el golazo que acababa de meter Pirri: «Joder, por toda la escuadra, el portero se ha quedado pasmao, con los ojos en blanco, es que ni la ha visto venir.» Y los árboles florecían. Y las parejas se paseaban por los caminos secretos del parque del Retiro y se escondían detrás de los setos y se tumbaban bajo las encinas de la Casa de Campo. De eso le hablaba Tabo aquellos dos meses que pasó en Carabanchel después de la huelga, durante el estado de excepción, y los camaradas le decían: «Ten cuidado con ése, que es confidente», y él les respondía que no, que no era verdad, que era un izquierdista, sí, pero no un confidente, «y, además, yo me junto con quien me sale del nabo», les decía. Y entonces fue cuando le tocaron los huevos, y lo llamaron al orden, y le dijeron que la militancia exigía normas de comportamiento; que él no podía poner en peligro la seguridad de la gente que estaba allí metida hablando con ese abogado que, según sus informes, era dirigente de Vanguardia, una organización que, como todo el mundo sabía, estaba plagada de confidentes de la policía. Y él, Lucio, aquel mismo día, pidió a los boqueras que lo cambiaran de planta, y, a la semana, en cuanto llegó la orden, porque se quedó vacía la celda que habían ocupado unos estudiantes a los que les salió la condena y los mandaron al Puerto, cogió los bártulos, la bolsa con la ropa, los cuadernos, y se bajó a la comuna de abajo, y escuchó a Taboada durante horas. «Lucio, no se trata de ser mejor o peor. La revolución no se hace con buenas intenciones», le decía Taboada. Y cuando él le hablaba de compañerismo, de compasión, de piedad, hasta de misericordia ante las injusticias, Taboada se burlaba. Y a él esa dureza le jodía, pero también lo atraía. Tenía un brillo de verdad desnuda, sin adornos. Pensaba Lucio que los adornos eran los que encubrían el hecho de que todos aquellos obreros vestidos de azul que en las asambleas habían dicho sí, huelga, todos unidos hasta el final, ahora estuvieran vendiendo billetes tras las ventanillas, abriendo puertas, cavando en los túneles, conduciendo trenes.

–Me hablas del evangelio, compañero –decía Tabo–, todo eso es palabrería clerical. Los curas os han contaminado a los revisionistas, os han prestado su lenguaje, y los revisionistas lo usáis creyendo que se trata de un favor que os han hecho. Eso que me dices lo has sacado, sin saberlo, de la Biblia, o de la película de Pasolini que tanto les gusta a tus camaradas italianos, la del Evangelio, que hasta se la dedicó al Papa. Creo que es ahí donde Cristo o algún apóstol dice: «Prefiero la misericordia al sacrificio», o algo parecido. Reconciliación nacional y curas obreros. En vez de cobrarles la factura pendiente por los crímenes de la guerra, cuando rezaban pidiéndole a Dios que a los aviadores de la Legión Cóndor no les fallara el pulso al tirar las bombas sobre los niños que vendían tabaco en la Gran Vía de Madrid, sobre las parejas de novios que salían del cine, los habéis puesto a trabajar a vuestro lado, los habéis convertido en dirigentes y les pasáis el mortero y la llana con veneración. Para que la verdad se imponga no hace falta la misericordia, que es una forma de mentira, sino un gran sacrificio. No conozco verdad que no se haya impuesto sin guillotina, que no esté, como dice Mao, en la punta de un fusil.

–Según tú, ¿qué es lo que queda?

–Pregúntate mejor qué hacer, como se preguntaba Lenin. Y lo que podemos hacer juntos, ya te lo he dicho, es preparar el gran sacrificio que precede a la verdad, y, después de eso, del fuego, de la guillotina, si me preguntas qué es lo que tenemos que hacer juntos, te responderé que nada, que tú tienes que hacer una cosa y yo otra. Yo soy un abogado desclasado, y si no me comprometo con algo irreversible, con algo que la sociedad no pueda perdonarme nunca, acabaré volviendo con los míos, y tendré muchas cosas que hacer: montar un bufete, casarme con una chica de buena familia, ganar dinero, viajar. O sea que, para mí, si vosotros los obreros no me cerráis el camino de vuelta a casa, queda todo, y, en cambio, para ti no queda nada. Un obrero expedientado en el metro, con ficha de comunista y pasado por la cárcel de Carabanchel. Nada, menos que nada. Y como no te atreves a contarte a ti mismo esa nada, vas y te envuelves en la manta de la clase social. La solidaridad de la clase obrera. Pero ¿de qué clase obrera me hablas?, ¿de la que berrea cuando hace el salto de la rana el Cordobés? ¿Es ésa tu clase? Pues que te aproveche. Espérala sentado. A la clase hay que putearla, cercarla, cerrarle el camino de vuelta atrás. Convencerla de que es carne de cañón de verdad, de que no vale nada, para que salte y muerda.

–Eres un hijo de puta.

–Pero tengo razón.

–Una razón que no vale para nada, que no nos va a hacer felices ni a ti, ni a mí, ni a nadie.

–¿Tú crees que la felicidad es una idea marxista?

–Es la idea que sostiene todo el marxismo, dime qué, si no.

–Marx no buscó nunca hacer felices a ese ejército de brutos a los que defendió. Buscó ser coherente con su pensamiento. Cogió un hilo, tiró de él, y devanó la madeja hasta el final. Eso es todo. El sentimentalismo lo habéis puesto vosotros, los revisionistas, y muchos de estos de aquí abajo, de esta galería, maoístas, ex curas de la oerreté y gente así.

–Pero, entonces, ¿qué pintas tú aquí?, ¿qué te hace aguantar la cárcel?

–Pienso, y pongo el pensamiento al servicio de la revolución, porque menos aún que lo que hay aquí me gusta lo que veo a mi alrededor, en mi casa, en mi familia de clase media arrastrada que le ha pagado al niño la carrera de Derecho para que papá y mamá puedan ir con la cabeza alta a misa de doce los domingos; los niñatos y niñatas de la facultad, sus papás y mamás, que, además de burros, son cursis. Quiero que explote de una vez todo eso, y vosotros me ayudáis con vuestra acción, como yo os ayudo con mi pensamiento. Seguramente porque os odio, os ayudo a que os odiéis vosotros mismos, porque más que a vuestra clase de ignorantes, odio a la mía de filisteos. A esos filisteos no consigo hacerlos odiarse. Se adoran a sí mismos. A mí, esa gente ignorante y satisfecha no me deja decir lo que sé decir, y tú, en cambio, protestas porque no te dejan decir lo que no sabes. Te subes a un bidón en el metro y dices: «Compañeros, no nos dejan hablar, esto es injusto»; pero imagínate que te dejaran hablar, ¿qué dirías? Nada. Ese día, si es que llega alguna vez, en que dejen hablar a todo el mundo, hablarán los que saben. ¿Qué sabes tú de Lenin? Nada. Ese día hablarán los especialistas en Lenin, y ya no será Franco el que te callará. Serán ellos.

–Si hablan de Lenin, hablarán a favor nuestro, hablarán de lo que yo creo. Me parecerá bien que hablen ellos si saben lo que dicen.

–Eso es una estupidez. Se puede hablar de Lenin sin ser leninista, sabiendo, sabiendo mucho, y, desde luego, Lenin sabía, y sabía porque no era de los tuyos. Si hubiera sido de los tuyos, habría muerto al caer de un andamio, o de cirrosis en una taberna, o jubilado, y nadie se habría preocupado de embalsamarlo.

De ese modo le hablaba Taboada, y a Lucio sus palabras lo atraían, quizá porque era el único que le había hablado sin traslucir un ápice de pena por él. «Me necesitáis», le decía, «¿quién os va a escribir los panfletos?, ¿quién marcará las estrategias que hay que plantear en la próxima asamblea? Necesitáis a burgueses que odien su clase.» Y cuando Lucio salió de la cárcel, un mes más tarde, Tabo estaba a la puerta de Carabanchel, esperándolo, metido en el interior de un destartalado dos caballos. Hizo sonar el claxon en el momento en que pasó a su lado cargado con una maleta y una bolsa de deportes, y le abrió la puerta, y lo abrazó una vez que Lucio se hubo sentado en el interior del coche, y se quedó mirándolo a la cara fijamente, mientras le palmeaba las mejillas. «Salud, camarada Lucio», le dijo, «Vanguardia te espera», y los dos se echaron a reír. «¿Cómo se te ocurre venir aquí con el coche?», le dijo Lucio, mientras recorrían la calle Camarena. Taboada le explicó que no había problemas porque el coche pertenecía a una compañera pija de la facultad que nada tenía que ver con la política, aunque, por garantizar la seguridad, darían unas cuantas vueltas para comprobar que no los seguían antes de aparcarlo cerca de la casa que la organización le había proporcionado a Lucio, para que se quitara un tiempo de en medio, hasta que la policía se olvidara de él. «Nos han puesto a los dos que estamos fichados en la misma casa», le dijo Tabo, pero a Lucio no acababa de parecerle bien, porque habían vuelto a admitir en el metro a los despedidos de la huelga, aunque bajándoles la categoría laboral, y también él iba a trabajar de nuevo allí, por lo que quería volverse a vivir con Lurditas cuanto antes. La echaba de menos. Se lo dijo a Taboada y Taboada se burló de él. «Clase obrera, ¿de eso hemos estado hablando este tiempo en la cárcel? ¿Hablábamos del gran fuego que iba a quemarlo todo?» Y él le respondió: «Yo quemo contigo lo que haga falta, pero a mi manera.» Desde que trabajaba otra vez en el metro, pensaba que los que estaban aún en la cárcel, revisionistas, ex curas de oerreté, etarras, mantenían una verdad y un odio que se le habían desvanecido en parte a él: se le desvanecían entre los brazos de Lurditas, comiéndose el bocadillo de madrugada con los otros compañeros en el túnel, levantando la bota de vino a la luz de las lámparas. Ahora, tras su experiencia en Carabanchel, pensaba que el trabajo era duro, pero no era grande, y que la cárcel, que era blanda como la vida en un hospital, con aquellos paseos por la galería que eran como paseos de convalecientes, tenía esa grandeza, era acción: aunque no fueran más que las cenizas que quedan tras la acción, tras las pequeñas hogueras que anunciaban el fuego que iba a llegar. Dos o tres veces por semana se reunía con Taboada: «No sois nada, no seréis nada. Seguirá habiendo clase obrera mientras viva Franco y les sirváis de excusa a esos intelectuales para hacerse su hueco. Luego, se disolverá la clase obrera. ¿Tú oyes hablar de clase obrera en Estados Unidos? Carrillo escribe libros, Semprún escribe. En el fondo, no son más que intelectuales. Y eso es lo que quedará de vuestra lucha si no ganáis. Lo que no quede escrito, no habrá existido, y lo que ha existido lo escribirán ellos. Así que ya sabes, dentro de unos años no habréis existido. Tu pasado me lo inventaré yo a la medida de mis necesidades. Tu lucha será una medalla que me pondré en mi solapa. Tu hambre, tus chuscos de pan, tus meses de cárcel, han sido apenas tres meses, ¿no?, poca cosa, formarán parte de mi biografía, porque esos años los escribiré yo, si sobrevivo y regreso a mi clase. Los escribirá gente como yo, y os los quitaremos, te los quitaré, y no podrás hacer nada contra eso. La historia es de los que saben que existe.» Lucio se enfadaba con él, pero le respondía burlón: «No te preocupes, que nosotros traeremos ese gran incendio. Quemaremos vuestros libros y, en la misma hoguera, os quemaremos a vosotros.» Y Taboada: «Eso es imposible. Vendrán otros que contarán que fueron ellos los que quemaron lo que vosotros quemasteis, o que rescatarán de las cenizas y volverán a poner en pie lo que destruisteis. Nada. Tú y los de tu clase habéis trabajado para que yo tenga un pasado. Con el tiempo seréis un ejército de hormigas sobre la superficie de la luna. ¿Has visto esos cuadros de tu ex camarada Genovés? ¿Esas multitudes que son sólo puntos negros que parece que corren en determinada dirección o que se dispersan? Sois vosotros. Vosotros, esa desbandada de silenciosos microbios vistos desde una lente. Nosotros contaremos de qué escapabais y hacia dónde corríais.» No hablaba nunca de esas cosas Taboada en las reuniones de célula que mantenían ellos dos con Enrique y el Viejo. Allí sólo hablaban de conciencia de clase, de estrategias para llegar al poder, de la insurrección que debía sacar del pozo al país y que tenía que estar dirigida por una vanguardia armada: tomar cuarteles, después de trabajar entre los soldados, que asaltarían los armeros; repartir fusiles entre los obreros de las principales fábricas; que los sindicatos se levantaran contra sus dirigentes. Había que acostumbrar a la población a convivir con la violencia, a defender, con violencia, sus derechos. Los explosivos que colocaron en el metro nacieron de esa necesidad de violencia. Los fabricó el Viejo, y Enrique fue el más reacio a que se colocaran; la verdad es que tampoco a Lucio le hizo mucha gracia aquello, aunque disimulara sus reparos. Fue como si hubiera presentido que las explosiones eran el inicio de este camino de soledad. Quiso decir: «Que se vaya todo a la mierda», pero luego pensó que aceptaría por una vez, sólo por aquella vez, y luego ya no volvería a participar en nada de todo lo que los de Vanguardia planeaban: sólo jugar por la tarde a las cartas con los amigos del barrio, tomarse un par de anises, ir a Juan Bravo a esperar a Lurditas, a Maria Antonia, a ella, y decirle: «Te quiero, a ti, nada más que a ti, ni revolución ni hostias, a ti nada más.» Pero ese día no había llegado. Había sido Taboada –y no él– quien unos meses más tarde había abandonado todo aquello. Había dicho: «No sé, a lo mejor es que vuelvo a mi clase.» Y él, a lo mejor por eso, para demostrarle a Taboada que no tenía clase a la que volver –sí que la tenía, Lurditas era su clase, las tardes de jueves en casa con ella, el chinchón–, o a lo mejor porque era verdad que estaba hasta los huevos de todo y quería que, de una vez, saltara tanta mierda por los aires, había seguido en la célula con Enrique y con un compañero apuntado en todas las listas negras de la construcción, el Viejo, un camarada que había conocido las cárceles de después de la guerra, la del Dueso, la de San Miguel de los Reyes, y que había estado con Líster. Se había quedado en Vanguardia, y había participado con ellos dos, y con otro camarada que se llamaba Ezequiel, y a quien no había vuelto a ver, y con otros dos que al parecer venían del norte –dijeron que de Asturias, luego se descubrió que del País Vasco–, y que les presentó Taboada, en la instalación de los petardos, los del metro, y también los que pusieron para que estallaran al paso de un jeep de guardias y que nunca llegaron a hacerlo. Aquella mañana, mientras esperaba a Lurditas en el bar –tardaba, ya tenía que haber llegado–, recordaba la última tarde en que estuvieron trabajando para poner los cables en el sótano de aquella casa. Lo recordaba perfectamente. Si cerrara los ojos, podría ver la luz crepuscular, la furgoneta llena de cajas. Para hablar los tres a solas (Ezequiel, uno de los del norte y él) habían elegido el interior de la furgoneta, pero no parada en algún sitio, sino circulando, dando vueltas a la manzana, cambiando de recorrido una y otra vez, metidos en el atasco de la ciudad, porque quién podía asegurar que en un momento dado no levantaran sospechas, tres tíos metidos en la furgoneta sin salir, habla que habla, no fuera a acercarse algún guardia y a decirles: «Qué hacen aquí, documentación, qué llevan dentro», y dentro llevaban lo que llevaban entre las cajas de herramientas y otras que estaban vacías y que no tenían más finalidad que la de disimular lo que no querían que nadie viese: la mitad de los componentes para los explosivos que los del norte habían traído. Ezequiel estaba muy nervioso, soltaba la mano derecha del volante y gesticulaba sin parar: «Os lo dije», decía, «os lo dije de sobra que era facilísimo, sí, que eran dos o tres medias horas de picar, eso como mucho, pero que había que aprovechar el tiempo de las comidas, cuando él está arriba, en el chamizo del ático, comiendo, durmiendo la siesta.» Ezequiel había conseguido la llave del sótano, porque había estado trabajando como electricista en la instalación de la escalera y la había robado de la cabina del portero, y había hecho una copia; y ésas eran las condiciones, picar lo poco que había que picar los tres ratitos de la siesta, y, en el último momento, simular que habían forzado la puerta, para que nadie sospechara sobre el origen de la llave, pero los del norte no le habían hecho caso: se habían engolosinado a la segunda tarde, viendo que lo terminaban en un rato, y se habían quedado hasta las cinco y el portero los había pillado y a ellos no se les había ocurrido otra cosa que encerrarlo allí: atarlo y encerrarlo. Ezequiel se volvía loco: «La primera y principal cuestión es que empezarán a preguntarse de dónde ha salido la llave, y qué vamos a hacer, ahora ya no podemos forzar la puerta delante de él; y con él, ¿qué hacemos?, ¿dejarlo allí hasta que pegue el pedo? ¿Creéis que no lo van a echar de menos antes? Si ese tío no está a las diez y dos minutos en su casa, la mujer monta el número, que no os quepa duda, y la hemos cagado. Pillan dentro, en la ratonera, a los que estén allí.» El del norte parecía tranquilo: «No pasa nada, ni va a pasar. Ese tío... ya está. Ese tío no se va a mover. Y si hace falta, nos lo llevamos, lo metemos aquí en la furgoneta, y ya está», decía. Y Ezequiel: «¿Lo sacamos? ¿Cómo? ¿A rastras por el portal, por la acera? ¿Y yo me pongo un antifaz para que no me reconozca? ¿Y conduzco con el antifaz puesto?» Hablaba así porque ni los del norte, ni el Viejo, ni Lucio sabían conducir, y era él el encargado de llevar la furgoneta.

–Seguramente no hace falta ni sacarlo –dijo el vasco.

–¿Cómo que no? ¿Nos vamos a quedar con él después del pedo?, ¿allí dentro?, ¿esperando a los guardias? –se irritó Ezequiel.

–Pues se le saca.

–Si lo que hago es preguntarte cómo cojones se le saca.

–O salen los otros, y a él se le deja allí, callado.

–¿Qué quieres decir? ¿Qué estás queriendo decir?

–Que, al fin y al cabo, es un lacayo de ellos.

Ahí fue cuando saltó Lucio, que se acordó de Lurditas:

–Nos cargamos a los porteros, ¿y por qué no a las cocineras? ¿Callamos también a las cocineras?

–Tú córtate, no tergiverses las cosas.

–Bueno, pues sin tergiversar. ¿Lo vas a callar tú? ¿Vas a ser tú el que lo calles? ¿Con tus propias manos? Porque no creo que quieras liarte a pegar tiros ahí abajo. Estáis locos.

–¿Por qué dices estáis? No uses el plural. Dime a mí que estoy loco, y ya vale. Yo soy yo, y no represento a nadie.

–Digo que estáis locos por ahí arriba, en el norte.

–¿Y qué hacéis por aquí abajo, por el sur? ¿O te crees que estamos jugando a montar fuegos artificiales? Deja el norte en paz.

–No, si sé lo que me digo. El gordo ese, el portero, no es un objetivo. Lo otro sí. Lo otro lo hemos planeado. Pero el portero es un error. Y si revienta, no será por su culpa, porque es un facha y lo paga, sino por la nuestra, porque nos hemos equivocado. Y a mí no me gusta sentirme culpable.

–No hables de culpa, ni siquiera de error. Esto no es un crucigrama que tienes que rellenar, y que, si te equivocas, borras y empiezas otra vez. Este objetivo del que hablas forma parte de la vida, no está en una lata de conservas, y la vida no se puede controlar, y, en el camino, pueden pasar muchas cosas, ¿entiendes? En el camino puede quedarse el gordo ese, como podemos quedarnos nosotros, que tenemos menos culpa que él, y, además, tenemos razón.

Lucio se burló: «La razón histórica», dijo. Aquello le había sonado a Taboada. Le alargó un cigarro a Ezequiel y encendió otro él mismo. De repente parecía relajado, como si hubiera hecho un esfuerzo enorme, cargar un camión o algo así, y ahora tocara abandonarse.

–Vamos allá –dijo–. Ya se nos ocurrirá algo.

No se les había ocurrido nada. Habían dejado amordazado al portero y atado a una de las tuberías de la calefacción, pero había conseguido desatarse, y había dado el parte, y la explosión no se había producido. Y Lucio había pensado que ahora aquel tipo conocía su cara; podía haber dicho que era él cuando le hubiesen enseñado las fotografías de cientos de sospechosos en la DGS. Podía haber dicho: «Éste, es éste», y todo por qué, por no haberle dicho a Tabo: «Que se vaya todo a la mierda.» Tabo no estaba el día en que tuvieron que amordazar al portero. Mira por dónde, dio la casualidad de que no estaba ese día, no señor, pero sí que estuvo unas semanas después, cuando dijo: «Lo siento. Abandono. A lo mejor es que vuelvo a mi clase. Pero quiero ejercer. He encontrado trabajo en un despacho de abogados y, no sé, me parece que es mi forma de participar en la revolución. Creo en la violencia, pero no sirvo para ejercerla. Seguramente mi mente es más de izquierdas que mi sensibilidad. Qué le vamos a hacer.» Se había reído de sí mismo. Se había llamado pequeñoburgués, cobarde, traidor, y se había esfumado para siempre. Aquella noche Lucio la tenía libre y habían estado bebiendo juntos. Ya de madrugada, cuando salían borrachos de un bar, Tabo se había dirigido a los barrenderos y había estado diciéndoles que eran unos desgraciados, unos muertos de hambre; que trabajaban como cabrones mientras él se ponía hasta el tapón de copas. Lucio había tenido que intervenir para protegerlo porque los barrenderos querían pegarle. Taboada, al final, había llorado y lo había abrazado y le había dicho que él, Lucio, era su mejor amigo. «No tengo otro como tú. Si me necesitas, pásate por el despacho», le había dicho con los ojos húmedos. Pero, después, se habían cruzado tres o cuatro veces por Madrid y Taboada había fingido no conocerlo. Poco tiempo más tarde, Ezequiel le había contado a Lucio que Taboada se juntaba con un grupo de profesores y abogados que habían montado una academia de sociología, mantenían reuniones con gente que venía del régimen, o muy cercana a él, y hablaban de la política utópica, que era la de los comunistas, a quienes había que cerrarles el paso, y de la política posible, que era la de los socialdemócratas. No subvertir el sistema, sino aprovechar los resquicios que dejaba libres. «Eso es la CIA», le había dicho Ezequiel, «les están dando dinero los alemanes y los americanos», pero él, ahora, mientras a través de la puerta acristalada veía a Lurditas avanzar hacia el bar, pensaba que lo necesitaba, que necesitaba a Tabo para lo que fuera, para que lo dejara dormir en el despacho o en algún rincón de su casa. Ésa era su única política posible aquel día. Por eso pensó que iría a verlo en cuanto le dijera a Lurditas lo poco que tenía que decirle: que estaba bien, pero que durante unos días no iría a dormir a casa. Sabía que ella haría como que no le daba demasiada importancia a lo que él le decía; que se limitaría a animarlo, a decirle que se cuidara. Y sabía también que, en cuanto la perdiera de vista, se echaría a llorar.

La tarde

10

–He dicho que en la mesa no se habla de política. Es más, que en esta casa no quiero que se hable de política.

Tomás Ricart dio un manotazo que hizo sonar copas, platos y cubiertos, y se encontró con las miradas de su mujer y de su hijo mayor, Josemari. En la de ella leyó un reproche que se refería a sus modales; a su facilidad para perder la paciencia y no ser capaz de resolver los asuntos de manera civilizada. «Tienes poca correa», le decía la mirada de Olga, y a él ese reproche lo hacía desmoronarse aún más. En la mirada del hijo había enfado y una punta de desprecio: «¿Ves como eres tú el que no razonas?», expresaban aquellos ojos. Tomás se preguntaba qué estaba pasando en su casa últimamente. Él se preocupaba de los albaranes de entrega de los pedidos y de que éstos llegaran bien a su destino, de las cuentas de resultados de la empresa, del estudio de las tendencias del mueble europeo, viajaba a la feria de Milán, cogía un avión a Frankfurt si hacía falta, vigilaba los embalajes, respondía a las quejas de los clientes, e intentaba relajarse los fines de semana leyendo revistas de geografía y viajes, y quería comer a gusto cuando llegaba a casa, pero, de un tiempo a esta parte, todo el mundo se empeñaba en que hablase de lo que no le interesaba, y lo empujaban a definirse sobre cosas sobre las que ni tenía ni quería tener criterio, y como él se esforzaba en seguir siendo el de siempre, lo acusaban de violento e intolerante, de tener poca correa, y lo hacían precisamente quienes estaban ejerciendo la violencia sobre él, y la intolerancia. ¿Por qué no le hablaban del contrato para amueblar y decorar una cadena de hoteles en Colombia (Manizales, Medellín) que acababan de firmar hacía apenas un mes? ¿Por qué nadie le hablaba de la carta de felicitación que habían recibido del Ministerio de Educación francés por su nuevo diseño de pupitres para los liceos?, ¿o de que había que podar los árboles del chalet de El Escorial? Era como si, de repente, el país se hubiera sumido en un frenesí donde lo sólido no valía nada; sólo se vendían palabras, aire. Él se lo había dicho a Quini en alguna ocasión: «Te avergüenzas de mí porque soy un fabricante, un vendedor, pero yo vendo cosas sólidas, que sirven para algo, sillas en las que la gente se sienta, camas en las que se acuesta, mientras que vosotros vendéis ilusiones, mentiras, aire, nada.» Hacía apenas dos horas que había tenido que soportar las recriminaciones de su padre, empeñado en que la muerte de Franco iba a cambiar los métodos de la empresa. Pero qué iba a cambiar. ¿Se iba a embalar el género de distinta manera a como se había embalado? ¿Se iba a transportar por otros medios? ¿Iba a llegar a otros países? Su padre había pronunciado aquella misma mañana frases tajantes, melodramáticas: «Una cápsula», había dicho, «fabricarse una cápsula como esos insectos que se blindan cuando llega la sequía.» Y él se había burlado: «Papá, me hablas de sequía justo hoy que ha empezado a llover.» Y su padre le había hablado de la necesidad de trabajar con Taboada. «Es el futuro», le había dicho, «no cita una geografía de ideas, cita una red de influencias, y lo hace para asustarte, para sentarte a negociar, lo hace como un chantaje, igual que los curas te citan el infierno a la hora de la muerte, para que resuelvas a medias con ellos el texto del testamento. Siéntalo a tu lado, y al otro lado sienta a tu hijo pequeño. El mayor es un tonto.» Eso había dicho el viejo Ricart, y ahora a él le tocaba, después de haber soportado las recriminaciones del viejo listo, aguantar las del joven tonto.

–No es política, papá –decía Josemari–, es que Quini es comunista, y si no viene a comer, es porque está metido en los follones que han montado para hoy en Filosofía. Los buitres se preparan para la insurrección, aprovechando la agonía del Caudillo; y tu hijo es uno de esos buitres. ¿Te enteras? Es que le estás dando de comer a un comunista.

–Le doy de comer a un hijo, o, para ser más exacto, les doy de comer a los dos hijos que tengo, ¿o quieres que te dé de comer nada más a ti?

–Le estás pagando los trapos rojos que compran para colgarlos en las ventanas de la facultad, y los sprays con los que pintarrajean insultos contra España y contra el Caudillo.

–¿Es que no pago también tus camisas azules? ¿Y no pago el papel en el que imprimís ese *Salvar España* que me traes todos los meses? Y te pago los panfletos que llevas en la cartera. Lo que tienes que hacer, lo que tenéis que hacer los dos es ir con cuidado y no meteros en líos. ¿Para qué cojones usas el bate que tienes en la habitación?

Miró a Olga, ella había sido la que se lo había dicho. Y ahora fue la que intervino:

–¿Queréis hacer el favor de callaros los dos?

–Es que papá habla como si fuera lo mismo hundir España que defenderla. ¿O estás con Quini? ¿Estás con los comunistas?

–¿Quieres hacer el favor de no volverme loco?

–O sea, que mi padre ya no sabe distinguir entre el bien y el mal, ¿qué puede darme mi padre, si ha perdido el norte? ¿Y el abuelo?, ¿le hablas también así al abuelo? ¿O él no tuvo que vestirse la camisa azul y empuñar la pistola para defender España?

–Tú qué sabes de lo que hizo ni de lo que piensa tu abuelo. Deja a tu abuelo en paz, y no nos metas en líos. –Pensó que en eso sí que tenía razón el viejo Ricart: Josemari no se enteraba de nada. No se había enterado ni siquiera de quién era quién en la familia.

–O sea, que España y el Caudillo son líos para ti. ¿Dónde habéis dejado el orgullo? El abuelo estuvo en el Maestrazgo, en Vinaroz, para qué. Luchó por España vestido con la camisa azul, la misma que lleva ahora tu hijo, el que os mete en líos porque lucha por lo mismo por lo que lucháis vosotros.

–No sabes lo que dices. Luchar. Algún día te contaré la historia completa de tu familia. Luchar. Hablas de luchar como si tuvieras cinco años y estuvieras todavía jugando a indios y vaqueros. Has cumplido los veintitrés y aquí, entérate, no hay guerra ninguna. Hace treinta y cinco años que no se lucha. Se lucha por comer, eso sí, por vivir, por tener un coche como el que tú tienes sin haber luchado para conseguirlo, tu pan y tus filetes, que yo pago con mi lucha, y eso es lo que tienes que defender, por lo que tienes que empezar a luchar, y no por las tonterías que te ocupan. Bates, porras y cadenas. Sigo siendo tu padre, porque sigo pagándote los estudios y la calefacción, porque no te has ganado todavía ni una sola miga de pan de las muchas que te has comido en tus veintitrés años de vida. Los noventa kilos que pesas los he levantado yo a pulso.

–Estás hablando de mí como si fuera un animal que engordas en un establo y que puedes vender en el mercado el día que quieras, o llevarlo al matadero, y eso no te lo tolero, aunque seas mi padre no puedo tolerártelo.

–¿No os enseñan, en esas escuadras en las que estás, el respeto a la autoridad familiar? ¿No sois vosotros los defensores de la autoridad patriarcal y del orden? Pues respétalo. Al fin y al cabo, soy tu superior en la cadena de mandos.

–Cuando el padre ya no sabe dónde está la frontera entre el bien y el mal, pierde su autoridad. Y entre la familia y la patria tengo que elegir por fuerza a la patria, que es la que da sentido a la familia, porque tú me estás hablando de una familia en la que el padre no sé si es débil o cobarde, y el hermano es traidor, cómplice de los asesinos. Me toca elegir la patria frente a la familia.

–Mira, esto parece el diálogo de una obra de teatro de hace treinta años, algo de Calvo Sotelo, una escena de *La muralla,* algo así. Déjate de cuentos y dedícate a estudiar, que es lo que tienes que hacer y, por cierto, no haces, porque tus notas dan pena. ¿Sabes lo que te digo? Que si quieres jugar a la guerra y ponerte camisas azules y pegarle cadenazos al primer desgraciado que te pasa por delante de las narices, lo hagas fuera, cuando te hayas ido para siempre de aquí, de esta casa, y te lo pagues con tu dinero y con tu trabajo. Mientras estés comiendo en mi mano, lo único que tienes que hacer es estudiar: ésa es tu forma de pagar tus deudas conmigo. Lo otro es robarme.

–Las notas, ¿de qué me hablas? Si en la facultad la mitad de las cátedras están infectadas de marxismo, como lo está tu propio hijo pequeño.

–Te estoy diciendo que estudies, y que hagas la guerra en verano, con las milicias universitarias, que ahí cumples con la patria.

Olga había llamado a Lurditas y daba instrucciones para que retirase los platos y trajera el pudding. «Hoy comemos de campaña. Está todo manga por hombro con lo de la fiesta. Así que picaremos algo de lo que luego se va a poner en el bufé y, de paso, hacemos de comité de cata», había anunciado. Claro que lo que había anunciado sólo se había cumplido en parte, porque Olga había puesto una taza de consomé para empezar, ya que ella siempre pensaba que una comida no era una comida si no se iniciaba con algo caliente, con algo para cuya ingestión se necesitase la cuchara. Luego, croquetas. La cocinera había apartado algo de la bechamel destinada para las croquetas de la noche. Unas tapas de salmón, de queso, de lomo, de mojama. Y comida hecha. Josemari se levantó cabizbajo y dijo que no tenía ganas de pudding. «¿Ni tampoco de un poquito de café?», preguntó Olga solícita. Y Tomás, mostrando otra vez su falta de correa, preguntó que desde cuándo se levantaba uno de la mesa antes de los postres, dejando a los demás allí sentados. «Esto empieza a parecer una fonda», dijo. Olga volvió a recriminarle con la mirada. Cuando Josemari había ya salido, le dijo: «Están en la edad difícil. Cada uno con sus ideales, que se creen que son los verdaderos. Es así la juventud. El tiempo los serenará. Lo único que me preocupa es que se vuelvan violentos. Pasan tantas cosas. Pero, con tu actitud, sólo consigues que extremen aún más sus posiciones. Es normal que ellos se lleven como el perro y el gato. Tienen casi la misma edad, están afirmando su personalidad, los hermanos son los peores rivales, ya sabes, Caín y Abel, o esos muchachos de la película de James Dean. Te toca a ti quitar importancia a las cosas.» A él le tocaba quitarle importancia a las cosas. Para Josemari era un cobarde, un blando. Para Quini, un negrero. Para su padre, un tonto que no se daba cuenta de que todo había cambiado. Para su mujer, un bruto que carecía de sensibilidad para apreciar un buen concierto, una exposición, una novela. Se consoló pensando que su mujer, al menos, había contado con él para que eligiese los vinos y licores y el tabaco de la fiesta. Poco era, pero más que nada. Olga y él. Él estaba convencido de que el error de los jóvenes, del que participaban en no poca medida las mujeres, era no querer enterarse de que nunca pasaba nada extraordinario, al menos en la dirección en que ellos lo deseaban. Los jóvenes y las mujeres se levantaban cada día por la mañana convencidos de que iba a ocurrirles algo, algo destacable, hermoso o trágico, y no querían enterarse de que hasta lo que de verdad es sorprendente se nos presenta siempre como parte de la monotonía. Su padre tenía razón cuando decía: «Por suerte, la imaginación acaba por desgastarse y nos deja en paz.» Olga no pensaba así, pensaba que una vida sin imaginación no merecía ser vivida. «La imaginación es la sal de la vida», decía. De hecho, a Olga, hasta sus propios hijos le parecían frutos sorprendentes. Para ella no valía la experiencia universal de que todos los niños del mundo crecen y, antes de que sus padres se den cuenta, han acabado haciéndose hombres. Miraba a aquellos muchachos desgarbados –más fino de miembros Quini (se parecía a ella), más pesado y torpe Josemari (era el retrato de él)– y creía asistir a algo extraordinario, como si no hubiesen pasado millones y millones de seres a lo largo de cientos de miles de años por la misma experiencia. Y los defendía como el propietario de un obra maestra la defiende de un incendio, de una inundación, y admiraba que ellos discutieran con ardor sus ideas, buscando maneras originales de hacer cualquier cosa, huyendo de los caminos trillados que utilizan las personas para no comprometerse, para poder fingir impunemente amparándose en ideas y gestos que otros han convertido antes en costumbres. «No, a los jóvenes no les vale el distraído besito en la mejilla, como a nosotros, ellos necesitan expresar de verdad lo que llevan dentro y, por eso, buscan frases que nos parecen grotescas, o se pellizcan, o se dan cachetes, o se empujan, para hacerse notar. Ya sé que a veces nos resultan impertinentes, o groseros, pero es su forma de sinceridad», decía Olga. A él, todo aquel continuo darle vueltas a las cosas para no aceptar la normalidad lo deprimía. ¿Por qué una casa no era un normal espacio de convivencia, sino un foco de tensiones? ¿Por qué a todo el mundo le preocupaba el destino de la humanidad y a nadie parecían importarle un pimiento el destino de las cosas más cercanas, el destino de las sillas en las que se sentaban, de las paredes que los protegían, el destino de la fábrica y de los negocios que les permitían tener todo aquello, comer y vestir, pero también asistir a conciertos o viajar en verano al extranjero y estudiar idiomas y leer libros y ver películas a las que muy poca gente tenía acceso? Y, sin embargo, parecía que eso no valía nada. Había tenido que decírselo tantas veces a Quini. «Sí, lo sé, sé que el dinero es la mierda», le decía, «¿cómo no lo voy a saber? Mejor que tú, y, además, tú aún no sabes de la misa la media, hablas por los cuatro libros que has leído, pero yo he visto lo que un hombre puede llegar a hacer por dinero, y te aseguro que me aterroriza, peor que matar, peor que matarse, y te preguntarás si hay cosas peor que matarse y yo te digo que sí.» Quini lo miraba con ojos irónicos. Ahora ya no le decía: «Papá, déjate de monsergas, de justificaciones», ahora era peor, porque no se lo decía, no porque hubiese dejado de pensarlo, sino porque había decidido considerarlo como irrecuperable y discutir con él le parecía tiempo perdido. Últimamente, cada vez que intentaba hablar con su hijo menor, lo veía jugando con el celofán del paquete de tabaco entre los dedos, o dibujando flores y figuras geométricas en una cuartilla de papel, o mirando por encima de su hombro hacia lo que había más allá de la ventana. Así lo escuchaba Quini, siempre con la atención puesta en otra parte. Y él, remachando sus mensajes: «Pero ¿sabes una cosa? El hombre tiene que acostumbrarse a vivir con la mierda. Es más, sólo se entiende al hombre conviviendo con la mierda, porque la mierda forma parte de él, es parte de él, desde que está envuelto en los pañales, y entre los pañales y él hay mierda, y dentro de él, qué hay, mierda. La cultura, la civilización es en buena parte una lucha por olvidarla, por no verla: el papel higiénico, las duchas, bañeras y bidets, las tazas del váter y los litros de salfumán y de lejía. Al hombre no le gusta su propia esencia. Y yo soy un hombre, hijo mío. Y a mí tampoco me gusta la mierda, pero convivo con ella, no me queda más remedio. El hombre crece conviviendo con lo que no le gusta.» Pensaba: «Me obliga a hablar de lo sucio, de lo que desprecio, de lo desagradable.» Y Quini, elevándose por encima, con su ligero cargamento de aire, de buenas ideas: «Eso que dices es pesimismo. En definitiva los cristianos, que os definís como humanistas, sois los que peor concepto tenéis del hombre, por eso os veis obligados a inventaros un cielo en el que no habrá hombres, sino otra cosa, llamada espíritus, que no tendrán ninguno de los que vosotros llamáis vicios y, por lo tanto, ninguna de las virtudes del hombre.» Y él se enfurecía enseguida, y Quini no lo llamaba cobarde, sino intolerante, y no, los intolerantes eran ellos, sus hijos, que no toleraban la vida en su discurrir, que querían cambiar por la fuerza lo que había; lo que había permanecido idéntico durante miles de años. Ricos y pobres, dueños y esclavos, patronos y obreros, ¿o no había sido siempre así? «¿No ha sido siempre así? Dime un periodo de la historia en que no haya sido así», le preguntaba a Quini, que decía: «Es que la humanidad ha vivido una larga prehistoria hasta llegar a tener conciencia de que puede ser dueña de su destino», y le citaba a la mitad de la humanidad, que había adquirido esa conciencia y, consecuentemente, había decidido encerrarse detrás de telones de acero o de bambú. Y su mujer, escuchando las conversaciones mientras fingía leer alguna de las novelas que Quini le recomendaba, boquiabierta, admirada de ser la madre de aquellos dos prodigios, aceptando convertirse en la sacerdotisa que abría las puertas del templo para que en aquella casa se ofreciesen libremente sacrificios a la intolerancia. Entre unos y otros llenaban la casa, lo mejor de la casa, el comedor, el saloncito, su propio despacho, de guerras, de injusticias, de ruidos de bombas, de tableteos de ametralladoras, de fugas de napalm. Y cuando él pedía que le dejaran tomarse un café en paz, los tres –la sacerdotisa y sus hijos– se volvían a mirarlo y lo llamaban intolerante. Y Olga, bruto; y José Mari, cobarde; y Quini, burgués explotador. «Me levanto por la mañana y, antes que nada, me tomo un zumo de naranja y un café, y me fumo un cigarro y, ¿sabes lo que ocurre, hijo mío?», le decía a Quini, «pues que, a continuación, tengo que meterme en el retrete. ¿Crees que me gusta sentarme en la taza del retrete y verme allí, con los pantalones bajados, y oler lo que sale de mí, que no es más que el catálogo de lo que llevo dentro? Pues no, no me gusta en absoluto, pero tengo que hacerlo antes de salir de casa. Sin ese humillante rito matinal, no puedo salir de casa, ni coger el coche, ni un taxi; bueno, pues no creo que sea tan difícil entender que tampoco se puede salir sin tres o cuatro mil pesetas en el bolsillo, sin dinero. ¿Que a todos nos gustaría no tener que llevarlas encima?, ¿que son un engorro?, ¿que hasta estaría bien no tener que ganarlas?, ¿y que eso tú te crees que es el comunismo? De acuerdo, pero entonces ya me dirás cómo pagas el metro y el taxi y las cervezas que te tomas, y la comida. El dinero es la mierda, vale, es tan desagradable y tan inevitable como la mierda.» A él le tocaba hablar de lo sucio, de lo egoísta, y se encontraba enfrente la maldita sonrisa de superioridad de su hijo y eso lo sacaba de quicio y perdía los estribos y daba dos voces y volvía a demostrar que era un intolerante. Porque quería vivir en paz, era un intolerante. Los tiempos habían cambiado, sin duda, y a lo mejor tenía que acabar dándole la razón a Josemari, porque resultaba que él, Tomás Ricart, tenía algo de blando, o de cobarde, porque cada vez que veía en la cara de su hijo Quini la sonrisa irónica, tenía que tragarse las ganas de darle dos bofetadas. Pensaba que su padre, a él, a esa edad, le hubiera dado dos bofetadas si se le hubiera ocurrido hablarle así, y él, sin embargo, ya no era capaz de darlas. Algo había cambiado en el mundo, era verdad. ¿Pero había cambiado para bien? El tono de Quini, como de alguien que se divierte ante la zozobra de otro; alguien que ve una película en la que Charlot se cae de culo, se golpea la nariz contra una puerta, se mete en un charco, recibe en plena cara una tarta de nata, y se ríe: «Papá, yo sólo digo que se podría repartir un poco mejor todo: el dinero, los alimentos, el suelo, las casas, los jardines se podrían repartir un poco mejor. Poner límites, que las empresas ganen menos.» Y él: «¿Me estás diciendo que deberíamos ganar menos?, ¿que hay que poner límites?, ¿pero quién pone esos límites?, ¿me estás diciendo que tu padre no debería ganar lo suficiente para pagaros a tu hermano y a ti los estudios?, ¿para que tu madre se compre un vestido y pueda tener una chica que la ayude en casa?, ¿para poner un cocido los domingos? ¿Y eso me lo dices tú? ¿Tú, que llevas buen calzado, que vas a la universidad, te compras los discos y los libros que te da la gana y comes lo que mamá piensa que va a gustarte más? ¿Quién es quién para ponerles límites a las aspiraciones de tu padre? Tú, desde luego, no, porque tú formas parte de las aspiraciones de tu padre, ¿y no es eso legítimo? Cuando te llegue el momento, ponte los límites tú mismo, ya verás qué difícil es, porque cada hombre sabe que sólo va a vivir una vida y aspira a vivir el mundo entero en ese poco tiempo que tiene. ¿O es que tú no quieres viajar a Roma, a Atenas, o, si te da la gana, a Leningrado? ¿No has viajado a Londres, a Ámsterdam, a París? ¿No ha sido así? ¿Y me estás diciendo que vas a decidir no ganar lo suficiente para ir a Estambul? ¿Quién va a decidir que tú no puedes ir a Estambul, porque tiene que ir otro que lo merece más que tú? ¿En nombre de qué o de quién te van a privar de que viajes, leas u oigas esa música que tanto te gusta? Pues eso es dinero. El dinero es el libro que te lees, y la salud en parte es dinero, el hospital, la prótesis que has llevado en los dientes para corregírtelos, eso es también dinero, y del amor, no me hables. Si no te has enterado todavía a los veintiún años de la indisoluble relación entre amor y dinero es que estás condenado a ser un imbécil lo que te queda de vida. Gracias a Dios, he ganado el suficiente dinero como para verte a ti sentado en esa butaca, frente a mí. ¿Cómo voy a arrepentirme?» Mientras cortaba pedacitos del pudding con la punta de la cucharilla, Olga le hablaba de que el proveedor le había puesto infinidad de pegas para conseguir las dos cajas de Krüg que él había puesto en la lista de bebidas, y que del Vega Sicilia del 54 sólo le había conseguido dos botellas. Le decía Olga que Madrid era un poblachón manchego; se le quejaba de que en las tiendas de Madrid no supieran salirse de la monotonía del Rioja; se preguntaba qué era lo que comían y bebían en sus casas las familias madrileñas, los banqueros, los aristócratas, los propietarios de inmuebles y empresas de una ciudad que tenía casi cuatro millones de habitantes. «No sé qué ponen cuando tienen una fiesta, un compromiso, porque yo me vuelvo loca para encontrar algo que esté a la altura.» Después del café, le pidió que la acompañara a la despensa y le enseñó los vinos que había traído, el Viña Tondonia, el Marqués de Murrieta, y los de postre, tres botellas de Apóstoles y otras tres de Matusalén. Él se sacó las gafas del bolsillo de la chaqueta y se las puso antes de leer la etiqueta de algunas de las botellas. Comentó que habían traído el 65 de Murrieta cuando él había pedido el 62, y también que, en cambio, el millesimé de Krüg era extraordinario. Luego le preguntó a Olga por su madre: «¿Qué tal mamá?», y Olga le dijo que había pasado una mañana muy irritada («como si se oliera lo de la fiesta y quisiera hacerse notar: los viejos son como los niños, como los animales domésticos, que perciben cuanto ocurre a su alrededor», dijo), pero que luego había comido bien y ahora («por suerte», dijo) estaba descansando. Él se dirigió a la habitación en que dormía la mujer, abrió la puerta con cuidado de no hacer ruido y se acercó de puntillas a la cabecera de la cama. Se quedó un rato allí, de pie, hasta que notó que el bulto que había bajo la colcha se removía y murmuraba algunas frases ininteligibles. Seguramente, su madre no estaba dormida y había advertido su presencia. Respiraba blandamente. Él extendió la mano y la puso en la mejilla de la mujer, que estaba ardiendo. «Tienes sueño, ¿verdad?», le dijo, «¿verdad que tienes sueño?» La voz del hombre sonaba extremadamente tierna cuando añadió: «Duerme, ahora tienes que dormir tranquila, así, sin preocuparte de nada, sólo de dormir.» Gimió la mujer, y él volvió a hablarle con aquella voz susurrante, casi hipnótica: «¿Te duele algo? ¿Verdad que ahora no te duele nada y estás bien? Pues así, duérmete así, tranquila.» Hablaba como si la respiración acompasada de la mujer le transmitiese una grata sensación de paz y él mismo quisiera quedarse allí a dormir.

11

No, esa tarde no iba a ir. La había llamado para decírselo. Y ella ahora se lo estaba contando a Chelo: «La verdad es que hasta me apetece que me deje un poco tranquila», le había dicho a Chelo mientras limpiaban antes de abrir. «Uf, esto está asqueroso. Mira, Chelo, mira cómo han puesto el baño los muy cerdos, han vomitado fuera, qué gentuza, en su casa no lo hacen, en su casa su mujer pone el grito en el cielo como se les caiga una gota en la tapa cuando se la sacuden. Cerdos», protestó. Pensaba para sí: «Son igual que él, sucios, él también es un cerdo.» De qué le hablaba el tipo, de qué. La miraba y le decía que estaría dispuesto a robar por ella, a matar por ella, y a ella le daba miedo, porque más bien le parecía que estaba diciéndole que estaría dispuesto a matarla. Cuando decía: «Mataría por ti», en realidad le estaba diciendo que la mataría, eso pensaba ella, porque también se lo decía. Le decía: «Me tienes loco», y que, para quedarse tranquilo, no iba a tener más remedio que matarla. Para librarse de ella. Ella creía que había llegado a ese punto en el que uno se da cuenta de que el amor no es que alguien esté loco por ti, sino que alguien está loco por sí mismo, se quiere tanto que no puede soportar que otra persona no sienta por él lo mismo que él siente. «Es muy raro, Chelo, muy raro», le decía ella a su compañera del Club Piscis, «te quiere porque te desprecia, porque te considera una rata –ratita, me llama en los momentos dulces– y no puede entender cómo una rata no se siente fascinada, agradecida, qué sé yo... Eso que llaman amor es demasiadas veces una forma de desprecio. Te desprecio tanto que no entiendo que no te entregues a lo mejor que has encontrado en tu vida y que está a muchos metros por encima de ti. Que no te vuelvas loca por mí, que mires a otros.» Y a esos celos, a ese no entender que él no era la hostia y que a ti podía gustarte otro, lo llamaba amor. No era verdad. Quería que ella lo admirara con la boca abierta, como si tuviera cuerpo, que no, no lo tenía, qué coño de cuerpo, sesenta y tantos años mal llevados. Que estuviera embobada con él y por él, y, luego, ni siquiera se preocupaba más que de boca de que eso fuera así, porque lo mismo la llamaba diez veces al día, controlándola, «qué haces, dónde estás, con quién, sé que estás con alguien», que desaparecía, y se tiraba quince días sin llamarla, porque decía que se iba de viaje, o que lo agobiaba el trabajo, o cualquier otra excusa, y tanto te quiero perrito pero pan poquito, ella sin un teléfono, sin un sitio donde localizarlo, sin saber si ya se había cansado de ella, o si le había pasado algo. «No, a la oficina no puedes llamarme, ¿cómo vas a llamarme a la oficina? ¿Es que estás loca? Y a casa, como comprenderás, todavía menos. El teléfono de casa no te lo daría nunca. Pero tú no te preocupes, que si me pasa algo ya te enterarás.» Eso le decía, y ella a veces pensaba que ni siquiera sabía su nombre de verdad, porque podía ser que le estuviera diciendo que se llamaba Maxi y se llamara Andrés, o Gregorio, o Paco. Ella nunca le había visto el carnet, sí que era verdad que alguna vez estaba el portero en su cabina y que, cuando pasaban los dos, les decía: «Buenas tardes, don Maximino», y después de una pausa «y la compañía», pero eso no quería decir nada, porque él podía haber hablado con el portero y haberle dicho que le llamara así, Maximino, cuando lo viera con ella, o haber alquilado el piso con el carnet de otro, mil cosas. «Si me pasa algo ya lo sabrás», le decía. «¿Cómo?», preguntaba ella, y él le contestaba que no se preocupara: «No te preocupes, que te enterarás antes que nadie.» Eso, ella comprendía que era mentira. Por qué y cómo iba ella a enterarse antes que su mujer y sus hijos, si es que tenía mujer e hijos, porque a lo mejor hasta eso era mentira. Ella sí que tenía a su hijo, ella sí que tendría que buscarle un padre a su hijo, y buscarse un amigo, un marido, alguien que los quisiera al niño y a ella de verdad, que se preocupara de verdad de lo que necesitaban y de lo que no, de dónde estaban y qué hacían, no como él, que era un vicioso. Pero resultaba que eso no, eso no podía hacerlo, buscar a alguien que la quisiera de verdad, cómo iba a hacerlo, con él detrás, oliéndole las bragas como un perro, qué se iba a buscar ella. Se lo contaba a Chelo en secreto: «No se te ocurra comentarle nada a nadie del mundo, que las cosas vuelan y las casualidades te sorprenden, no se te ocurra ni en broma, porque sería capaz de cualquier cosa si se enterara, sí, con él persiguiéndome, oliéndome, cómo voy a buscarme nada, no sé qué hacer, la pistola, tiene una pistola y dice que es policía, pero ni siquiera eso sé, sé que tengo miedo, que me muerde como si quisiera comerme de verdad, mira, mira la marca de los dientes ahí, por eso me he puesto el pañuelo este, pero mira, mira, también ahí, en la teta, y perdona, pero mira cómo me pone las nalgas. No me quiere, Chelo. Quiere hacerme daño, ¿puede ser que la forma de querer de alguien sea hacerle daño a una persona?, pues él quiere hacerme daño. "Me da todo lo mismo", dice, y cuando se enteró de que vivía en Vallecas, decía: "En tu barrio sois todas rojas", y cuando supo que mi padre había sido ferroviario, peor. ¿Tú conoces un hombre, uno solo, al que le guste hacerlo cuando estás con el mes?, no hay, eso no existe, pues a éste sí, te dice que te lo va a echar ahí dentro, "No tenéis más que porquería dentro", dice, y yo me pongo a llorar, y le digo que entonces por qué está conmigo, y él dice: "Porque me tienes loco, porque las tías sois brujas y hacéis con nosotros lo que queréis, a ver, pídeme algo", dice, "ya verás como te lo doy, pide, pide por esa boca", y me la muerde, y me hace daño, y un día le pedí: "Mi madre", le pedí yo, "que tendría que buscarle una habitación en una residencia, porque vive sola y ya no está para vivir sola, porque se deja el butano a medio apagar, que ya me ha pasado tres o cuatro veces, que me la he encontrado con el gas abierto en el piso, para que todo pegue un pedo", y él va y me dice a los tres días que rellene unos papeles y que vaya a ver al director de una residencia de la carretera de Colmenar, y entonces pienso que me quiere, que sí que es verdad, que a lo mejor tengo yo la culpa, que, por lo que sea, lo vuelvo loco, que lo pierdo, como dice él, "me pierdes", dice, y yo qué sé, sé que un par de veces se ha presentado a ver al niño y a mí me da miedo, porque lo coge de la barbilla y le dice: "Abre los ojos, mírame", y es él quien lo mira a él, y luego me cuenta: "Viendo al niño tengo ya grabada la cara del padre, me la sé de memoria, y sé que, si lo veo por la calle, lo voy a reconocer.» Y me da miedo pensar lo que podría hacerle al padre, lo que puede hacerle al niño, lo que me puede hacer a mí. ¿Quién es? ¿Qué piensa? Si quieres que te diga la verdad, nunca me había sentido tan sola.» Chelo la escuchaba con la bayeta en una mano y una copa en la otra, y le decía: «Pues sí que estamos listas», y también le decía que tuviera cuidado, que no se dejara engatusar y que se librara de él. «Ése está loco, porque encima no es un niño para hacer esas tonterías. Es un viejo, y un viejo que sea así, a medida que pase el tiempo se hará peor», le decía. Y temía por su amiga Lina, porque ella sabía que un viejo que era así de violento, cuando empezara a fallar en la cama y viera que ya no podía y que la chica estaba aún en plena juventud, era capaz de cualquier cosa. Entre tanto, Adela Chércoles Renedo, Lina, pensaba que eso era lo que decía él, que por ella, por la forma de ser de ella, se había vuelto loco aquel hombre, y, cuando le daba por pensar así, hasta se sentía un poco culpable.

12

Había aceptado la invitación nada más que por complacer a su mujer; o, mejor dicho, en realidad a quien Quini Ricart había invitado era a su mujer y a él no le tocaba representar aquel día más papel que el de consorte e intermediario. Le había pedido Quini que, por favor, hablase con Ada, su mujer, y le insistiera en que asistiera a la fiesta de su abuelo. «Irá muy poca gente. Sólo los íntimos, pero mi madre quiere que esté allí cuando le entregue el cuadro. Ya sabes lo importante que es para ella cuanto se relaciona con la Fundación», le había dicho Quini. Olga de Ricart ya le había comprado en otra ocasión un cuadro a Ada, claro que eso ocurrió cuando Ada era una desconocida y Quini no era aún alumno de Bartos. Olga, que tenía buen olfato, había descubierto las obras de Ada en una pequeña galería de la calle Tutor, un sitio en el que exponían autores comprometidos, y se había quedado fascinada por su fuerza: pinceladas gruesas, colores terrosos, ocres, sienas, imprevistas manchas rojas, negras, madejas de líneas. «Un acrílico bella e inconfundiblemente de Ada Dutruel», le había dicho al parecer Olga al propietario de la galería cuando vio el cuadro. Aquel día, en la galería de Tutor, se conocieron las dos mujeres, charlaron de pintura, y, además, descubrieron que sus familias estaban vagamente emparentadas, allá en Santander: un primo de Olga estaba casado con una tía materna de Ada. Desde entonces, y de eso ya hacía cinco o seis años, mantenían una cierta relación: se encontraban a veces en los *vernissages,* se saludaban, discutían de pintura, «¿has visto algo bueno?», «¿has pasado por Viridiana?», «te dejo, que tengo que acercarme a Macarrón a recoger unos bastidores». Circulaba buena corriente eléctrica entre ellas, a pesar de que vivían en mundos muy alejados. Pasado el tiempo, el hecho de que Quini fuera alumno de Bartos les había servido de excusa para anudar un poco más esa relación. Unas semanas antes, Olga había telefoneado a Ada, le había pedido cita –«una cita profesional», le había dicho, «voy a comprarte algo, ya verás»– y se había presentado en su taller, donde había repasado una y otra vez los cuadros que Ada amontonaba allí, hasta que había acabado por decidirse por una pequeña joya. «No sé si él lo apreciará verdaderamente», se lamentó mientras miraba una vez más el cuadro después de haber cerrado la venta e incluso firmado el talón, «lo importante es que pueda verlo la gente cuando inauguremos la Fundación. Es muy hermoso.» El cuadro era soberbio de factura y representaba una rareza, puesto que se apartaba de los estilos de Ada. «Quiero que estés tú delante cuando se lo dé, que te conozca, que sepa de ti y que sepa que cuento con tu obra para la Fundación», le había pedido Olga antes de despedirse aquel día, y Ada le había prometido que no faltaría a la celebración familiar. «Claro que, si es una cosa familiar, ¿qué hago allí?», había puesto reparos al principio, pero Olga los había disipado: «Embellecer la casa, Ada, regalarle un poco de sensibilidad a la familia, ¿te parece poco?» Y Ada se había reído luego con Juan del estilo trascendente que aquella mujer usaba para hablar de las cosas. «Tiene un toque *pompier* entrañable. Es una gran dama con gorra de aduanero», le había dicho a su marido refiriéndose a ella, «te divertirá conocerla.» A Juan Bartos no le hacía ninguna gracia aquella visita descabellada, y menos aún cuando Quini le había descrito esa mañana a los asistentes: un viejo supuestamente liberal, que cumplía tres cuartos de siglo, un par de amigos del homenajeado («muy fachas, ya verás», había puntualizado Quini), un nieto revolucionario (el propio Quini), otro medio nazi, una madre que adoraba el arte, y un padre al parecer casi inexistente. Se había acordado Bartos de Tolstói y su Ana Karenina: «Todas las familias felices se parecen entre sí; las desgraciadas lo son cada una a su manera.» «No es nada fea, no», le había descrito Ada a la mujer, así que él se la había imaginado como una Karenina espiritual y cursi en un ambiente hostil, una Bovary del barrio de Salamanca, y le dio la impresión de que a lo mejor había algo en aquel ambiente que podría interesarle a un novelista, pero que a él, sin duda, iba a aburrirlo mortalmente. En fin, un panorama pintoresco y poco seductor para el profesor Bartos, que, además, no era demasiado amigo de romper con sus sedentarias costumbres y, por si fuera poco, ese día ya había cumplido –de manera poco afortunada, por cierto– con uno de sus escasos ritos sociales, la periódica comida con el profesor Chacón, que hacía unos años que había vuelto del exilio tras jubilarse como profesor de literatura en la UNAM de México. El profesor Chacón, después de una primera etapa de cierta euforia, en la que contactó con viejos republicanos, se entrevistó con jóvenes que no habían conocido la guerra y se interesó por los movimientos de la oposición, se había encerrado en su piso en las cercanías de la calle Princesa, donde no recibía más que a tres o cuatro incondicionales (entre los cuales estaba Bartos). Abandonaba su casa sólo para ir al cine alguna noche (había escrito un par de guiones y era un enamorado del cine) y también para comer de vez en cuando con Juan Bartos. Chacón, a la vuelta del exilio, tras una inicial etapa de euforia que le había durado escasos meses, se había vuelto huraño, casi insociable. El viejo profesor no había entendido los cambios de mentalidad que se habían producido en el país durante su ausencia y esa incapacidad para entenderlos y para adaptarse a ellos le había agriado el carácter. Se lo había expresado con franqueza y con un punto de ingenuidad a Juan al poco tiempo de llegar: «Yo creía que España se había paralizado a la espera de que volviéramos, que todo seguía igual, con un vacío en algún lugar que nosotros llenaríamos, pero no, no es así. España ha cambiado, ya no es nuestra, es de ellos. Quién crees tú que puede. Hay una juventud, una juventud que han formado ellos, que es parte de ellos aunque se les oponga. Son los anticuerpos que ellos mismos han creado para salvarse cuando enfermen de verdad, la vacuna para que el país siga siendo suyo. Esta España de ellos no me interesa para nada. Que se la queden y les aproveche.» Las mismas palabras se las había repetido a un periodista mexicano y habían aparecido a fines de mil novecientos setenta y tres en el *Excelsior.* En parte reproducidas por el *ABC* en España, habían provocado cierto revuelo entre los intelectuales de la izquierda, quienes las habían leído como una descalificación, y hasta como un insulto. Ésa había sido su última e involuntaria intervención pública. Después se había callado y, hoy mismo, durante la comida (habían comido en Casa Fernando, al lado de donde vivía Chacón), había justificado su desinterés por el país, su pesimismo y, consecuentemente, la voluntad de seguir manteniendo su encierro, con la consiguiente irritación de Juan, que le había hablado con optimismo acerca de cómo todo iba a ser distinto en el momento en que Franco faltara. «Le quedan tres o cuatro días de vida, lo más una semana; a lo mejor ni siquiera eso, y sólo le quedan unas horas. Hay que organizarse, estar atentos», le dijo Bartos, quien lo invitó a salir de su refugio, a charlar con los profesores de la universidad, con otros escritores, con políticos:

–Usted –lo seguía llamando de usted, respetuoso– posee una autoridad moral que no puede escatimarle al país en un momento como éste. No son franquistas quienes lo admiran a usted, quienes admiran su obra, sino antifranquistas.

El profesor se había enojado:

–Los antifranquistas de los que me hablas son herederos de Franco. Lo odian como se odia al padre. No es mi caso, no tengo nada que ver con ellos.

–¿Y conmigo? ¿Acaso no soy también yo un heredero de esa educación franquista? –protestó Bartos.

–Lo nuestro es otra cosa. Somos amigos. Eso sólo tiene que ver con España y sus problemas de refilón. Los compartimos como compartimos el asado o la afición a la música, a la pintura, o al ajedrez –respondió Chacón.

–Pero tiene que salir, maestro, saber lo que está pasando. Hasta para su obra es necesario.

–Yo no necesito ir a ningún sitio.

–Me gusta oír hablar así a un marxista, ¿no es el contacto con la realidad el que nos hace aprender?

–He aprendido otras leyes que están por encima de ésas.

–¿Como cuáles?

–Que llega un momento en el que ya no hace falta ver para aprender.

–Vuelvo a repetírselo, maestro, me gusta mucho escuchar esas palabras, que parecen propias de un adventista del Séptimo Día, en boca de un marxista.

–¿Tú crees que Marx hizo mucho turismo por Inglaterra, o que aprendió en la Biblioteca Británica?

–En cuanto me explique desde un punto de vista marxista eso de que no hace falta salir de casa para aprender, le prometo que no vuelvo a molestarle con mi insistencia.

–A Lenin le dio igual no ver las estepas de Rusia mientras viajaba en el vagón blindado. Sabía de antemano lo que tenía que hacer. No necesitaba que se lo dijeran las espigas que inclinaba el viento de la llanura, ni los abedules, no, ni se preocupó lo más mínimo de asomarse a la ventanilla del vagón para consultarles a las matruchkas y a los babuchkas cargados de saberes populares milenarios que veían pasar el tren desde los andenes. Llevaba la revolución en la cabeza.

–Lo que me dice limita con la religión.

–O con el derecho del hombre a no hacer el imbécil más que determinado número de veces en su vida.

Bartos se había sentido frustrado. No entendía la repentina agresividad de Chacón. Se moría Franco, surgía, por fin, un momento de prometedora incertidumbre en el país, y Chacón se volvía agresivo, como si estuvieran arrebatándole algo. Había sido una velada desafortunada que, al terminar con tanta acritud, parecía haber también acabado de un plumazo con la amistad que cultivaban desde la llegada a España de Chacón, y que se había incubado antes, cuando durante algún tiempo, sin conocerse personalmente, habían mantenido una correspondencia interesante, no sólo por los temas que habían discutido por carta, sino también porque desde el principio había estado teñida por una emotiva afectividad paternofilial. Juan se sentía elegido como heredero de la posición intelectual de aquel hombre, y, sin embargo, cuando al final de la comida había insistido en lo del marxista que no quiere ver la realidad, el viejo Chacón había dejado caer la cucharilla del café sobre el platillo y había exclamado, casi a voces:

–Que no me interesáis nada ni España ni los españoles, coño. Déjame en paz.

Juan había enmudecido y Chacón se había bebido despacio la taza de café, como recreándose en su hostilidad. Después, se había empeñado en no dejarse invitar, insistiendo en que pagaran a medias, y se había despedido precipitadamente a la puerta del restaurante. Bartos lo vio desaparecer entre la gente que ocupaba a esa hora la acera, la espalda erguida y el paso vigoroso, como si hubiera escondido una fuente de energía sólo por pudor y, perdido el pudor, volviera a recuperarla. Como si su fragilidad hubiera sido, si no una farsa, al menos una estrategia. Ahora, Juan Bartos no sabía si el culpable de la tensa situación había sido él, por no apreciar suficientemente aquella declaración de amistad al margen de la política que le había hecho el maestro al inicio de la charla, o si a lo que acababa de asistir era a la descarnada confesión por parte de Chacón de que jamás habían sido amigos, y tampoco él se había librado del permanente rencor que el viejo guardaba hacia cuantos se habían quedado en España durante todos aquellos años sin conseguir rebobinar la historia y ponérsela a sus pies como una alfombra para que él, todos ellos volvieran de su exilio. También Bartos sentía en aquellos instantes aflorar un rencor guardado, pero mezclado con tristeza, hasta con ganas de llorar, porque intuía que la frialdad del viejo podía ser sólo una forma de esconder que todo aquello que era incapaz de entender le hacía daño, y a él también le hacía daño todo aquello. Acababan de hacerse daño los dos. Mientras veía desaparecer la espalda del viejo detrás de una esquina, caían gruesas gotas de lluvia, y pensó: «Se mojará antes de llegar a casa.» Lo imaginó subiendo empapado en el ascensor hasta el último piso y, a continuación, trepando –acompasado el dificultoso ascenso con su respiración de empedernido fumador– por la escalerita que conducía hasta el pequeño ático donde tenía su casa, y en el que había libros por todas partes. Los libros de Chacón habían tardado más de tres meses en llegarle desde México. Habían venido en barco a algún puerto de la costa y luego, desde allí, en camión hasta Madrid. Durante aquellos meses, Chacón había estado primero nervioso, deprimido por culpa de la tardanza del porte, y luego eufórico, excitado, mientras se esforzaba en ordenar la biblioteca. Sacaba los libros de las cajas, los reconocía, los acariciaba, le contaba a Juan la historia de cada uno de ellos, dónde lo había comprado y por qué. En aquellos primeros días, le decía: «Ordenar esto es tarea divina, lo de San Agustín viendo al niño que quería trasvasar el mar con ayuda de una concha.» En efecto, no fue tarea que un hombre pudiera realizar, y los libros se quedaron amontonados, estrechando aún más el estrecho pasillo, ocupando altillos y superficies de mesas e interiores de armarios. «Sé que es una casa pequeña, pero desde aquí se ve la sierra, se ven los cielos de Velázquez. Tú no sabes cómo los he echado de menos. Casi cuarenta años sin esos cielos, sin los cuadros de Velázquez. No, no puedes saber la tortura que ha representado eso», le dijo la primera tarde en que Juan fue a visitarlo, cuando apenas hacía unas horas que había firmado el contrato de alquiler del ático; aún estaba exultante por su regreso, y nadie –ni menos que nadie él mismo– podía imaginar que acabaría encerrándose, poniendo la mesa de trabajo frente a una pared, de espaldas a esos cielos que tanto había añorado en México. «Me distraía el paisaje a la hora de escribir. No me dejaba concentrarme», justificó ante Juan el cambio en la disposición del mobiliario, pero para entonces ya había decidido mirar sólo hacia dentro, extraer sólo de dentro de sí mismo y de su relación con los libros cuanto necesitaba. Se había dado cuenta de que España y él habían viajado por caminos paralelos que nunca llegarían a encontrarse. Seguramente, esa misma tarde la discusión con Juan lo habría convencido un poco más de que tenía razón, lo reafirmaría en la imposibilidad de su encuentro con el país, y, cuando llegara a casa, cerraría aún unos milímetros más las contraventanas de su cuarto de estudio. Juan se sentía culpable, pero también le irritaba la altiva soledad del viejo. Le parecía un empeño inútil y orgulloso. Había vuelto a España y la izquierda lo había recibido con los brazos abiertos. Podía dejarse querer, participar en actividades, asistir a las conferencias a las que lo invitaban, y sin embargo él había decidido estúpidamente encerrarse en un agujero, una decisión que sólo explicaba su tozudez ideológica. «Qué encuentran los hombres en las ideologías, qué papel les otorgan, qué guardan en ellas que los llevan a renunciar a la vida posible en busca de la que un día, en alguna pesadilla, soñaron como deseable», pensó Juan mientras volvía a casa en taxi para vestirse para la fiesta. Y lamentaba que hubiese tenido lugar aquella absurda discusión, sobre todo cuando él también odiaba todas las estupideces orteguianas del no es esto no es esto y el me duele España del vasco de Salamanca, y tampoco era demasiado amante de la vida social. ¿Por qué, entonces, se empeñaba en que Chacón se convirtiera en el referente público que él se negaba a ser? Había, sin embargo, una diferencia entre las posiciones que mantenían los dos; mientras que en su desapego del activismo político podía detectarse una confusa mezcla de pudor (odiaba el lenguaje esquemático al que obligaba la política), desidia y pereza, en el encierro de Chacón se mostraba una altivez casi insultante, como si, con su actitud, quisiera culpar a los demás de su triste aislamiento.

Después del desgraciado encuentro con Chacón ese mediodía, se le hacía aún más arduo a Bartos tener que acudir a la maldita fiesta de los Ricart, porque le parecía que las recriminaciones de Chacón iban a perseguirlo durante todo el tiempo que pasara en aquella casa, a cuyos habitantes no conocía ni tenía malditas ganas de conocer. Juan Bartos no le recriminaba nada a nadie, ni siquiera le gustaba el victimismo obrerista cuyo lenguaje tan de moda estaba. Creía que cada hombre estaba obligado a extraer el mayor número de ventajas de los atributos que la naturaleza le había otorgado. El régimen imponía ya suficientes limitaciones al desarrollo de la inteligencia como para que uno las aumentara con dosis de victimismo, que a veces lo único que hacían era disimular la pereza mental. Él era partidario de una vida que podría calificarse como saludable, o al menos armónica; de una convivencia ordenada entre el cuerpo y la mente. Se levantaba a las siete y media, hacía unas flexiones en el cuarto de baño, mirando de reojo en el espejo cómo se le tensaban los músculos de la espalda, de las piernas y de las nalgas, desayunaba un zumo de naranja, un huevo frito, un tomate partido por la mitad, una tostada regada con aceite de oliva y un par de tazas de café, y luego salía de casa caminando deprisa, porque siempre acababa entreteniéndose más de la cuenta –su mujer salía una hora antes que él, y dejaba al niño en la guardería antes de meterse a trabajar en el estudio– y acababa llegando a la facultad con la hora pegada al culo, porque lo que a él le gustaba era presentarse con suficiente antelación como para poder tomarse tranquilamente otro café en el bar de la facultad, antes de meterse en clase. Acostumbraba a viajar hasta la facultad en el autobús –siempre que no fuese demasiado tarde, en cuyo caso cogía un taxi– y, en el trayecto, repasaba los cursos de alemán en los que se empeñaba, no sin dificultad, desde un año antes, ya que estaba certeramente convencido de que, sin los más elementales rudimentos de la lengua alemana, nadie podía aprender filosofía, ni dedicarse a impartir cursos de teoría política, y ésa –la de no conocer ni el más elemental vocabulario de la lengua de Goethe, de Hegel y Marx– le parecía una de sus mayores limitaciones. «*Abhängen von* más dativo, depender de, *sich gewöhnen an* más acusativo, acostumbrarse a, *sich bechäftigen mit* más dativo, ocuparse en», estudiaba Bartos en el libro de Assimil, durante el trayecto en autobús hacia la facultad, y se preguntaba cuánto tardaría por ese lentísimo camino en rozar con la punta de los dedos las patas del trono en el que se repantigaba el Espíritu, pero el estudio de las lenguas era así, y no quedaba más remedio que empezar por abajo, por el vulgar reino de los objetos *Tasse, Glas, Schuhen,* para ir ascendiendo poco a poco los escalones que llevaban hasta el deletéreo universo de las ideas. De todos modos, confiaba en obtener pronto su excedencia y la beca que había solicitado para estudiar en Alemania. Sonreía con una especie de ternura hacia sí mismo, hacia su esfuerzo, cuando se contemplaba cómo había empezado a estudiar en rigurosa soledad un año antes: *Der Tee ist kalt. Die Tasse ist klein. Ich habe es mit eigenen Augen gesehen. Sie können mir glauben.* Su mujer, Ada, le repasaba las lecciones y se permitía tomarle el pelo comparando su pronunciación con la de los locutores que hablaban en la cinta del curso de Assimil. «¿Mejor?», decía él; y ella: «Nada que ver», y los dos se echaban a reír. Le producía cierto orgullo ver el cuidado que ponía Ada en satisfacer todos los aspectos de la vida conyugal; cuánto se esmeraba en las cosas más sencillas: en que él llevara las camisas limpias y planchadas, en comprar en las tiendas que él le indicaba que tenían este o aquel vino, o en cocinar los platos que sabía que le gustaban más. A su despacho no entraba nadie si él estaba trabajando, del mismo modo que no se ponía la radio ni el televisor por encima de un volumen que traspasara la puerta de su despacho, y si alguien llamaba a la puerta, butanero, empleado de hidroeléctrica, o quien fuese, las conversaciones se desarrollaban entre susurros, como entre susurros se movían Ada, el niño y la canguro que venía a cuidar del niño y a ordenar las cosas de la casa. A veces se preguntaba si él hubiera sido capaz de entregar así su vida a alguien, de renunciar a ser él mismo para entregarse a otra persona, y solía llegar a la conclusión de que no; de que él no hubiera servido para llevar adelante con dignidad ese papel que Ada tan activamente y con tan buen humor ejercía, tanto más cuanto que Ada no era precisamente un ama de casa en el sentido tradicional, ni mucho menos; y ni siquiera dependía económicamente la familia del modesto sueldo de ayudante de facultad que él percibía, puesto que, además de que sus cuadros se vendían cada día mejor, la familia de Ada era propietaria de una empresa metalúrgica y de varios inmuebles tanto en Madrid como en Santander. De hecho, la casa en la que ellos vivían pertenecía a la familia de Ada. Además, Ada era una joven pintora –cuarenta y tantos años seguía siendo juventud para marchantes y críticos– discretamente cotizada y muy respetada en el mercado español de arte de vanguardia. Incluso algunas de sus obras habían sido expuestas –aunque fuera en muestras colectivas– en galerías de Milán, Ámsterdam y París, y sus cuadros habían merecido elogios: esos cuadros generalmente grandes y sombríos de la primera etapa, en los que aparecían hombres oscuros en relieve, con los brazos en alto, apoyados en una pared, o apuntados por una mano que empuñaba una pistola; o esos otros, más recientes, construidos con lo que ella llamaba «pecios de la vida» y para los que usaba materiales de derribo. En un reciente artículo publicado por *Le Monde,* en el que se hablaba de las nuevas tendencias del arte español, y se colocaba ya en la categoría de maestros indiscutidos a Saura, Tàpies, Zóbel y Millares, había aparecido citado el nombre de Ada entre los artistas más jóvenes que buscaban un arte comprometido en los resquicios que dejaba la omnipresente censura franquista. En el interior, Moreno Galván, el crítico de *Triunfo,* había hablado, refiriéndose a Ada, de pintura-disparo *(shot-painting)* y, a la vez, de un arte ambiguo, al mismo tiempo pintura, escultura, y hasta arquitectura (se refería a las instalaciones de Ada muy al estilo de la que habían visto Bartos y ella en Zúrich, firmada por Beuys); el arte de Ada, según ese crítico, era viril, rotundo, brusco, pero tenía también una evanescencia casi líquida, de fluidos femeninos. «Su esplendor de sangre derramada es un grito goyesco, de indudable carga política y social, pero posee también la inmediatez, la cotidianidad de un menstruo, de una reivindicación de lo lábil femenino frente a lo sólido masculino.» Así había definido su obra Henke, el crítico holandés que residía en España, quien también habló de algo parecido al travestismo: «Arrebata Ada Dutruel lo político a los hombres. Convierte la revolución en maternidad», y, por una vez, Helena Gabor, la militante feminista neoyorquina que tan bien conocía la España franquista, porque había pasado mucho tiempo en el sur para escribir su ensayo *Los largos silencios de Bernarda Alba,* se había permitido darle la razón a un crítico varón, y había exclamado, no sin sarcasmo: «Henke contempla los cuadros de Ada Dutruel y quiere jugar a muñecas y sueña con ser mamá para entender un poco más el mundo. Bienvenido sea Henke al ejército de las mujeres.» Lo había dicho en Madrid, en la Maison de la France, en un ciclo de conferencias titulado «Pintura es femenino», en el que había apostado por la valentía de Ada Dutruel, una mujer que había practicado un expresionismo vigoroso y ahora se entrenaba en una abstracción de corte traumático, «que te sacude con más fuerza que un puñetazo», y de la que sólo se había vuelto a apartar momentáneamente cuando en *Ruedo Ibérico* le pidieron que ilustrara el número especial que, bajo el título «España/Espera», había aparecido unos meses antes, con informes acerca del cambio producido en el país en las últimas décadas, y en los que se estudiaba el paso de un mundo rural a una sociedad eminentemente urbana; de una economía agraria a otra marcada por el peso de la industria y los servicios; se hablaba, sobre todo, de un país en el que la mujer empezaba a encontrar espacios en el mundo laboral. Y, en uno de los artículos, se afirmaba textualmente que «la nueva España deja de ser sumisa y oscura para convertirse en luminosa, rebelde y creativa». Para ese número especial de *Ruedo Ibérico,* Ada había abandonado momentáneamente su trabajo con materiales de derribo y sus instalaciones y había creado una carpeta de serigrafías titulada

aña
ABECEDARIO **Esp** DE LA **A** A LA **Z**
era

que marcaba un regreso a su visión expresionista, con un explícito carácter político. En dicho *Abecedario* –por poner algunos ejemplos–, la A representaba la Amnistía que tenía que llegar; la J se refería a la Juventud combativa; la L, evidentemente, a la Libertad; la U hablaba de la Unidad de todos los demócratas, y la Z definía una deseable Zona libre, que abarcaría toda la península y que, por el momento (a raíz de la reciente Revolución de los Claveles), ocupaba ya la geografía de Portugal y desde allí pugnaba por extenderse hasta los Pirineos como una mancha de aceite. Por lo que se refiere a las imágenes que definían el *Abecedario,* en la A unos brazos se abrían rompiendo una cadena y un pie golpeaba una puerta; en la J cientos de jóvenes esgrimían libros –al estilo como los jóvenes chinos esgrimían el libro rojo de Mao– y herramientas; en la U se abrazaban hombres elegantemente vestidos con obreros enfundados en monos, con mujeres que habían dejado a sus pies la bolsa de la compra para empuñar una estilográfica, con tipos ambiguamente uniformados, que lo mismo podían ser policías que conductores de autobuses metropolitanos. Soltaban otras mujeres el cochecito infantil para coger una llave inglesa, que exhibían con el amenazador orgullo con que un soldado profesional exhibe un arma nueva y peligrosa. Y todo ese gran friso, que podría parecer una variante de las ilustraciones de los libros chinos o de los más vulgares carteles posestalinistas, se colocaba muy lejos de sus aparentes modelos, ya que las figuras estaban representadas sin ningún tipo de remilgos ni blanduras, con una extraordinaria fuerza que las alejaba de cualquier complacencia. Los hombres y mujeres que aparecían en el *Abecedario* de Ada Dutruel no eran seres armónicos, equilibrados, no eran héroes positivos, sino que exhibían desagradables malformaciones y vistos en conjunto acababan por formar una auténtica parada de monstruos que, como los protagonistas de la película de Browning, se ponían en pie para destruir al mismo tiempo la crueldad de la dictadura franquista y la cursilería, la complacencia y la estupidez de ciertos estereotipos de la izquierda. A pesar de la polémica que desataron la exposición en la galería Futuro y la publicación del número de *Ruedo,* porque algunos militantes ortodoxos definieron aquella formación de monstruos exaltados como deprimente, y otros como injuriosa, una serie de las serigrafías le había sido solicitada por el Colectivo de Artistas Plásticos del pecé, que pensaba exhibirla en galerías de todo el Estado español y, luego, guardarla entre sus fondos permanentes. «La estoy viendo en nuestra sede, Ada, porque algún día desaparecerá Franco y tendremos nuestra sede aquí, en Madrid, como en el resto de las capitales europeas; veo el *Abecedario* completo colgando de las paredes como recordatorio de un tiempo que, para entonces, ya se habrá extinguido; recordatorio para los mayores y advertencia para jóvenes, para que ese tiempo no vuelva jamás.» Ella les había regalado a los del pecé una de las series con innegable emoción, pero también con un punto de interés que ni a sí misma se atrevió a confesarse, ya que la red de galerías que los plásticos comunistas controlaban y en la que organizaban sus exposiciones era seguramente la más prestigiosa del país. Tampoco se había atrevido a confesarse Ada que si la exposición no había tenido problemas con la censura había sido por sus relaciones con López Rodó, amigo íntimo de su padre y ex consejero de la metalurgia que la familia Dutruel poseía en Basauri. A Navarro, el representante de los artistas plásticos del pecé, Ada le aseguró que, dentro de un tiempo, iba incluso a regalarles los derechos de tirada en fotomecánica, con lo que podrían hacer una serie de pósters para la venta, siempre que se destinaran los beneficios a financiar las actividades artísticas de miembros del partido. Por toda esa ingente actividad pública que desarrollaba, Juan Bartos pensaba que su mujer estaba más hecha para la acción que él, y tal pensamiento le hacía sonreír porque, referido a Ada, el término acción, o el término activista, adquirían un toque familiar, doméstico, que enlazaba la agitación revolucionaria con la más enternecedora actividad cotidiana: bañar a los niños y ayudarles a hacer los deberes, limpiar la piscina de la sierra, preparar una purrusalda, o un pil-pil, ordenar los libros, cortar el césped, o aplastarle un grano que le había salido a Juan en la espalda y mostrarle en la punta de las uñas la pequeña masa amarillenta del pus. Con ese mismo espíritu se enfrentaba Ada a su obra, a sus reuniones con los artistas más politizados, asistía a conferencias, firmaba manifiestos y apoyaba cualquier iniciativa; con sentido de trabajo doméstico cumplido, de juego, de deporte. A Juan le resultaba conmovedor escucharla cuando ella le contaba con palabras ingenuas cómo habían redactado un manifiesto, o cómo habían embadurnado con una pintada pidiendo libertad un muro de Vallecas. «Nada menos que Torres ha sido el que ha pintado las letras, él personalmente. Fíjate qué lujo. Una pintada que, si se supiera quién es el autor, se expondría en la Malborough» (Torres era el pintor más cotizado por entonces). Ada le contaba a todas horas ese tipo de anécdotas que su actividad política le proporcionaba. A él no le gustaba demasiado aquel ajetreo revolucionario en el que estaba metida su mujer, cuyo ideario, por otra parte, compartía; no le gustaban las reuniones ni los comandos y manifestaciones, como no le gustaban los espectáculos masivos –conciertos, recitales–, y ni siquiera la práctica de los deportes, con su brusquedad; era más bien sedentario. No le atraían los baños, ni siquiera en la piscina de casa, ni las caminatas por la sierra –todo lo más, un paseo charlando, deteniéndose para encender un cigarrillo, sin cuestas ni escaladas, sin objetivos a cubrir, sin agotamientos–, y si había asistido en alguna ocasión a manifestaciones con Ada –el pasado uno de mayo había sido la última–, siempre lo había hecho arrastrado por ella. Los gritos, las consignas, las carreras, la amenazadora presencia de la policía y toda aquella parafernalia entre esperanzada y violenta acababan poniéndolo muy nervioso. Él prefería otro tipo de actividad comprometida: dejarle a un colega un libro interesante que le había llegado de París, un informe publicado por *Ruedo Ibérico,* o por la Unesco, charlar de filosofía con media docena de alumnos, relacionar la situación española con la que Marx había magistralmente descrito en su trilogía sobre la historia de Francia. Hablar del 18 de Brumario. Repetir que la historia se desarrolla primero como tragedia y luego se repite como farsa. Para Ada, el propio arte tenía que ver con las actividades físicas, y al cuarto en el que trabajaba, un pabelloncito al otro lado de la piscina del chalet en el que vivían en Pozuelo, lo llamaba taller, y no estudio; el estudio era el cuarto de él. La actividad de él era estática, silenciosa, un motor que no se escucha pero que, no por eso, deja de funcionar intensamente. La de ella, en cambio, se escuchaba. Se oía el tocadiscos mientras trabajaba y también se la oía clavar clavos, aserrar maderas, canturrear; o hablar a voces, enfurecida porque algo no salía a su gusto; en cualquier caso, su actividad –y ella así lo afirmaba– se reclamaba heredera de los saberes de los viejos artesanos. «Se ha querido hacer del arte una forma de pensamiento, pensar con formas, con colores, y lo han convertido en algo inútil. El arte es una manera de conocimiento, pero no de pensamiento. Es conocer al margen del pensamiento. Tiene algo de prerracional. Nace directamente de la primitiva dinámica mano-cerebro», decía, entre otras cosas, el texto del catálogo que un par de meses antes había escrito ella misma para presentar la exposición de su *Abecedario,* en el que se afirmaba igualmente que «el arte plástico es físico, nos golpea la vista, pero también los otros sentidos, incluido el tacto». Y se citaba a Heidegger: «La poesía es un aspecto del pensamiento. La belleza es un aspecto de la verdad.» «¿Has intentado leer un cuadro con la yema de los dedos? Acariciarlo. Conocer sus arrugas como el viejo amante conoce los pliegues y arrugas de la piel amada.» Su ideario, expuesto igualmente en el catálogo de la exposición de la Maison de la France, definía también la arquitectura «como un despliegue de fases progresivas: es dibujo en los planos y escultura en la maqueta. Un edificio es una escultura con función, el final de un proceso, bueno, pues dale la vuelta como un guante a la arquitectura y vuelve al principio original, en donde todas las artes eran un magma indistinto. Vuelve a la pureza inicial, a Altamira, y descubrirás que, en el origen del arte, la forma de la roca marca el color y hasta el tema. Eso nos enseña que nuestro arte debe moldear lo que la vida nos ofrece. Y la vida ofrece nada menos que la vida.» Hacía años que Ada había renegado de ese arte relamido como una estampa de primera comunión en que había acabado convirtiéndose el mal llamado realismo socialista. Se reía a carcajadas de los obreros soviéticos de mejillas sonrosadas y sonrisas dentífricas que poblaban las láminas y murales soviéticos y que parecían sacados de una publicación gay californiana; de las óperas chinas en las que ellas cantaban con voces de rata los logros de la última cosecha arrocera o del último plan quinquenal. A veces había usado esas imágenes en su obra como partes de collages sarcásticos. El arte revolucionario sólo podía nacer de una radical incomodidad. Del malestar. Discutía con los compañeros del comité de artes plásticas y también con los alumnos de Juan acerca del arte que había de venir, y que, según ella, tendría que ser un arte total, duro, rugoso, en el polo opuesto de esa estética de recordatorio de primera comunión que tantos comunistas propugnaban. Para Ada, la incomodidad era una de las primeras virtudes de un arte de izquierdas. «Comunicar la desazón, hacer que el espectador se rasque», exponía. «Eso es arte abstracto, mierda imperialista», le dijo Coronado, el dirigente radical de la facultad y antiguo alumno de su marido, refiriéndose a una de sus construcciones en la que se mezclaban trozos de madera, pedazos de plástico azul –era la única nota de color vivo–, telas viejas y grises con manchas pegajosas, formando una superficie rugosa y desagradable. La opinión de Coronado la hizo feliz. «Sí, eso es lo que es, basura imperialista», se burló Ada. Daba la casualidad de que ese collage, que se titulaba «Bajamar III», se inscribía en una serie de trabajos elaborados con elementos que tenían una historia muy precisa de resistencia antifranquista: en el caso concreto de «Bajamar III», las maderas habían formado parte de la miserable mesa, hecha con tablas de cajas de fruta, sobre la que había comido durante años una familia de chabolistas de Fuencarral; los pedazos de plástico pertenecían a uno de los cubos que los visitantes de la cárcel de Carabanchel estaban obligados a utilizar para introducir cualquier cosa que se quisiera llevar a los presos, y la ropa sucia era la que uno de esos presos comunistas había devuelto desde la cárcel a su familia para que la lavara de la suciedad que la había impregnado durante el interrogatorio en la Dirección General de Seguridad, sudor, grasa, manchas de sangre. El conjunto estaba compuesto por una reflexiva amalgama de pecios del franquismo, por la basura que la dictadura había dejado en la playa de la historia. Para la exposición, que se había preparado como un lúgubre montaje, trabajando la reflexión de la luz y minando el suelo con materiales de derribo, que estaban en la frontera entre la significación artística y el puro derelicto, se había elegido como música de fondo la obsesiva repetición de media docena de fragmentos mínimos del *Réquiem* de Pendereki, un gemido agobiante. Por todo el cúmulo de circunstancias que habían marcado la historia y el desarrollo de la instalación, le pareció especialmente bien que aquel imbécil lo llamara «basura imperialista», porque eso es lo que en efecto era aquello, la basura que el fascismo había generado, lo que había amontonado en las cunetas de su historia, triturando las ilusiones de los mejores; era la resaca de la dictadura, con su contrapunto de dolor. Por esa razón, había repetido una y otra vez ella con orgullo, cada vez que había mostrado el montaje: «Basura, el imbécil me dijo que era basura imperialista.» Esas palabras se habían convertido desde entonces en el mejor argumento enunciativo de la debilidad ideológica de ciertas escuelas estéticas y de determinados adversarios políticos que combinaban el radicalismo verbal con el más ridículo conservadurismo de las formas. Algunos momentos, en cambio, Ada vacilaba y sospechaba de su propia obra, y se interrogaba acerca de su *Abecedario,* pensando si no participaba de algún modo de esa contradicción que a ella tanto la irritaba. Ante sí misma acababa por justificarlo como fruto de un trabajo de encargo, una ilustración, algo así, una especie de cartilla pedagógica: la cartilla que, durante la guerra, editó el gobierno republicano para alfabetizar a los soldados en el frente y que concluía con aquel epílogo tan hermoso del comunista Jesús Hernández, que había sido ministro de Largo Caballero. Con respecto a su «Bajamar III», contaba Ada a quien quisiera escucharla cómo había cogido la mano de Coronado y la había puesto sobre los trapos sucios que componían el trabajo, y le había dicho: «Toca, toca la basura imperialista. Es sudor y sangre de un comunista.» Y describía cómo luego le había enumerado los materiales con que estaba hecha aquella obra, y el modo en que Coronado había agachado la cabeza, perdiendo la altivez que siempre exhibía. Coronado se había quedado desconcertado y mudo. «Ciego y mudo», precisaba Ada, «incapaz de ver y de contar lo que había visto.» De hecho, si no hubiera sido porque le parecía un título demasiado burdo y evidente, le habría cambiado el nombre al trabajo, para ponerle el que Coronado, en su ciego sectarismo, le había aplicado: «Basura imperialista».

Pero no sólo ocupaba Ada una posición delicada en el mundo del arte, también con los grupos más politizados de mujeres mantenía una relación difícil. De un lado, porque no acababa de soportar las manifestaciones lésbicas –tácitas o expresas– que se daban en los grupos como Reivindicación Feminista, con los que mantenía periódicos contactos, sino también porque ella no era partidaria de masculinizar lo femenino, sino de feminizar lo masculino. Del mismo modo que los negros americanos habían proclamado la belleza de la negritud *(black is beautiful)*, exagerando sus distintivos hasta convertirlos en símbolos, ella proclamaba el orgullo de ser mujer, el *woman is beautiful:* la reivindicación del propio cuerpo, de la sensibilidad, incluidos el rímel, la sombra de los ojos, los colores atrevidos, la sensualidad. Se lo repetía a Rosa Plentzia, dirigente de Reivindicación, siempre con su pelo rubio corto y cortado a tijeretazos, sus camisas a cuadros, como de leñador, y sus pantalones de pana ceñidos emergiendo del interior de la caña de las botas, muy al estilo Russ Tamblin en *Siete novias para siete hermanos:* «No funciona, Rosa. Lo que vosotras proponéis no funciona, porque estáis entregándoles el canon estético a los hombres. Perdiendo lo poco que nos han dejado. *Plus ça change, plus c'est la même chose,* ¿no te das cuenta? Os convertís en malos plagios de ellos.» Así, desde ese lugar estético y político, demasiadas veces incómodo, y casi siempre malentendido, esperaba Ada el fin de algo y la llegada de otra cosa, porque era indudable que se acercaban tiempos nuevos y nadie podía mantenerse al margen de lo que iba a venir. A veces le parecía que Juan tenía pocos reflejos y no sabía reaccionar con vigor ante la nueva situación. El vigor no era la virtud sobresaliente de Juan. En las reuniones a las que ella asistía, y en las que Juan casi nunca quería estar presente, se hablaba de la necesidad de formar a la muerte de Franco un gobierno en la sombra en el que estuvieran incluidos todos los partidos democráticos, el embrión de lo que sería el primer gobierno libre de España en casi medio siglo, y que se encargaría de dar el salto político desde la dictadura a la democracia: un gran pacto de todas las fuerzas del trabajo y la cultura. De hecho, los del pecé no paraban de repetir esa consigna. Ada sabía bien que, con sus obras (incluido el polémico *Abecedario),* estaba creando algunas de las imágenes que ese embrión necesitaba para empezar a crecer y que luego seguiría necesitando para llegar a ser adulto, porque no había poder que no necesitara unos imaginarios: colores, formas, símbolos, algo que empezara a representar los ideales y esperanzas de una nueva concepción de la vida, del mismo modo que el régimen agonizante había tenido sus pintores y escultores que lo representaron en las ridículas ilustraciones y textos de aquellos libros de formación del espíritu nacional, en los edificios de corte escurialense que marcaron la fachada que llamaron imperial de Madrid, la que sobrevolaba el Manzanares, en las representaciones de *Medea* en el teatro romano de Mérida, en las descomunales estatuas de Ávalos en el Valle de los Caídos, o en los relamidos retratos que Enrique Segura u Olasagasti –crueles a su pesar– habían hecho de esposas, hijos y padres de algunos prohombres del régimen, incluidos varios familiares de la propia Ada. Toda esa parafernalia había ido cayendo con el paso de los años, y había sido sustituida por un arte nacido de la componenda, casi tan viejo como el anterior, y que era empalagoso y dulzón como una fruta demasiado madura, un arte que se agrietaba como se agrieta un higo que lleva demasiado tiempo colgado del árbol.

13

Abrió los ojos y golpeó en la superficie de la cama con la palma de la mano cuatro o cinco veces. Tomás había encendido la luz, se había quedado mirándola y ella se había dado cuenta y había abierto los ojos y había dado esas palmadas nerviosas e imperativas. Le pedía, más bien le ordenaba, que se sentara a su lado. «¿Estás bien, mamá?», preguntó él. Le había cogido la mano con la que golpeaba la cama entre las suyas. La mujer movió afirmativamente la cabeza y cerró nuevamente los ojos. «¿Has comido?» Ella dijo: «Sí. He comido con esa chica, y también me ha lavado, como si yo no supiera lavarme, como si no estuviera limpia. No me gusta que me vean desnuda.» Y añadió: «Son ellos los que se lo dicen. Ella, se lo dice ella y, sobre todo, se lo dice él, el viejo que se mete aquí, en el cuarto, ¿por qué no echas de una vez a ese viejo?» Tomás miró aquellos ojos que habían vuelto a abrirse. Eran pequeños, negros y turbios, pero a medida que hablaban adquirían un brillo intenso, como si el agua en la que permanecían sumergidos se iluminara repentinamente con un reflector. Adquirían un brillo parecido al que provocan algunas drogas en sus consumidores, metálico, como de punta de aguja. No supo qué responder. Se limitó a volver a apretarle la mano. «Y tú, ¿cómo me haces eso? ¿Cómo los dejas entrar aquí? Échalos», insistió ella, y su insistencia lo desazonó. ¿Qué podía hacer? Decir, «duérmete» o «tranquilízate» le dio vergüenza. No quería engañarla. Su madre llamaba «ese viejo» a su marido. Confundía los papeles familiares y a Tomás lo turbaba la confusión. «Siéntate a mi lado, no lo dejes entrar», le dijo su madre. Tomás cerró los ojos. Vio la casa en que vivieron los primeros años en Madrid, detrás de la Gran Vía. Oyó que su padre le decía a su madre: «Hoy no volveré. Hemos quedado los amigos en salir temprano de caza.» Ella le arregló el cuello de la camisa y le preguntó si no querría llevarse la cesta de picnic: «Entre Elisa y yo te preparamos algo en un momento, por lo menos la petaca con el coñac sí que te la llevarás, por el frío, por si tenéis que estar mucho rato en el puesto, y un termo de café, te preparamos en nada de tiempo un termo de café», y él, sonriente: «No, no hace falta, lo llevan todo ellos. Me han dicho que no se me ocurra llevar nada.» La besó al llegar ante la puerta. Ella lo había seguido caminando un paso por detrás de él. Aún lo detuvo otra vez en el descansillo antes de que se metiera en el ascensor, para preguntarle: «Pañuelos limpios, ¿no llevas pañuelos limpios?», y él respondió que sí, que los llevaba, y la besó en la frente y le acarició el cabello con suavidad, como se hace con los niños. También a Tomás, que contemplaba la escena, su padre le pasó la mano por la cabeza con un gesto rápido, revolviéndole el pelo. Cuando el ascensor desapareció por el hueco de la escalera y se llevó el gesto de despedida que, con la mano, hacía el hombre, ella volvió a meterse en casa, cerró la puerta despacio, dejó la cabeza pegada a la madera de la puerta y se quedó allí un rato, como si escuchara a través de la puerta el ruido del ascensor que se alejaba. El niño la contemplaba con creciente curiosidad desde el fondo del pasillo, porque aquel cuerpo que le había parecido sereno hasta entonces, empezó a respirar de un modo extraño y cada vez más ruidoso, luego se agitó con movimientos que eran a la vez convulsos y sincopados y, finalmente, se rompió en un sonoro y desolado llanto. El niño descubrió que su madre lloraba. Lloraba de pie, la mejilla y las manos abiertas pegadas contra la puerta, y luego caía de rodillas y, así, arrodillada, se golpeaba la cabeza contra la madera, y se acurrucaba aún más y golpeaba con la cabeza, pero también con los puños, el suelo, y gemía, y se convulsionaba, hasta que Elisa, la criada, se acercó a ella y la despegó de allí, cogiéndola por los hombros. «Venga, doña Amelia, no se ponga usted así. A lo mejor es verdad que tienen una montería.» Él, Tomás, el niño, estaba al fondo del pasillo, de pie, con las manos apretadas contra el brazo de la banqueta, y vio erguirse desde el suelo la cabeza de su madre con los cabellos que, de pronto, se le habían desordenado, los aros negros de pelo que se rompían en mechones y también por detrás desordenados los cabellos, mechones sobre la nuca. En la cara de su madre habían aparecido manchas rojizas e igualmente los ojos los tenía enrojecidos. Era invierno, pero la calefacción del piso estaba muy alta y hacía calor, por lo que no llevaba puesta más que una blusa de seda color ladrillo, con los botones de arriba desabrochados y abriéndose en un escote triangular que dejaba ver el nacimiento de los pechos, sorprendentemente blancos, más aún si se comparaban con la tez morena, casi olivácea; aún parecían más luminosos por contraste con el reborde del sostén negro que asomaba por debajo de la blusa. Tomás recordaba aquellos senos de una blancura a la vez deslumbrante y matizada que limitaba con el rosa nácar cuando ella sentía alguna emoción, o si salía del baño; a trechos, estaban recorridos por unas finísimas venas azuladas. Cuando en su infancia los veía, se acordaba de un cuento que había leído acerca de una princesa de piel tan delicada que, cada vez que bebía vino tinto, sus súbditos podían contemplar cómo le bajaba el líquido por la garganta. Volvía a acordarse ahora, sentado en la cama al lado de su cuerpo gastado, de aquel cuento. Los senos y las manos y los ojos y los cabellos de su madre. Elisa la acompañó por el pasillo cogiéndola como se coge a un convaleciente que carece de fuerzas para mantener el equilibrio; y, al pasar al lado del niño, sin soltar a la mujer, alargó un momento el brazo para acariciarle la cabeza con la mano, y le dijo, al paso y entre susurros, como si no quisiera que lo oyese la madre: «Vete a tu cuarto, ahora voy yo.» Elisa. Pero él, aunque separó las manos del brazo de la banqueta iniciando el primer gesto de obediencia, y retrocedió un paso, como si fuera a cumplir sin dudar la orden, paralizó de inmediato esa acción, y se quedó allí de pie; no se marchó a su cuarto, como Elisa le había ordenado, sino que, unos segundos después, recompuso sus gestos y los desarrolló en dirección contraria, y empezó a caminar detrás de las dos mujeres. Las siguió sigiloso, avanzando deslumbrado por el sufrimiento de aquel cuerpo adulto que misteriosamente había reaccionado como él sólo había visto a los niños hacerlo, llorando, poniéndose los puños en la boca, agitándose con un hipo desconsolado. Se asomó Tomás a la puerta del salón, y desde la puerta entreabierta vio el cuidado con que Elisa empujaba a su madre hasta la butaquita que usaba para sentarse a coser, cómo la cogía por los hombros, como si ella sola no pudiese ejecutar ningún movimiento, y le limpiaba las lágrimas con un pañuelo y sacaba un peine del bolsillo y la peinaba y le tocaba las mejillas con unos golpecitos suaves, y le decía: «Así está mejor, doña Amelia.» Y él apenas se atrevía a respirar, no fuera a ser que Elisa advirtiera su presencia y lo enviara a su cuarto. Sólo al cabo de un buen rato consiguió su madre farfullar las primeras palabras, interrumpidas por los sollozos: «Pero es que ella ni siquiera lo quiere, Elisa. Ha sido él el que ha conseguido que la echen del trabajo, que la despidan del almacén de naranjas, para que ella no tenga más remedio que depender de él, ¿no te das cuenta? No es que sea vicioso. Es que es malo, Elisa, malo.» Cuarenta años después, Tomás miraba las manos huesudas, deformes y llenas de manchas de su madre, las acariciaba, sentado en la cama a su lado, y tenía vergüenza de engañarla. Ahora, su madre no sabía ni siquiera quién era su marido, y cuando se metía en la habitación para verla, o cuando le dirigía la palabra, ella decía: «Ha venido el viejo, ese viejo, qué quiere ese viejo.» Aquella noche lejana había repetido varias veces ante la mirada sorprendida del niño: «Es malo, Elisa, malo.» Esta tarde, la piel que asomaba por el escote del camisón estaba llena de manchas y permitía que se advirtieran las irregularidades de los omóplatos, y el esternón formaba entre los pellejos un bulto notable. Su madre tenía los ojos abiertos y miraba fijamente hacia el techo, como si también ella tuviera su pensamiento concentrado en algo, en una escena que se estuviera representando dentro de aquella habitación y a la que él no tenía acceso. Tomás suplicó que esa escena fuera amable, algún recuerdo grato, un recuerdo que no la hiciera sufrir. Le hubiera gustado ser creyente para pedirle a Dios que no la hiciera sufrir más. La recordaba en el esplendor de su juventud, cuando, en los momentos felices, se reía a carcajadas, y extendía una de las manos ante los labios, mientras se ponía la otra en el pecho, y suplicaba a su interlocutor: «No sigas, no sigas, que me ahogo.» Estallaba su carcajada y podía oírsela desde el otro extremo de la casa. «Me estoy ahogando, cállate, no me hagas reír más», decía, y enseñaba sus dientes ordenados y blancos y se tapaba la boca con un pañuelo, y sus pechos blancos se agitaban, y él también tenía muchas ganas de reírse aunque no sabía de qué era de lo que se estaban riendo los mayores, y cruzaba la habitación a la carrera, y se echaba entre sus brazos y apoyaba la cabeza contra los pechos, y volvía los ojos hacia su cara y se reía también. Sólo de verla reírse a ella, se reía él, y pensaba que estaría bien saber qué era lo que a su madre le había hecho tanta gracia. «Pero de qué os reís, mamá, dime de qué os reís, tío, tía, decidme de qué os reís», suplicaba, y ella le decía: «Por la noche, en tu cuarto, te lo contaré; son cosas del tío Tomás, que tiene menos cabeza que un niño.» Él miraba en dirección al tío Tomás, cuyo nombre había heredado, y cuyo rostro enrojecía al reírse como si fuese a estallar, la cabeza del tío Tomás, menos cabeza que un niño, a pesar de que era grande y fuerte aquella cabeza, cabeza roja como un tomate. El sol se le agarraba a la calva, al pescuezo ancho, y se reía a carcajadas el tío Tomás, y su mujer, la tía Laura, también se reía; y, por la noche, cuando su madre iba a acostarlo, él le preguntaba por qué el tío Tomás tenía poca cabeza y de qué era de lo que se reían y ella le decía: «Cuando seas mayor te lo contaré», y él: «Pero has dicho esta noche», y ella se inventaba una broma, algo que decía que había ocurrido y que más que con la vida tenía que ver con las películas de Charlot y de Pamplinas, que tanto les hacían reír en el cine, una historia que incluía carreras, resbalones, alguna tarta en la cara y persecuciones en un coche que perdía las cuatro ruedas que salían rodando cuesta abajo al estrellarse el vehículo contra un árbol. Él escuchaba aquella historieta y se reía con ella, pero, una vez que su madre acababa de contársela, le decía: «Ya, pero no fue eso lo que contó el tío», y ella le respondía que eso, lo del tío, se lo contaría mañana, o pasado, que por esa noche ya estaba bien de risas, que, si no, se ponía nervioso y luego no dormía. Se acercaba a besarlo y olía a violetas; le pasaba la mano por la cara, el perfume de ella. La mano olivácea de ella, los pechos blancos y plenos, el perfume. Su risa. Ella lo llama desde el agua: «Tírate, no tengas miedo», y él, que sí que lo tiene, se tira nada más que porque está ella allí riéndose, y cuando se tire lo recibirá y lo abrazará, apretándolo contra sus pechos metidos en el agua. Y ése al que ahora ella llama viejo, ¿dónde está ese día radiante de mar?, el viejo que ahora viene a visitarla cada tarde, y se mete en su cuarto, y le dice cosas: «Amelia, cariño», cosas, su marido, ¿dónde está cuando se ríen? ¿Por qué no estaba nunca allí, con ellos? «José prefiere El Escorial», decía ella, cuando le preguntaban los amigos y familiares que pasaban durante el verano por la casa del tío Tomás. Su padre. Tomás piensa que ha sido un animal recio y oscuro, con su sensualidad guardada bajo un caparazón nocturno. Escurialense: una mole de piedra, que esconde un interior viscoso. «Malo, Elisa, es malo.» Oye de nuevo el sonido de esas palabras. Son como el de un vaso que cae al suelo y se rompe. Tomás no lo recuerda en bañador nunca, y ha tenido que verlo, porque algunos días se quedaba con ellos en Jávea y se internaban en el mar a bordo del barco del tío Tomás para pescar frente a la isla, cerca del cabo. Y, sin embargo, él no lo recuerda. Lo recuerda con la chaqueta puesta, él con chaqueta, y el chófer, Roberto, también con chaqueta, y el coche negro aparcado frente a la casa de los tíos. Un grupo de insectos silenciosos, oscuros, dañinos. Eso sí que lo recuerda. Y los hombres de los que se rodeaba en casa, en la empresa, oscuros, cetrinos, también recuerda a esos hombres Tomás, recuerda a los amigos de su padre en la inmediata posguerra, gente vestida con colores oscuros que hablaba de negocios en voz baja, de tráficos de cosas, recuerda a Joaquín Ort metido a todas horas en el primer despacho de la fábrica, aún con sillas descabaladas, aún no propiamente fábrica, más bien taller, taller de talleres, porque desde allí se ponían en marcha actividades que se desarrollaban en otros lugares. A él no le gustaban ni el olor del despacho, ni el de la fábrica, ni aquella mezcla de grasa y de camisas blancas y manos limpias, no le gustaba y, sin embargo, fue adaptándose, placer y deber nada tienen que ver, convirtiéndose con el paso del tiempo en uno de ellos, chaquetas oscuras, voz que sólo se levanta en determinadas ocasiones. Se lo decía su padre: «Al que grita a todas horas, los empleados no le hacen ni caso, se burlan de él cuando se vuelve de espaldas. No hay que gritar nunca, pero, eso sí, hay que levantar la voz un par de veces al año.» Le resultaba difícil imaginar la sensualidad de su padre con aquella muchacha a la que consiguió que expulsaran del trabajo. No conseguía verlo despojándose del caparazón oscuro y quedándose tumbado sobre la alfombra, frágil como un caracol sin vórtice. No conseguía escuchar su risa en Pidoux, en Las Palmeras, en Morocco, en cualquiera de los garitos nocturnos madrileños que ahora Tomás ya sabía que había frecuentado en su juventud, no, no podía ver cómo se reía, y sus manos perdiéndose entre el estallido multicolor de la ropa estampada –flores grandes, azules, rojas, amarillas– de una chica de alterne. Lo imagina serio, con su respiración turbia, como si la boca fuese la chimenea por la que se escapara parte de la oscuridad de dentro, diciéndole: «Vístete, desnúdate, acompáñame», eso sí que es capaz de imaginarlo, pero no puede saber lo que viene luego. Jávea. Su padre y el padre de Olga, ambos impecablemente vestidos, están charlando en el salón ante sendas copas de coñac. El salón huele a humo de habanos. Y a él le fascina ese olor, la ceremonia de la madurez representada por dos hombres vestidos con chaqueta mientras todo el mundo pasea por la casa y sus alrededores en bañador, o con ropas informales de verano, la madurez representada por sus trajes, por sus gestos, la ceremonia de madurez del humo que impregna el salón con su olor. Él está con su tío en el jardín detrás de la casa, porque hay que arreglar la bomba del pozo. Ahora sacan el agua del pozo con la bomba eléctrica, pero sigue teniendo el pozo su cubo y su polea y está el arco que sostiene la polea cubierto de jazmín y galán de noche. Atardece, la luz del sol se va adelgazando, y el olor de jazmín impregna el ambiente. Pronto, en cuanto acabe de caer el sol, se impondrá sobre ese olor el del galán de noche, aún más envolvente, más embriagador. Su tío Tomás parecía no mirar el futuro: «La empresa de cerámica, sí, las cuentas en los bancos, sí, sí, pero hay que vivir. Que cuando llegue la muerte te pille vivo», le decía a su hermano José. Y su hermano José: «Claro, tú porque no tienes hijos.» O sea, que su padre había tenido que pensar nada más que en el mañana y para él el hoy no había existido sólo por culpa de su hijo, porque tenía un hijo; no vivía en el hoy por culpa de él, por culpa de Tomás Ricart Viñal, y no por culpa de la muchacha a la que le negaron el trabajo en el almacén de naranjas, ni por la chica del vestido estampado –flores rojas, amarillas, azules– que, también ella, se reía, probablemente porque carecía de mañana. ¿Tenía un hijo aquella chica? Y, sin embargo, carecía de mañana, y se reía, «estoy como una cuba», se reía. Pero su madre está allí, preparando la tarta, y era el presente, era el hoy, y el presente está allí con él, con Tomás Ricart Viñal, el presente acurrucado como un pájaro en su nido, cuando Tomás Ricart Viñal ayuda a su tío a reparar la bomba eléctrica del pozo y, al cabo de un rato, se sientan los dos bajo el emparrado y se turnan para mover el asa de la heladera y hacen girar de izquierda a derecha y de derecha a izquierda el recipiente metálico para que el hielo de fuera, el que hay en el cubo de madera que rodea el recipiente metálico, se convierta en hielo de dentro, granizado de limón; su padre sin hoy, sin las risas, ni la zambullida en el agua, ni la tarde perdida porque su madre y su tía preparan una tarta en la cocina y su tío y él hacen girar el cubo de la heladera para que el hielo de fuera se convierta en hielo de dentro, el granizado de limón, la tarde perdida. Pronto lo impregnará todo el olor del galán de noche. Para ellos, hoy era hoy. Cielo azul, zumbido de chicharras en el aire, olor de limones, de jazmín, dentro de un rato, olor de galán de noche, tarde perdida. Su padre estaba encerrado en el despacho con el padre de Olga, y fumaban puros y bebían coñac, y preparaban el futuro. Los proyectos para mañana, el trabajo que te permitirá ser y estar. Ser más y estar más. Y Tomás, casi cuarenta años después, se siente nada más que como un apéndice, porque piensa que él sólo es el día de mañana de su padre, nada más que eso, y está convencido de que su propio día de mañana ha ido saltando delante de él como una liebre que se escapa y se le ha comido todos los días de hoy que podría haber vivido. También él, desde joven, la chaqueta oscura, los montones de libros de cuentas sobre la mesa, el billete de avión para mañana, los pedidos que tienen que llegar mañana, el pago que hay que hacer. Y el futuro –pasado mañana, el otro y el otro– de Ricartmoble, de Exporicart, de Servicios Ricart, un nombre este último que envuelve la exclusiva en la contrata del trabajo de redención de condena de los presos de toda España: marquetería, artesanía del cuero, confección; un complejo sistema de apuntalamiento de un mañana que, siguiendo la tradición, tendrá que llamarse José María Ricart Albizu y Joaquín Ricart Albizu, los nombres que llevan los dos zangolotones de sus hijos, quienes, a su vez, están preocupados exclusivamente por un mañana que amanecerá fuera de casa, fuera de las empresas familiares, de azul marino para uno y de rojo granate para el otro. Su padre le ponía a Julio Ramírez como modelo: «La intuición que tiene este muchacho, y todo lo ha conseguido él mismo, huérfano, es huérfano, y su padre era un desgraciado, un pobre peón analfabeto que la única letra que distinguía era la o de la boca del vaso de vino, y fíjate en cómo aprende el muchacho.» Julio Ramírez le llevaba a su padre el café al despacho en los tiempos en que tomaba café, y sabía encontrar un papel entre las montañas de carpetas en un abrir y cerrar de ojos, y, unos años después, miraba al cliente de reojo mientras hablaba con Tomás y con su padre, y cuando el cliente se levantaba y se marchaba, decía: «A éste se le cobra el treinta en el momento de aceptar el encargo, el treinta a la entrega del pedido y el otro treinta ya veremos quién lo cobra, así que hay que subirle un buen pellizco en los dos primeros plazos», y no se equivocaba nunca. El tercer plazo no se cobraba, pero daba igual, porque ya se había cobrado por anticipado. «Es un lince ese muchacho, y ha salido de la nada, con un padre analfabeto y borracho.» O sea, que Julio Ramírez se había encontrado de golpe con un mañana que nadie le había preparado. Cuando Tomás acabó la carrera, le dijo a su padre que de momento no quería entrar en la empresa; que quería pasar algún tiempo trabajando fuera, a ser posible incluso fuera de España: ver un poco de mundo, pensar acerca de su futuro con tranquilidad. Su padre lo miró de arriba abajo y lo llamó imbécil poniendo los labios como si le lanzara un escupitajo. Después, volvió a sumergirse en sus papeles como si no le importase nada aquel tipo que tenía de pie ante el escritorio. «Julio, tráeme la carpeta de los albaranes», dijo por el interfono. Sólo por la noche, cuando su madre ya se había retirado a la habitación, y se quedaron los dos a solas en la sala, le dijo: «¿Crees que esa muñeca rubia y cara que te has buscado se paga viendo mundo y pensando?» La muñeca era su novia, Olga, y su padre había tenido casi tanto interés en que entrara en la familia como él mismo, porque hacía negocios con el padre de ella. Cuando ella estaba presente, la llamaba hija. «Hija, por favor, tráeme esto o aquello o lo de más allá.» Olga era una muñeca, y estaban comprándola a plazos. Tuvo que decírselo su padre para que él se enterara. Lo odió. Y eso fue lo malo, que se limitó a odiarlo, y se quedó a su lado, compitiendo por el poder con Julio Ramírez, intentando encontrar antes que él las carpetas, escrutando el rostro de los clientes con más atención que él, para poder decir sin equivocarse: «A ése no se le sirve»; diciendo en voz baja, pero suficiente como para que quien tiene que enterarse se entere: «Este año se irá Olga sola a la playa, yo prefiero quedarme aquí, porque quiero adelantar el fichero», chaqueta negra, Madrid, las tardes en El Escorial, con Elisa, la cocinera, y Roberto, el chófer; con su padre, con los amigos de su padre; y, por las noches, las llamadas telefónicas de Olga desde San Sebastián, o desde Jávea: «No te creas, este año no ha venido mucha gente, los niños en la gloria, disfrutando como locos del agua», ella invitándolos a saltar desde la roca y esperándolos con la sonrisa –menos franca que la de su madre–, con los pechos bronceados, y él acudiendo a verlos algunos fines de semana, y sus hijos, Quini y Josemari, seguramente pensando que su padre es un insecto negro, con un caparazón de queratina debajo del cual se arrastra algo viscoso y blando, y equivocándose, equivocándose de medio a medio porque qué hay debajo de su caparazón, qué hay debajo de Tomás Ricart Viñal, nada, nada, debajo no hay nada, él nunca ha tenido muchachas a las que echan del trabajo, ni Pidoux, ni Las Palmeras, ni Morocco, él no tiene nada debajo del caparazón negro, nada, una oquedad, un vacío. Seguir el camino que alguien trazó para él. Él había sido el hueco que dejaba el molde de su padre. «¿Quién eres?», le pareció escuchar la voz de su madre. «¿Y tú quién eres?» La voz de la mujer sonaba ronca, sofocada, pero era como una mano extendida de ciego, palpando el camino que tenía por delante, era su propia voz que se le había escapado entre los labios sin querer, su voz que no sabía muy bien si le preguntaba a Tomás Ricart Viñal o a su madre: «¿Quién soy?, ¿y yo quién soy?» Su madre apretaba y aflojaba los dedos de él entre los suyos, con un ritmo que tenía algo de morse, apretones largos y cortos siguiendo determinada cadencia; al parecer, intentaba hablarle con los dedos al mismo tiempo que musitaba algo ininteligible en voz baja. La mano rugosa y llena de manchas –huesos apenas cubiertos por la erosionada piel–, presionaba sobre la suya. Para ella ya había llegado el mañana. Estaba ahí: huesos, manchas, pellejos, el mañana. El insecto negro había tejido su tela en torno a todos ellos, los había envuelto, y luego se había abalanzado a chupar con su trompa la energía que guardaban. Al final de la ceremonia del insecto, concluido el banquete, quedaba un pedazo de piel manchada, resto de merienda. Había puesto el insecto las patas sobre la muchacha de la calle de La Paz de Valencia, la inconsciente heredera de huertos y de una empresa exportadora del Grao, la chica que sólo pensaba en vestidos y disfraces, fallas y batallas de flores, y seguramente en un amor que la envolviera con sus brazos y le diera muchas vueltas en la pista bailando el vals; el insecto la había atrapado y la había convertido en una mujer cuya sonrisa se helaba al cerrar la puerta y que se inclinaba contra la madera para llorar a solas, que se arrodillaba llorando junto a la puerta, dándose de cabezazos contra la madera de la puerta, hasta que venía la criada a consolarla: él la había visto, convulsa, una mujer que aprendió a olfatear en la ropa de él la presencia de otras mujeres, en los ojos de él la satisfacción que había obtenido de otras mujeres, lo que daba y lo que recibía de ellas; así, año tras año, una ceremonia siniestra cada vez representada con menos fe, con menos intensidad, luego ya ni siquiera representada ante nadie, una ceremonia que a lo mejor sólo se representaba dentro de la cabeza y del corazón de la esposa del insecto, que ya ni siquiera se molestaba en buscar la mancha de carmín, el olor de perfume, pero que se veía descarnarse ante el espejo: los pómulos se aguzaban, los ojos perdían equilibrio, se volvían desconfiados, e iban de derecha a izquierda con rapidez para descubrir algo que no debía escapársele; y en las comisuras de la boca se dibujaban unos pliegues, un año, otro año, otro, un pliegue, otro, otro, hasta acabar convirtiéndose en este cuerpo que estaba tendido ante él y que emitía sonidos inconexos. La razón de aquel cuerpo viajaba por carreteras cuyo trazado nadie sabía leer, cuyos indicadores nadie descifraba. ¿Qué vio en él, en quien llegó a ser su marido y ahora ni siquiera reconocía, para dárselo todo, para exprimirse por él hasta quedar convertida en este saco de huesos que daría miedo mirar, si no diera tanta, tanta pena? Se había vaciado por él, hasta de la carga de la memoria se había vaciado por él. Le acarició la mano, y después prolongó la caricia por el brazo, al hombro, a la cara, al pelo. La besó varias veces, sosteniéndole la cabeza con la mano. Hacía años que no la besaba así, un beso corto, de saludo o despedida, sí que se lo había dado muchas veces, pero así, besarla así, repetidas veces, deteniéndose en las caricias y los besos, hacía tantos años que no lo hacía. «¿Y tú quién eres?», escuchó. No había sido su voz, sino la de ella. Había abierto los ojos y lo miraba sorprendida: «¿Qué haces aquí? Tú no eres el vecino, el vecino se murió en la guerra, vinieron a decírselo a su madre, mandaron una carta. Tú tienes que ser José. Eres José. José, dile a ese viejo que no vuelva más.» Tomás se apartó de ella, sentía vértigo, como si ella fuera capaz de comunicarle su confusión: su vecino, su hijo, su marido. «¿Tú quién eres?» Él la miraba ahora, pero sin tocarla, y se había erguido hasta un punto en que apenas rozaba las sábanas con el peso del cuerpo. Se estaba incorporando, alejándose de aquellas pesadillas que lo rozaban desde la punta de los dedos de la mujer con lo que parecía un lenguaje de morse. El vecino, Tomás, José. Ella se puso a llorar, pero no como lo hacen las personas mayores, sino como lloran los niños, seguramente porque se sentía impotente para hacer lo que querría hacer y no encontraba ningún aliado: igual que los niños, que lloran por cabezonería si alguien no quiere compartir sus juegos; y él volvió a tender el brazo y ahora no le importaba aquella confusión de papeles equivocados, amigo, marido, hijo, le acariciaba el pelo, y se inclinó otra vez sobre ella, y la besaba, y le decía: «No llores», y ya no le parecía un niño la mujer, sino un pequeño y sufriente animal abandonado.

14

«Margarita, por Dios, junta las rodillas, que se te ven hasta los pensamientos, Margarita, que no estás sola en el mundo, que, además de ti, está el demonio que tiene más ojos y manos que los que te imaginas, la casa, la familia, no sabes lo que son, lo que protegen, cómo lo vas a saber, bobita mía, si nunca has tenido que vértelas con nadie; pero, claro, un día de éstos te tocará tener que darte cuenta, ojalá que sea sin salir de casa; que te des cuenta de que tampoco un marido es una garantía de nada, pero eso, que te des cuenta con tu marido, con tu propia casa ya instalada, con tus hijos, porque, entonces, si abres los ojos una vez que tienes todas esas cosas, ya no es lo mismo, estás a salvo, bajo techado, tendrás problemas, disgustos, cosas que te llevarán a estar a punto de desesperarte, pero te salvarás, te salvará la cercanía de tus propios padres –por mal que te lleves con nosotros, por más diferencias que nos separen, los padres salvan–, la carita de tus hijos, que un día empezarán a arrastrarse por la casa y señalarán con el dedo y, al otro, dirán pan, o pera, y tú sabrás que ya tienes toda la vida ocupada, que ya nada te va a librar de eso, que será a la vez que una condena, la salvación.» Margarita asentía. Decía: «Sí, Elvis, sí», porque a su madre nunca la había llamado mamá. Toda la familia, desde hacía mucho tiempo, la llamaba Elvis, incluidos los primos de Margarita, que la llamaban la tía Elvis; y Margarita le explicaba: «Pero ahora estoy leyendo tranquilamente, y qué más da que tenga las rodillas pegadas o separadas, si estamos las dos solas.» «Ya, ya», decía Elvira, «pero son hábitos, malos hábitos, imagínate lo que es una mujer sola, sin familia, un hombre solo es desordenado, sucio, no sabe lavarse un calcetín ni freírse un huevo, no se adapta, come en fondas, se abandona, pero acaba encontrando arrimo, sale por las noches, busca, se acerca a la mujer que le hace gracia, a lo mejor no una joya, no una perita en dulce, no, una viuda, una solterona, pero, si quiere, encuentra arrimo, se hace amigo del hermano de una, trabaja con el padre de otra, cosas así, pero una mujer sola, ¿te imaginas? Y precisamente en estos tiempos en que las cosas son más difíciles, en que las vidas parecen estar sueltas, sin sujeción. Es más fácil que nunca quedarse sola, vais a la universidad, salís de excursión, cogéis el autobús, os veis rodeadas de amigos, de conocidos, de compañeros, y os creéis que eso va a durar siempre, y no os dais cuenta de que, por debajo de las actitudes generosas, sigilosamente, cada uno va colocando sus piezas, va haciendo sus apuestas, tejiéndose su futuro, y un día hay dos que se disculpan, que, por lo que sea, no pueden ir a la excursión, y otro día falla otra, u otro, y vosotras no os dais cuenta, y cada vez sois menos en el grupo, o al menos los fijos del grupo. La gente va y viene, y cuando os dais cuenta os habéis quedado tres tontas, aguantando a los chicos a quienes nadie querría, porque son muy activos para organizar tonterías, montar excursiones, sacar entradas para el cine o para algún concierto, o para enterarse de que hay una conferencia de fulano, pero no tienen fuste para las cosas serias, para afrontar el trabajo, el matrimonio, a lo mejor ni la paternidad, chicos como de seminario, sacristanes, maricas, la sal de todos los potajes, la salsa de todos los platos, pero nada serio, y, sin darte cuenta, te has quedado sin futuro, porque tu futuro era aquel muchacho que se te escapó porque estabas distraída con cosas que creías que iban a durar siempre, y ahora ya lo tiene otra, es de otra, y entonces os entra la tristeza, y hasta la desesperación os entra, y os quedáis expuestas a cosas que os marcan luego para siempre, tú me entiendes, ¿verdad, Margarita?, ¿verdad que me entiendes?» Margarita se levantó, se metió en la cocina y volvió con un vaso de leche. Qué gusto, fría, llenándole la boca. Daban ganas de dejarla caer de la boca a la barbilla y de la barbilla hasta el pecho. Pensaba: «Qué gusto estar un rato en casa de los padres, cuando tú tienes la tuya, estar de visita, como de excursión.» «Margarita, pega bien las rodillas», le decía su madre. Y Lucas le había acariciado un rato antes los cabellos con mucha suavidad, se los había apartado de las mejillas y los había colocado detrás de las orejas; y Lucas, Quini, Pedro, Josemari y otros amigos de la facultad, con la mirada, era como si le dijesen: «Margarita, aparta las rodillas, déjame sólo que meta la mano entre los muslos, nada más que la mano, un momento nada más, que note lo suaves que los tienes, lo calentitos.» Eso al menos le parecía a ella y, en la mayoría de los casos, no estaba del todo equivocada. Se sentaba muy cerca de cada uno de sus amigos en la biblioteca, en un banco del jardín, en la cafetería, para estudiar o para charlar, y se encontraba en demasiadas ocasiones con la mirada del acompañante perdida entre sus rodillas, una mirada casi física, con cuerpo, que podría cogerse si se quisiera, que podría apartarse de un manotazo, si una lo diera. Zas. Y la mirada caería redonda sobre el suelo. Las rodillas. Jamás se le hubiera ocurrido que tuvieran esa importancia, cuando con once o doce años se las veía huesudas y salientes, y las odiaba, y no sabía qué hacer con ellas, ni cómo se las apañaban las actrices de cine para no tener rodillas, sólo muslos, piernas, pies enfundados en zapatos de tacón; jamás se le hubiera ocurrido pensar que tuvieran tanta importancia las rodillas. La película de Rohmer, *Le genou de Claire.* Ponte de rodillas, para el castigo; arrodillaos, que vamos a rezar un padrenuestro, en la capilla, para la piedad; la falda más abajo, que no se os vean esas rodillas, por pudor. En el colegio de monjas, las rodillas jugaban un papel importante, no te castigaban a dar palmas, no te castigaban a cerrar los ojos, a abrir la boca: siempre las rodillas, tanta importancia le daban las monjas a esa parte del cuerpo que Margarita despreciaba, que su madre fue a hablar con ellas y les dijo que si se creían que la niña iba a ser monja, y cuando le dijeron que no, que no, que estaba claro que la niña no tenía vocación, ella les soltó que, entonces, por qué se empeñaban en que pareciera una fregona, con las rodillas encallecidas de tanta oración y tanto castigo. «Ya está bien con que me la hagan rezar de rodillas, al fin y al cabo, eso son cosas de Dios, pero castigarla castíguenla ustedes de otra manera, porque es que tiene más callos que la chica que me friega en casa.» Así se lo dijo su madre a una monja cuyo rostro se volvió cárdeno, como si fuera a estallar. Más vale morir de pie que vivir de rodillas, había dicho la Pasionaria, mostrando también cierta tendencia a dar importancia a las rodillas, aunque, en este caso, el papel que se les otorgaba fuera rigurosamente inverso. O sea, que las monjas decían arrodillaos y su madre junta las rodillas, y eso era la derecha; y la Pasionaria no quería arrodillarse, y eso era la izquierda. Las rodillas, un elemento simbólico, como los escudos o las banderas. Se acordó de eso cuando leyó en las memorias del último emperador chino que, durante su infancia, aquel hombre había pensado que uno de los rasgos que diferenciaban de su pueblo a los ingleses, entre los que se encontraba su pedagogo, era –eso creía él– que los ingleses no articulaban las rótulas al andar, carecían de tal mecanismo, y, de ese modo, el niño Pu Yi se sorprendió enormemente cuando descubrió que los ingleses caminaban como los demás y que alguien, en palacio, le había mentido al contarle esa estupidez de que los occidentales carecían de articulaciones, de juego de rótulas. Las rodillas como elemento simbólico, sí, pero para ella no tenían valor en sí mismas –como no debían de tenerlo para su madre, lo expresara como lo expresara–, sino por lo que representaban como pórtico, como cerrojo que abre y cierra. Lucas, Pedro, Quini, Josemari, Javier, el pobre Javier, sobre todo él. Los hombres querían apartarlas porque eran el cierre que les impedía llegar allí, a ese punto que era una diana, y en el que se concentraba una conjunción de fuerzas contradictorias, aunque poderosas –lo insinuaba su madre a todas horas–, consiguiendo que allí estuvieran al mismo tiempo la cumbre y el abismo, como en esos montes más altos en cuyos picos se encuentran fósiles de peces y de moluscos porque un día fueron las mayores profundidades submarinas. Cumbre y abismo a la vez. Tenía razón su madre. Abismo. Ella había asistido a algunas reuniones de Reivindicación Feminista, y había confirmado algo que intuía desde muchos años antes: que el cuerpo de las mujeres no era autónomo, como el de los hombres, no estaba suelto, sino que siempre permanecía unido por hilos invisibles a la voluntad de algún hombre o de un grupo de hombres, y no bastaba con decir que tú querías ser historiadora, vivir en un apartamento, ir a la biblioteca, tomar un vermut en una cafetería, sino que, en el corazón de la mujer, una educación milenaria había grabado a fuego la imagen del hombre, su código, sus leyes, y, siempre, en su vida, presidiendo cada uno de sus actos, tenía que estar la imagen de un hombre, como en los comedores de las casas modestas unos años atrás siempre estaba presidiéndolo todo la Santa Cena, en Candelario, en Cudillero, en Espasante, en Madrid. Así, una nunca era ella misma, y lo que le parecía aún peor, la amiga, la pandilla de amigas, miraban con ojos de hombre y hablaban por boca de hombre y movían la cabeza de derecha a izquierda y de izquierda a derecha y abrían la boca y decían: «No, eso no se puede hacer», de modo que una sola no podía alquilar un piso, como había hecho ella unos meses antes con su amiga Pilar, para no depender de la familia; ni ir de excursión a alguna parte, y casi, casi, por mucho que hubieran cambiado los tiempos, ni siquiera podía apoyarse una sola en la barra de una cafetería para tomarse un vermut, ni ir al cine a ver una película, y, de ese modo, la satisfacción de lo íntimo, que los hombres resolvían en privado –un viaje, una copa, una película–, y otras cosas que resolvían tranquilamente en casa, en el asiento trasero de un coche, en un parque, con una puta en un *meublé*, una mujer no podía hacerlo sin rozar el espacio público del escándalo. «Un hombre lleva su ropa y su cartera, y si está en ambientes muy exclusivos, su inteligencia, y con eso se basta, pero una mujer tiene que llevar siempre acompañante, y, de joven, la mitad de su ropa es la pandilla de amigas, y, cuando madura, el muchacho que lleva al lado por más que sea un cenizo, un imbécil. El cuerpo femenino no se acuerda con la soledad. La soledad en público desnuda a la mujer, provoca escándalo», le explicaba a Pilar, la compañera con la que había alquilado el apartamento en el que, desde hacía unos meses, vivía. Pedro. Quini. Lucas. Josemari. Juan Bartos. Javier. El bueno de Javier. Los hombres. Marga le daba cuerda a Lucas Álvarez, se la había dado esa misma tarde, en parte por culpa de la tensión y el miedo que habían pasado en la facultad. Jugaba con los ojos de Lucas como con un par de bolas de cristal, pero no le gustaba Lucas más que para bromear, sus chistes torpes, sus manos pesadas; a veces soñaba con ellas, con que las manos caían plúmbeas sobre sus rodillas (él había apartado sus cabellos con delicadeza, rozándolos apenas con las yemas de los dedos), pero se trataba de sueños bobos, como una sueña con que la toma por asalto un turco, un descargador del muelle de Hamburgo, un sueño, un fogonazo, y ya está, algo sólo por saber lo que es la brutalidad del sexo sin razón, el límite con el bestialismo y, por ello mismo, sin continuidad, manazas, «Lucas, qué manazas eres», decirle eso mientras se dejaba hacer, y ocultándole que precisamente lo que buscaba en aquella experiencia era destacar esa torpeza, sentirse por una vez inteligencia y sensibilidad frente a una masa ciega exterior, ajena. Le gustaban otros a Margarita. La verdad es que le gustaba más que nadie el profesor Bartos, con su dosis de cinismo, que se resumía en la segunda persona del plural con la que los englobaba a todos ellos, «vosotros», «haced», «decid», «como pensáis que», «claro, como estáis convencidos de que»: así hablaba con ellos, siempre en plural, y como si él supiera que su obligación era dejarlos recorrer ese pensamiento, apurar ese acto, poner en práctica ese convencimiento al que en cada caso se refería, con la seguridad de que iban a estrellarse bobamente. «Hacedlo, si vosotros lo veis así», era una de sus muletillas, y eso que decía como una forma de resignado desprecio les parecía a ellos un regalo en medio de tanto autoritarismo por parte de los otros profesores de la facultad, y le respondían con bromas como de hijos a padre, pero Margarita entendía que era un sarcasmo que se basaba precisamente en el pilar de la segunda persona del plural, porque lo que quería decirles cuando les hablaba así era que mientras que él era un individuo capaz de acumular experiencia y de sacar conclusiones de esa experiencia, ellos –«vosotros»–, en cambio, eran un rebaño que se extraviaba, una masa ciega que tropezaba una y otra vez cuando alguien o algo –una voluntad, un impulso, una idea, una pasión– la ponía en marcha, como les ocurre a esas ballenas que inexplicablemente deciden suicidarse en manada en una playa; como pasa con las ovejas, de las que se dice que, si una se tira o cae por un precipicio, todas las demás la siguen estúpidamente. Lo cierto era que a ella le hubiera gustado rescatarse a sí misma de la multitud de ese torpe rebaño, individualizarse ante él, merecer del profesor Bartos el uso del pronombre tú: tú, Margarita, haces y dices esto y aquello; y luchaba por eso, por conseguir ese tú, pero en su lucha no conseguía ningún resultado; nunca tú esto, tú lo de más allá; no, siempre vosotros pensáis, vosotros creéis, siempre vosotros, y a lo mejor era por eso por lo que ella lo deseaba tanto al profesor Bartos, porque aquel hombre que mostraba ya las primeras canas en las patillas y también en el mechón que se levantaba un poco por encima de la frente, tenía en sus manos la posibilidad de elevarla a la categoría de individuo en el opaco mundo universitario de los rebaños. Bartos era el único profesor al que los alumnos le hablaban de tú, alejados de cualquier prontuario de respeto, y él, sin embargo, les respondía unciéndolos a un grupo con un irónico vosotros.

Un día en que estaban los dos a solas en el despacho, y él dijo: «Es que os creéis que las cosas son fáciles», Margarita saltó sobre sus palabras, volvió la cabeza a derecha e izquierda, como buscando a alguien, y preguntó: «¿Os creéis? ¿Quiénes nos creemos? ¿Hay alguien más aquí dentro, a quien yo no veo? Estamos los dos solos y tú te llamas Juan Bartos y yo me llamo Margarita Durán Barcia. No nos llamamos Margarita Durán Barcia todos los alumnos. Como no todos los profesores os llamáis Bartos. El uso del vosotros en este caso está de más.» Él se echó a reír. «En el actual sistema educativo, el profesorado se compone de individualidades, y el alumnado, de colectivos, ¿o no te enteras de que los carteles dicen que el profesor Bartos suspende sus clases, y a continuación explican que los alumnos de tercero esa tarde la tendréis libre? No ponen la lista con los nombres de alumnos que vais a tener libre esa tarde. No dicen Margarita Durán Barcia tendrá libre la tarde. Dicen los alumnos de tercero tendrán tal y tal.» «Pero ahora no estamos los alumnos de tercero, estoy yo, Margarita Durán, y me jode que no lo aceptes», se revolvió. Él respondió riéndose aún más: «Eso quiere decir que te jode el sistema.» Y ella se sonrojó hasta las orejas, y él tradujo su turbación como una manifestación de furia, porque había estado un poquito borde con ella, pero no fue así, los síntomas eran un reflejo de otro sentimiento que limitaba con la tristeza, con cierta desolación, porque ella no estaba hablándole de posiciones, de las posiciones académicas que ocupaban él y ella, sino que estaba diciéndole que quería que la separara del grupo, que la hiciera salir del anonimato, que la cogiera con dos dedos y la levantara por encima del grupo y se la pusiera en la palma de la mano, como hacía King Kong con la chica en la foto que él había pegado en el panel de corcho de su despacho: el gorila podía haber mirado indiferente a aquellas multitudes que corrían escapando del teatro, haberles dicho «vosotros» a quienes embotellaban, en su huida, las calles de Nueva York; y no, el gran gorila sabía distinguir entre vosotros y tú, entre la multitud y la muchacha a la que envolvía dulcemente con la palma de su mano, procurando no hacerle daño, mientras que el profesor Bartos se había escabullido una vez más y tampoco en esa ocasión la había individualizado. A lo mejor tenía miedo de que ocurriera algo entre los dos, porque creía que era virgen. En caso de que fuera ésa la razón, se equivocaba, porque Margarita ya no lo era. Había dejado de serlo una noche en San Sebastián dos años antes. Fue a finales del mes de agosto, cuando se celebró un concierto de un grupo de música popular que se llamaba Los Pomposos en una plaza del barrio viejo y, al finalizar la actuación, los asistentes provocaron a la policía, lanzando algunos gritos y también algunas piedras, y empezaron las carreras, los botes de humo, los disparos de pelotas de goma, y ella corrió primero y, luego, ya lejos del tumulto, paseó de la mano de Javier, un amigo de otros veranos, como hoy había corrido y caminado con Lucas. Después, se refugiaron en el pasadizo que había bajo las vías de tren, porque se había puesto a llover. Y allí, en la penumbra, vieron caer el agua cogidos de la mano y también contemplaron asustados el brillo azulado de algunos relámpagos y escucharon el estruendo inmediato de los truenos. La tormenta estaba muy cerca. Para protegerse el uno al otro, se besaron, al principio con besos cortos y frecuentes, que acabaron por convertirse en un solo y apasionado beso. Javier separó los labios de los suyos y empezó a recorrerle todo el cuerpo con la boca. Al llegar al regazo, le dijo: «Sólo quiero comértelo, nada más, besártelo», y ella se abrió de piernas y lo vio a él de rodillas, a sus pies. Le amasó el cabello con los dedos, y notó la humedad y el calor de la boca de él allí abajo y luego la lengua moviéndose y enloqueciéndola, caliente; y entonces se fue dejando caer despacio en el suelo, resbaló poco a poco su espalda por la pared y, cuando estuvo tendida encima de las baldosas, envolvió la cintura del muchacho con sus piernas y él entró allí dentro con una repentina urgencia que la extrañó, porque hasta ese instante todo había sido suave, como si hubiera habido un silenciador en cada movimiento. Por suerte, no pasó nadie en todo el rato por aquel túnel, y, cuando salieron, estaba empezando a clarear una borrosa mañana de domingo. Aún lloviznaba. Y desde el mar llegaba un olor de algas podridas. Así fue aquella primera vez. Él quiso reincidir otros días, pero ella se negó, y además le exigió que no les contara nada a los amigos de la pandilla, y él seguramente no se lo contó a nadie, pero ponía cara de tristeza cada vez que se veían, y a ella acabó resultándole desagradable su presencia. A lo mejor, si el profesor Bartos lo hubiera sabido, la trataría de otra manera, eso, al menos, es lo que ella pensaba. Le gustaba mucho el profesor Bartos, la voz, los gestos, las manos sonrosadas y anchas, los ojos de miope detrás de las gafas. En una escala descendente (es decir, varios escalones más abajo), y dada la inaccesibilidad del profesor Bartos, se situaban las expectativas de Margarita en una lucha sentimental entre Quini y Pedro Macías. De Quini admiraba su flexibilidad, su cintura intelectual, que parecía corresponderse con su espalda de gato, delgado, ágil, todo en él expresaba una potencia nerviosa bien constituida. Cuerpo e inteligencia se completaban en un todo. Le gustaba la energía con que defendía sus puntos de vista. En Pedro, en cambio, la brillantez superaba al cuerpo, pero lo justificaba. Con él, con Pedro, Margarita tenía la impresión de que podía dejarse arrullar por las palabras, acariciarse con ellas, y no importaban demasiado las manos, porque no jugaban más que el papel de complemento, como el cinturón o la corbata en un traje. No eran, sin embargo, feas las manos de Pedro, quizá un poco pequeñas, pero sólidas y bien formadas. Margarita sabía que su padre era carpintero y le parecía encontrar en la forma de las manos de Pedro ciertos rasgos genéticos, los dedos un poco cortos, la palma ancha, el pulgar redondeado, manos como de verdugo en un cuadro de Caravaggio, pero refinadas por la falta de uso mecánico, porque el conjunto estaba envuelto por una funda de piel clara que se bronceaba uniformemente cuando llegaba el verano, adquiriendo un agradable tono de caramelo. Palabras y carne. Quini resolvía la relación entre las dos –carne y palabra– con ligereza, pero con cierta falta de solidez. Era demasiado inteligente, un gato, no era mala comparación: se escurría y saltaba como un gato, y eso hacía que no transmitiera la calma, la seguridad que Margarita le pedía al hombre con el que pensaba compartir su vida. Imaginaba la vida con Quini como una continua carrera de obstáculos, lugares interesantes, viajes excitantes, sí, pero excesivamente frecuentes y accidentados; interminables y ágiles discusiones acerca del último libro leído, de la última película vista. Hermoso pero agotador. Tenía la impresión de que acompañar a Quini iba a ser un viaje demasiado fatigoso para ella. Uno de esos viajes organizados en los que hoy por la mañana sales de Madrid; mañana cruzas Génova; el miércoles te enseñan Florencia, San Giminiano y Siena; el jueves, Venecia; el viernes, Roma, y el sábado estás con rumbo de vuelta a Madrid. Uf. Era verdad que le gustaba mucho Quini. Que aquel felino doméstico la hacía dar vueltas en la cama por la noche, aunque le molestaba un poco que su padre y su madre animaran esa relación, por conveniente para la familia, amigos de toda la vida. Digamos que, en el caso de Quini, y a pesar de los dos, porque a ella Quini le gustaba de verdad (sus ojos grises y vivos, su rostro anguloso, de pómulos salientes, de piel roja, enmarcando sus labios ligeramente hinchados, como si acabaran de desprenderse del pecho materno y aún mantuviesen una gota blanca y cremosa allí prendida, pero que se doblaban con una curva irónica), resultaba difícil escaparse de ciertos aspectos institucionales, de los que ellos mismos se reían. «Mi madre me habla de ti a todas horas», le decía Quini. Y ella no le decía que su madre hacía exactamente lo mismo con él. Quini, esto; Quini, lo otro; Quini y Quini y Quini, el pequeño de los Ricart, a todas horas. No se lo contaba por pudor, por no enseñar demasiado las cartas y convertir la partida en irremediable o en imposible. Además, esa aquiescencia familiar parecía ahuyentar el sexo, volverlo todo muy formal, como de hermanos, de primos, de amiguitos de toda la vida, algo así, y seguramente era por esa insistencia de la familia para que se fijara en Quini (como si, para eso, necesitara ayuda de nadie) por lo que ella miraba con una intensidad mayor hacia el profesor Bartos, que prometía una relación en la que se conculcaban todos los mandamientos de la ley, uno a uno, y en bloque, las dos tablas de Moisés enteras: diferencia de edad, maestro y alumna, casado y soltera, padre y virgen (oficialmente virgen); miraba el reflejo de sus canas y eran como un semáforo en ámbar que daba precavido paso a la transgresión, porque, además, por si todo eso fuera poco, el profesor Bartos estaba aparentemente excluido de los parámetros humanos y vivía en el espacio olímpico de los dioses. O sea, una nueva transgresión, encuentro de mortal con dios; como en las historias de la mitología clásica en las que Apolo o Zeus se cuelan por la ventana de la habitación de una humana que duerme tranquilamente y se dejan caer sobre ella y la envuelven o la bañan, o la envuelven y bañan con su sudor y con su breve chaparrón divino. Dánae. Pensaba esas cosas descabelladas y, a continuación, se deprimía, como si el mundo fuera difícil de centrar. Se resolviera en teorías que pecaban por defecto, por exceso, por lejanía, o por inexistencia, y lo que debía ser más fácil –lo que su madre temía que pudiera ocurrirle: ganarse o perderse– era, aunque no lo pareciese, lo inalcanzable. Por eso, o por algo parecido, se había dejado coger de la mano por Lucas ese mediodía, había dejado que él le dijera: «Perdón, ¿me dejas?», y le arreglara el pelo que le caía desordenado por la cara, y se lo pasara por detrás de las orejas, y que aquellas manos oscuras y anchas, de prehomínida, le rozaran las mejillas sólo un instante, pero que se había hecho perdurable porque iba cargado de intensidad. Como si lo más difícil fuera tratar con los de la propia especie, con los humanos, y sus sentimientos vagaran al albur entre prehomínidas, héroes y dioses en un mundo que hubiera sido desertado por los hombres. La mano oscura y ancha del mono, las canas plateadas del dios. El punto intermedio entre ambos, la humanidad, seguramente estuviera representada por Quini. Aquella misma tarde, dentro de un rato, volvería a ver al humano Quini en la fiesta a la que estaba invitada con sus padres, y para la que tenía que empezar a arreglarse. Quini, cuando pensaba en él, le parecía casi una excepción, como si fuera uno de los pocos representantes de una especie a punto de extinguirse; además, junto a Quini estaría su hermano Josemari, que mostraba rasgos que tampoco eran exactamente humanos, sino de héroe, de fornido héroe que yergue orgulloso la cabeza sobre los hombros porque no la aplasta el peso del cerebro. De pequeños, Josemari y ella habían jugado –en la playa, y durante las interminables horas de las siestas en Jávea– a que ella era la perversa propietaria de un robot y él el robot que cumplía las órdenes que le daba la propietaria: «Súbete a esa tapia, tráeme una pera, quítale el frasco de colonia a tu madre, escóndele el pintalabios.» Y Josemari, como era un robot, cumplía siempre las órdenes que ella le daba, su propietaria, y eso le gustaba por entonces, a lo mejor porque sólo duraba un momento, una tarde de aburrimiento, a lo mejor sí, a lo mejor si hubiera durado más tiempo no lo hubiera soportado, pero le gustaba verlo arrastrarse aquel rato, y, a lo mejor, por qué no, tampoco estaría mal aquel juego para toda la vida, quién sabe. «Quítate la camisa, camina de rodillas, come hierba.» No era precisamente desagradable tener un marido así, al que puedes enviar de madrugada a comprarte un refresco, porque estás embarazada y tienes un antojo; un marido al que le puedes decir: «Ahora mira, mira lo que hago, pero tú te tienes que estar quieto, sin tocar, y ahora toca un poco, ahí, sólo ahí, y ahora aparta las manos, y ahora aléjate un paso y ahora mira, mira, túmbate en el suelo, y mira sin tocar, y ahora toca otra vez, pero sólo ahí.» Eso estuvo pensándolo Margarita mientras se miraba ella misma en el espejo del baño de la casa familiar, a la que había acudido para recoger a su madre. Se sacó la lengua a sí misma y se hizo burla desde el espejo. «El cuerpo, el cuerpo, ¿tiene algo que ver con la ideología el cuerpo?», se preguntaba, poniéndose un poquito lombrosiana; «¿y el sexo?, ¿tienen algo que ver sexo e ideología?» Ahora estaba reichiana: ¿se era de derechas porque se follaba mal?, como decía Reich, ¿o había más cosas por medio?; y, entonces, ella, todos ellos, sus amigos, ¿por qué, si ni siquiera follaban, eran de izquierdas? ¿Follarían ellos? ¿Follaba con la hiena de su mujer Bartos? Ella había coincidido en varias ocasiones con la mujer de Bartos, había visitado su estudio (taller, lo llamaba, no estudio), la había visto, orgullosa como un pavo real y disimulando el orgullo con un saco de falsa modestia. «Nada, si ya sé que no vale nada. Son sólo cosas que hago por no perder la habilidad, cosas mías, ejercicios, me entretiene todo esto», decía, mostrando con desgana su obra, cuando ella sabía que no paraba de llamar por teléfono a los críticos, a los propietarios de galerías, a pintores y escultores de éxito indiscutido para decirles: «Te tengo preparada una sorpresa, un regalo. Este cuadro lo he pintado pensando en ti, en que es tu cumpleaños, o tu aniversario de boda, o el día en que jodieron a tu puta madre», coñas así. Ada Dutruel. Más bien, Bruja Dutruel. Con las comisuras de los labios enmarcadas por pequeñas arrugas, fruto en parte de la edad, sin duda, pero que también expresaban su permanente crispación: «labios apretados», decía su madre cuando quería definir a alguna de esas mujeres tensas y celosas. ¿Follaría Bartos con ella?, ¿cuántas veces a la semana, al mes, al año? ¿Y con alguna otra? ¿Follaba Bartos con otras? ¿Y follaban Pedro, Lucas, Quini? ¿De verdad follaban? ¿Quini follaba? ¿Con quién? Y Josemari, ¿follaba Josemari? ¿Con quién follaba Josemari, que era partidario de la mujer fiel y metida en casa? ¿Se iba Josemari de putas? ¿Y Lucas? ¿Follaba Lucas? ¿Con quién? ¿Con putas? ¿Y qué habrían aprendido ellos de las putas? Cerraba los ojos, veía cuartos pintados con colores llamativos, lavabos, bidets, sórdidos y misteriosos instrumentos higiénicos o que servían como estimulantes de insospechados placeres, camas con recargados doseles cubiertos de coloridos mantones de Manila, mujeres que doblaban su cuerpo o lo hacían girar como si fueran volatineras, y que apretaban con el dedo índice, o con la punta de cinco uñas larguísimas y pintadas de un rojo violento, lugares sensibles, poniendo en marcha extraños mecanismos que los hombres tenían en ciertas partes de su cuerpo sin ni siquiera saberlo, y que ellas activaban, dejándolos útiles para siempre, convirtiendo a sus amantes en viciosos esclavos suyos y en amos de otras pobres mujeres a las que enseñaban la tiranía de esos vicios subyugantes. ¿Cómo sería esa forma de amor? No sabía nada de casi nada. Se llamaba a sí misma ignorante. «Ignorante, soy una ignorante», y se irritaba, porque sí, porque siempre se irritaba sólo con ponerse a pensar en esas cosas, en la inmensidad de cuanto desconocía, y entonces tenía ganas de salir de sí misma, salir de cuanto la rodeaba, pensaba en todo lo que deseaba y estaba fuera de su ámbito, fuera de la familia, fuera de la facultad, fuera de Madrid, fuera de España; lo que ocurría en algún lugar en el que cuerpo e inteligencia, sexo e ideología iban inequívocamente juntos, eran la misma cosa. Claro que ese pensamiento se convertía en una mecha encendida que se dirigía a toda velocidad para dinamitar lo que había definido como ámbito. ¿Qué lugar era ése, el ámbito? Los ojos de Josemari, mirándola mientras ella se revolcaba desnuda sobre la alfombra y le decía: «Te dejo mirar, pero nada más que mirar.» Aquellos ojos cargados de admiración, sorpresa, miedo y deseo iban a convertirse, como todo lo demás, en una bola de fuego porque ella había prendido la mecha con sólo dejar correr su pensamiento, y todo iba a arder, los ojos de Josemari envueltos en llamas, para siempre desaparecida aquella mezcla de sentimientos originarios que se concentraban en ellos; pero no, eso no iba a ocurrir, porque ya corría Marga escaleras arriba, abría la puerta de la habitación donde él dormía y se sentaba en su cama y cogía su cabeza entre las manos y se la ponía en el regazo y se quedaba a la espera de la explosión contemplando la cabeza de aquel inocente en cuyo interior se guardaban recuerdos de ella convertida en princesa caprichosa y cruel. Coge el pintalabios, trae el bolso, come hierba. La cabeza de Josemari, así dormido, tenía una belleza serena y sin seso que ella estaba decidida a proteger de cualquier explosión.

15

Estaba lloviendo. Desde aquella habitación, o celda, porque tenía unas rejas en la ventana que estaba situada allá arriba, en la parte donde el techo ascendía más, oía caer la lluvia e incluso alcanzaba a distinguir, lejanas, voces de gente que pasaba por la calle (¿qué calle sería aquélla? Sólo había visto el patio, habían metido el coche hasta dentro del patio). «Tranquilamente, con sus problemas, con lo que quieras, pero caminando por la calle la gente», pensó Enrique Roda con envidia. Ahora volvía a llover, porque se oía el ruido del agua allá arriba y hasta había algunas gotas que se colaban al interior. «También es casualidad que, después de tantos meses, se haya puesto a llover hoy. ¿Será verdad que es un enviado de Dios?» «Dios es franquista, que no te quepa duda», le decía Lucio a él en broma. «¿Será verdad que se ha muerto, y que el cielo está llorando por él? Ojalá. En ese caso, bienvenida sea el agua, aunque me da la impresión de que esto va a ser muy húmedo y a mí no es que me siente mal la humedad, que también, es que la odio. No creo que me tengan aquí mucho tiempo, me mandarán al juez, pero ¿dónde estoy? Aquí no he visto guardias, nada, el patio y el pasillo.» Eso pensaba acurrucado encima del duro camastro que no era más que una estrecha tarima de cemento, forrada con baldosines pequeños. Oía caer la lluvia, y se acordaba del patio, pero no del patio que le habían hecho cruzar esa mañana para llegar hasta allí, sino del que formó parte de su infancia. Las noches de lluvia en que lo castigaban a dar vueltas por el patio durante horas. Los días de frío en que tenían que aguantar allí, formando largas filas bajo la tormenta de nieve, que se endurecía alrededor de sus zapatos. «Hombres para el día de mañana, españoles», decían los monitores para justificar tanta incomodidad y sufrimiento, «sois niñas, en vez de hombres, mariconas.» Le habían venido a la cabeza esos recuerdos por la mañana, mientras cruzaba el patio del desvencijado edificio y le empezaron a caer las gotas encima de la cabeza y sobre los hombros, gotas gordas, de tormenta, que sonaban fuerte en los baldosines y en el metal de los canalones. Mientras cruzaba el patio, empujado por aquellos dos tipos, policías de paisano, ningún uniforme, ¿por qué?, ¿qué sitio era aquél?, había pensado que lo que no quería era mojarse otra vez, otra vez tiritando de frío, los pies empapados, que dolían de tanto frío. «Quiera Dios que no haya aquí humedad», se dijo, «o que me manden pronto para otro sitio, policías de paisano. Dios. Es muy raro esto.» Dios. Ya se le había cruzado la idea de Dios tres o cuatro veces en su pensamiento aquella mañana. Pensó: «Mi madre rezaba, y ya ves de lo que le valió. Mi padre no rezaba y tampoco sacó nada de provecho. Y a mí, en el sitio adonde me mandaron porque ellos se habían muerto, me castigaban y me hacían rezar todos los días; los castigos y los rezos, otra forma de castigo.» Los dos habían muerto pronto y por eso a él se lo llevaron allí. Las filas de cabezas llenas de costurones, inclinadas sobre los platos, la lluvia cayendo sobre el patio, el olor. A lo mejor no había empezado a acordarse de aquel sitio por culpa de la lluvia, sino por cómo era el pasillo por el que lo habían metido, y que era idéntico al del otro sitio y olía igual. «Es verde mierda», decían entonces los niños. Decían que el pasillo estaba pintado de verde mierda, que no se sabía qué color era ése, pero que cualquiera que hubiera estado allí lo distinguía con los ojos cerrados. «O sea, que sí que sé lo que me digo», pensó. Porque el pasillo por el que había llegado hasta aquella habitación, o celda, no era todo verde, no, porque tenía un zócalo por abajo que era de color marrón. Verde mierda, como el otro. A la derecha, las duchas. A la izquierda, el cuarto donde amontonaban los colchones y que olía siempre a matachinches. Y es que todo venía del almacén. Salía uno y guardaban en el almacén la ropa que había usado, y luego entrabas tú y te la daban, con manchas de cualquier cosa, pero con ese olor. A él le dieron grandes las botas y se lo quiso explicar al celador, pero no le hicieron ni caso. Estuvo tres días atándose los cordones lo más fuerte que podía, y se le seguían cayendo las botas, hasta que un tal Juan Ariño se las cambió por las suyas. A él le quedaban pequeñas, porque tenía unos pies enormes, le dijo, y las de Enrique, en cambio, le vendrían al pelo. Se sabía su nombre. «Enrique», le dijo, «yo puedo cambiarte las botas, porque a mí las mías me quedan pequeñas.» Luego él se dio cuenta de que era mentira. De que también al tal Ariño se le caían. Y no entendió por qué se las había cambiado. Se sentaba a su lado en el patio; le decía: «Coge un pedazo más de bocadillo, que yo no tengo hambre», y corría detrás del balón con aquellas botas que se le salían cada dos por tres. Él no lo soportó más, le dijo: «Tú quieres algo de mí. Dime lo que es, y si lo tengo te lo doy, y, si no, no hace falta que te fatigues.» Y Ariño se levantó del escalón en el que estaban sentados, y se marchó a la otra esquina del patio, y ya no volvió a acercarse más. A veces lo veía mirarlo de lejos.

Y él escupía sin querer. Y el otro volvía la vista de lado. Se fue antes que él de allí. Él sólo supo que se llamaba Ariño. Juan Ariño. No supo de dónde venía, ni por qué estaba allí. Seguramente, porque tampoco tenía padres. No lo quiso saber entonces. Luego, aunque hubiera querido saberlo, no habría podido. Ya se había marchado. Eran unos críos. Tenían once o doce años. Lo soltaron al año siguiente. Tampoco recordaba esta mañana por qué soltaron antes a Ariño. Lo llamarían para emplearlo en alguna parte. A él lo tuvieron un par de años más, hasta que le encontraron trabajo en los talleres del metro. Ya no volvió a verlo nunca. Ahora se acordaba de él, tantos años después, y pensaba que podrían ponerse de acuerdo. Pensaba: «Si fuera ahora podríamos ponernos de acuerdo.» Y sentía pena. Había gente que pasaba por allá arriba, gente que caminaba a lo mejor con sus preocupaciones, con sus agobios de lo que fuera, sí, pero que estaba en la calle. A Enrique Roda le parecía oír sus voces y el ruido del agua, y no se explicaba por qué no había nadie más allí dentro, ni guardias, ni presos, ni nada, sólo él y aquellos dos tipos que lo habían traído y de quienes no había vuelto a saber nada. Tantas horas solo. Ni siquiera se oía ya la radio. Todo estaba en silencio.

16

Lurditas le dijo: «Dicen que es para entregárselo a usted personalmente», y ella se levantó apoyando un instante la mano encima de la mesa en la que quedaba aún sin recoger el servicio del café, y salió al recibidor con el cigarro en los labios. El muchacho de los portes se disculpó. «Usted perdone, pero me han dicho que tenía que entregárselo a doña Olga de Ricart personalmente, a nadie más», y ella sonrió sin quitarse el cigarro de la boca. Sólo se lo quitó cuando el chico se había marchado y le dijo a Lurditas: «Traélo aquí, al despacho. Vamos a desenvolverlo.» Lurditas se quedó unos momentos en el despacho, hasta que Olga le pidió que saliera, porque deseaba vivir a solas la aparición del cuadro. Rasgó el papel del envoltorio con los dedos y después separó la guata que había por debajo del papel y fue apareciendo ante su vista el cuadro, que la deslumbró una vez más. Poseía una pureza que le hacía pensar en el instante en que algo nace. Así fue aquella aparición, como un nacimiento. La densidad de los blancos del fondo, los gruesos trazos de azul marino destellante, la mancha de amarillo huevo emergiendo en el ángulo inferior derecho. Notó que estaba excitada, dio un par de caladas más al cigarro antes de apagarlo, y pasó la yema del dedo sobre las rugosidades de la superficie, cogió el cuadro con la mano derecha y lo acercó a la ventana por la que entraba una luz grisácea, lo puso allí, de pie, recibiendo la luz natural del día nublado, y lo contempló durante unos instantes; después encendió la luz eléctrica y volvió a mirarlo, ahora a cierta distancia. Pensó que era muy bello. Tan diferente de las otras cosas que había hecho Ada durante los últimos tiempos. Era como si, de repente, en aquel cuadro hubiera venido a visitarla algo superior y hubiera hablado a través de sus pinceles. No, no era un problema de inspiración. Era una manera de mirar el mundo que parecía nueva, bautismal. Se lo había dicho así a ella, cuando fue a visitarla al estudio y vio por primera vez aquel cuadro. «¿De dónde te ha salido, Ada?», le preguntó, y Ada le había hablado de esperanza. Esperaba un hijo tardío, a sus cuarenta y tantos años, pero además se acercaban nuevos tiempos. «Da la impresión de que la gente empieza a mirar la vida de otra manera. Después de casi cuarenta años, parece que algo va a cambiar. No te creas, también tengo miedo», le dijo. Ada se refería tanto a ese parto de madurez por el que tenía que pasar antes de volver a ser madre, como a las consecuencias que podía tener en la vida del país la inminente desaparición de Franco. Olga le expresó también su inquietud por las nuevas circunstancias que se avecinaban: «Mi marido piensa que todo va a seguir igual, pero yo sé que no. Es más, yo creo que también él sabe que no, pero que se aferra a lo que le parece mejor, como si su voluntad pudiera mantener el mundo. Es un cabezota», le había dicho Olga, «yo tengo miedo, pero no sé de qué. Y no te creas que no quiero que cambien las cosas, que se modernicen, pero ¿será así? ¿O será sólo un caos después del cual vendrá algo aún más duro? Es curioso, a veces me da la impresión de que mi suegro es más joven que mi marido; más capaz de afrontar lo que venga. Claro, esa generación ha visto tanto. Para mí, la guerra fueron unas vacaciones.» De esa conversación volvió a acordarse cuando tuvo delante la tela, y también imaginó lo que pensaría Maximino, el amigo de su suegro, si supiera quiénes firmaban los cuadros que ella estaba adquiriendo para la Fundación que pronto iba a inaugurarse; si supiera quién era la mujer comprometida que había pintado aquella tela que a él, en su ignorancia, le parecería que un niño podía pintar. Mejor así, que le pareciera infantil. Eso decía las veces que había estado en casa. «Ese cuadro podrían pintarlo en un parvulario», decía. Hasta que vio el de Equipo Crónica que tenían puesto en el pasillo que llevaba a la habitación de Quini (era Quini quien lo había elegido), y que reproducía, en una versión libre y desoladora, *El fusilamiento de Torrijos,* de Gisbert. Se titulaba *Torrijos y 52 más,* y cerrando la escena de los preparativos del fusilamiento, cubriendo el cielo, se ofrecía una nutrida exposición de pequeños cuadros, que, vistos de cerca, resultaban ser fichas policíacas con las fotos y los datos de detenidos políticos. Un paisaje siniestro: España, un inmensa cárcel; casi un inmenso cementerio, porque aquellas fichas en blanco y negro puestas sobre los colores del cuadro tenían también algo de nicho. La tarde en que vio por vez primera el cuadro, Maxi había ido al servicio y, al volver, tenía el rostro desencajado como si hubiese visto un fantasma. No se dirigió a ella, se dirigió a su suegro: «Ricart», le dijo, «eso no es arte, es basura subversiva.» Y su suegro se había echado a reír y le había respondido: «Parece que tiene mucho valor. Olga es una compradora experta.» Pero Maxi no había perdido el rictus, ni había recobrado el color hasta un rato después, y había vuelto al tema de la pintura unas cuantas veces aquella tarde. Sin duda, tenía que ser temible y tozudo en su trabajo de asedio: «Entiendo un paisaje, un retrato, pero esos cuadros abstractos, qué dicen»; y volvía al tema: «y ese del pasillo, que es como un tebeo de mal gusto, subversivo, ¿qué mérito artístico puede tener eso?». Olga había intervenido: «Lo compré hace poco. Estaba colgado en una exposición autorizada, y sin duda expresa un punto de vista que no es el mío, pero que tiene su mérito.» Y él: «¿Qué mérito?, ¿cuál?» La conversación había avanzado por terrenos sembrados de minas. Menos mal que estaba presente la mujer de Maximino, que era un cielo, y le había dicho: «¿No puedes dejar de ser policía ni en casa de tus mejores amigos?» A lo que él había respondido que se era policía veinticuatro horas al día, como se era español trescientos sesenta y cinco días al año, menos los bisiestos, en los que se era español trescientos sesenta y seis días. Nunca había vuelto a aludir su suegro a aquel incidente. Pero, sin duda, lo había anotado en su cabeza. Él no había calculado hasta entonces que coleccionar arte contemporáneo fuera una actividad de riesgo. Olga sabía que esta tarde miraría el cuadro con fingida atención, se lo acercaría y separaría media docena de veces y acabaría diciendo: «Muy hermoso», y luego se olvidaría de él. En eso pensaba Olga mientras contemplaba los vigorosos brochazos azules. Levantó la voz para llamar a Lurdes: «Lurditas, tráeme aquí el café.» Y, cuando la muchacha se lo trajo, sintió que el café, el sabor áspero de un nuevo cigarro y la belleza de aquellos colores que, en adelante, convivirían con ella, le daban sentido a la vida. Se hubiera quedado allí, sin hacer otra cosa que mirar, hasta la noche, de no ser porque otras actividades la reclamaban aquella tarde. Tenía que volver a embalar el cuadro y ponerle una tarjeta pegada encima del embalaje con el nombre del abuelo y, abajo, la leyenda: «Tu mujer, tus hijos y nietos, porque tus bodas de platino con la vida merecen un destello de belleza.» Le había dado muchas vueltas a la frase que tenía que poner en la dedicatoria, antes de decidir que fuera exactamente ésa. Olga sabía de la importancia de las palabras y procuraba cuidar las que pronunciaba y saber por qué pronunciaba –o, como en este caso, escribía– unas y no otras. De hecho, uno de los problemas que le había planteado la que había elegido era si debía aparecer o no su suegra («tu mujer») en la dedicatoria. Parecía escandaloso no nombrarla, pero hacerlo le quitaba sinceridad al texto, ya que era evidente que Amelia, su suegra, no poseía ninguna capacidad de decisión, ni, lo que era aún peor, de expresión desde hacía tres años. Al final, había optado por lo convencional frente a lo sincero. Y tomar esa decisión la había ocupado un buen rato, a pesar de que lo mismo su suegro que el resto de la familia sabían sobradamente que el regalo del abuelo era cosa de ella y que, además, ni siquiera se habría preocupado de que a él le gustara o no, sino de que fuese algo de calidad, algo a la altura de la circunstancia que se celebraba. En cualquier caso, la Fundación Ricart alimentaba la vanidad del abuelo. «Sólo pongo una condición, que quiero lo mejor», había dicho cuando ella le propuso el proyecto. Y ella tuvo la impresión de que, con lo mejor, se blindaba frente a lo inconveniente. Olga se puso a escribir la dedicatoria con lentitud, cuidando que apareciera su mejor caligrafía en el tarjetón. Le gustó hacerlo. Una actividad más entre las muchas que estaba llevando a cabo ese día. A Olga, la actividad la hacía sentirse bien. A veces pensaba que su vida hubiera sido muy distinta, menos migrañas, menos momentos de tristeza, si, en vez de haberse quedado en casa, se hubiera dedicado a algo, a lo que fuera, a obtener su licenciatura en letras, a impartir cursos o a recibirlos, o incluso a asesorar en alguna de las empresas familiares, es decir, a tener que afrontar un reto cada día, aunque fuera un reto tan modesto como el de hoy. Levantarse por la mañana y saber que para las ocho de la tarde tiene que estar todo a punto, y poner una maquinaria en marcha, y que a las ocho nada se quede fuera de lugar. La maquinaria rueda engrasada. Últimamente, el proyecto de la Fundación Ricart le había llenado buena parte de ese afán de actividad que durante años había añorado y que la progresiva madurez de Quini y Josemari habían vuelto más acuciante. Componer la colección, desprenderse de algunas piezas que el tiempo ha demostrado que no fue un acierto adquirir, conseguir otras a buen precio, apostando por los jóvenes: ser un lince para saber lo que va a venir, los autores a quienes los galeristas van a acabar teniendo en exclusiva, quitarles primicias a René Metrás, Mordó, Vijande o Adelantado antes de que ellos se enteren de que hay un pequeño prodigio que está pintando en Zaragoza, en Murcia, en Vigo; antes de que el estatus de pintor del muchacho se consume; comprar a precio de ganga lo que tres años después resultará inencontrable. Ahora, Olga Albizu dedicaba buena parte de su tiempo a acondicionar el local que habían adquirido para sala de exposiciones de la Fundación en los bajos de las oficinas de Rubén Darío; en proyectar la filosofía de la Fundación (así se decía ahora al hecho de definir el estilo que tenía algo: se decía la filosofía, no el estilo), que ella pensaba que no debía ser otra que el buen gusto de vanguardia, sí, pero su buen gusto, el de Olga Albizu de Ricart, porque el gusto era personal e intransferible, y la Fundación, aunque se llamara Fundación Ricart, estaba claro que iba a ser la Fundación Olga Albizu. Qué otra cosa podía ser, si a su suegro no le había interesado el arte en su vida, y a Tomás aún le parecía moderno Genaro Lahuerta y le inquietaban sus marinas por lo que él llamaba su «falta de realidad». A pesar de que había abandonado la carrera de historia sin terminar, y de que no había llegado a matricularse en Bellas Artes, lo cierto era que Olga nunca se había curado de su virus artístico, de su pasión por la pintura. Sólo los dos primeros años de matrimonio la habían alejado un poco de ese mundo, seguramente porque se había quedado atónita ante su nueva situación cuando pasó de muchachita a la que nadie tomaba demasiado en serio a centro del hogar de los Ricart. Le agradó al principio sentirse así, todo el mundo pendiente de ella, convertida en el animal reproductor del que dependía la continuidad de la familia. Los demás fabricaban muebles, artesanía, juguetes, ropa, y ella fabricó dos seres humanos deliciosos, sus hijos, dos hombrecitos sanos y despiertos. Aunque la reacción en contra de la misión que le habían encomendado no tardase en llegar. Al poco tiempo se había aburrido de seleccionar trajes premamá, de vivir rodeada de pañales, roperos infantiles y colonias para bebés. Cuando se quedó embarazada por tercera vez apenas cuatro años después de casarse, y, desgraciadamente, perdió pocos meses más tarde a la niña (habría sido una niña) que iba a llegarle, decidió cerrar la factoría de producción de Ricart. Ya les había dado bastante. Tomás le insistía en que debían reincidir para hacerse con esa niña que cubriría un hueco en la familia, y a ella también le hubiera gustado, al principio, tener una niña, pero, de repente, tras el aborto, se había cansado de ser nada más que esposa y madre y aunque le aseguraron que los problemas del parto habían sido puntuales y que podría volver a quedarse embarazada, se negó a partir de aquel día a correr nuevos riesgos. Si su suegra se hubiera enterado de su decisión de utilizar métodos anticonceptivos, seguramente no se lo habría tolerado o, al menos, no se lo habría perdonado nunca. Pero ella, en vez de seguir trayendo y cuidando hijos, se había empeñado en asistir a cursos de música en una academia muy exclusiva en la que, además de aprender a leer partituras, se había encontrado con la posibilidad de inscribirse en otros seminarios que trataban aspectos de lo que se podría llamar vida social: protocolo, cocina, servicio de mesa o moda. «Mamá», llamaba mamá a su suegra, a la que por otra parte detestaba, «ahora, una mujer necesita de esas cosas para moverse, para estar a la altura que la vida exige», le había dicho cuando decidió dejar a los dos niños, uno con tres años, el otro con apenas uno, con una chica todas las tardes. Había asistido durante un tiempo a aquellos cursos, en los que también se había matriculado Sole, pero la verdad es que el ambiente no le había atraído en absoluto, todo tan conservador, tan puritano, tan remilgado, un auténtico desfile de viejas damas que se escandalizaban por cualquier cosa; que levantaban exageradamente las cejas a cada opinión que ella expresaba, y a cada vestido que ella se ponía miraban con extrañeza y cuchicheaban. «Muy moderno», comentaban para no decir que era atrevido, o impropio, el vestido. La mayoría de las asistentes a los cursos eran mujeres mayores. Las chicas de su edad no tenían tiempo para salir de casa, estaban en el nido, cluecas, incubando la pollada que, puntualmente, iba creciendo. Las familias necesitaban hijos, y ellas estaban encantadas de tenerlos. «Estoy otra vez, de cinco meses, sí, será el cuarto», comentaban cuando se encontraban con ella en alguna fiesta o a la salida de algún espectáculo, y ella aludía a su embarazo. «¿Y tú qué? ¿Ya te has parado? ¿No vas a por la niña? Nosotros no calculamos. Hemos decidido tener los que Dios nos dé», ponían caras de boba para decirlo, mientras los maridos hacían bromas de mal gusto con Tomás y con el resto de los amigos que hablaban de su virilidad. Decían: «Es que las embaraza con sólo mirarlas», y vulgaridades por el estilo. Y ella empezaba a ahogarse entre tanta estupidez. Había sido Sole la que le había propuesto inscribirse en aquellos cursos, que resultaron ideados a la medida exacta de Sole: muy *demodés, an-*

cien régime, todo tan palurdo; por decirlo de una vez, eran señoras ricas y paletas las que frecuentaban aquellos cursos que prometían enseñar acerca de todo lo último, propósito sin duda algo contradictorio, por no decir absurdo, porque tanto quienes impartían como quienes recibían las clases eran gente que de París sólo conocía el Sacré-Coeur, las tiendas de la Madeleine y del Boulevard des Capucines, y cuya gran transgresión había sido pasar una velada en el Follies Bergère, que aquellas mujeres describían como una de las más oscuras habitaciones del infierno, azufre, desvergüenza, y todo eso contado entre risitas y bromas sobre la actitud que habían tomado aquella ardiente noche sus maridos. Por supuesto que, en el camino de vuelta de París, todas habían hecho escala en Lourdes y se habían traído unas botellitas de agua santa y, de Roma, lo único que les había interesado había sido la bendición papal el domingo por la mañana en la plaza del Vaticano y la audiencia privada que les concedió el Santo Padre y de la cual guardaban la oportuna fotografía, así como la certificación sellada con las llaves de San Pedro. Arte. Cómo podían interesarle, si aquéllos eran cursos nada más que para hablar de croquetas, de chachas y de cómo poner las flores. A aquellas mujeres, todas de buenas familias del régimen, los impresionistas, con sus campos de *coquelicots* y sus mujeres de piel oscura, les parecían excéntricos que paseaban de puntillas por el borde del abismo, y Van Gogh un cadáver que se había acercado demasiado a ese borde y se había caído, «cómo te pueden gustar esos huevos fritos, que dicen que son girasoles», y eso, lo de los girasoles, además, lo sabían de casualidad, por algún comentario oído a través de terceros; ni que decir tiene que no sabían quién era Turner, o Gainsborough; y que el museo Marmotan las hubiera aburrido hasta el suicidio; que quince años más tarde aún se negaban a visitar el museo de Cuenca, porque estaba lleno –eso decían– de trapos recogidos en algún basurero y de traviesas del ferrocarril. Su estilo era otro muy distinto. Ella poseía otras inquietudes, otra formación, otros parámetros estéticos. Así que, fracasada la experiencia de los seminarios, que no eran sino cursos para señoras ignorantes y orgullosas, volvió a dedicar los ratos libres a su gran pasión juvenil, la pintura, que le permitía tener un cuarto para ella sola con el suelo cubierto de hojas de periódicos y donde podía vestirse una bata blanca llena de manchas y escuchar en el tocadiscos la música que a ella le gustaba, era el estudio. Había empezado a montarlo cuando tuvo a Quini y se dio cuenta por vez primera de que en torno a ella había ido tejiéndose una red de obligaciones de las que no podía escaparse fácilmente. Hasta ese instante no había advertido que el matrimonio, la maternidad, los quehaceres de la casa, los compromisos sociales no eran sólo un paréntesis en su vida, sino la esencia misma de aquello en lo que se había convertido su vida, que, de repente, se le reveló como una especie de tobogán por el que se había deslizado imperceptiblemente durante cuatro años, entre atenciones de los demás, halagos y obligaciones que parecían no serlo, un tobogán que sólo tenía una dirección posible –hacia abajo– y no admitía marcha atrás; o más bien, una cucaña bien enjabonada, porque la caída era en picado. Se sintió como esos niños a los que se les obsequia con juguetes y caramelos envueltos en papeles de colores vivos para distraerlos de que van a sufrir una operación y cuando empiezan a sospechar el engaño ya están atados con correas al quirófano y una mano les pone implacable una mascarilla ante el rostro para narcotizarlos. Ella había percibido las correas de cuero en torno a sus muñecas –bañeritas de colores, tacataca, pañales–, había visto la mano sosteniendo la mascarilla –colonia nenuco, botes de leche en polvo, biberones– y había querido reaccionar. Fue lo que después llamó su etapa fóbica matrimonial. «Me parecía que me habían instalado en una preciosa bandeja, me habían servido en el centro de la mesa y se me estaban comiendo entre todos con una mezcla de inconsciente alegría y voracidad. Me vi como un *canard à la rouenaise,* cocinado en su propia sangre. Vi sus caras de felicidad y cómo apuntaban hacia mí sus tenedores, y me puse a gritar.» Había visto un marido que, de repente, no sabía ni vestirse si no le decía ella dónde estaban la ropa interior, los pañuelos y hasta los zapatos; y que asomaba la cabeza mojada para preguntar dónde guardaba las toallas, que, lógicamente, estaban guardadas en el mismo sitio que siempre, o sea, en el armario del cuarto de baño; había visto unos suegros que parecían entre los dos su verdadero marido, un marido que, como los dragones medievales, tenía dos cabezas a cual de las dos más aterradora, de ojos más refulgentes y dientes más afilados: la cabeza del suegro abriendo la boca para decidir si había que hacer reformas en el piso o no, o si había que irse ya a El Escorial o si era mejor quedarse una semana más en Madrid; y la de la suegra, que apenas hablaba, pero que alargaba los labios como si tuviera que sacar afuera un poco de aire para no reventar de rabia a cada vestido que se compraba Olga, o a cada cuadro que elegía, y que parecía un empleado de las subastas de Durán, porque cuchicheaba cien veces el precio que Olga había pagado por cada cosa cambiando cada vez de entonación; completaban su pesadilla dos hijos a los que empezó a contemplar como pequeños caníbales, no sólo porque los dos se empeñaron en seguir mamando cuando ya estaban saliéndoles los dientes, sino también porque se pasaban todo el día encima de ella, lloriqueando, toqueteándola, como si estuvieran amasándola antes de ponerla a cocer al horno. Para gran escándalo de su suegra, decidió acudir a la consulta de un psiquiatra, que le dijo que atravesaba un episodio fóbico, no infrecuente en las primeras etapas de la maternidad. «Al fin y al cabo, un hijo es una cadena de por vida y aceptar esa perennidad no es tarea fácil», le dijo el psiquiatra. Incluso llegó a decirle: «De un hijo no se libra una mujer ni aunque se le vaya de casa, ni aunque se le muera. Peor, de los hijos muertos es de los que menos se libra una mujer, los que más la persiguen y reclaman.» Por cierto, que también Sole se escandalizó al enterarse de que estaba en tratamiento psiquiátrico. «No se te ocurra decírselo a nadie, Olga, no lo entendería ninguna de nuestras amigas. Te pondrían fama de loca», concluyó Sole. A Elvira, con lo pazguata y remilgada que era, no se le ocurrió ni contárselo, aunque estaba convencida de que no había hecho falta y Elvira se había enterado por sus propios medios (¿Sole?, ¿alguna de las alumnas del curso?, ¿su propia suegra?), porque se pasó una buena temporada que cada vez que se encontraba con ella, si ella hacía alguna broma, o se reía, le decía: «Te veo bien, muy animada», y si, por lo que fuera, tenía menos ganas de tonterías y charlaba normalmente, entonces Elvira, antes de marcharse de su casa, concluía: «Esta semana te veo un poquito más alicaída, más apagada. Cuídate mucho, cielo», y sus palabras adquirían un indudable tono de dictamen clínico. Olga tuvo la impresión de que las visitas de Elvira parecían más visitas de médico que cualquier otra cosa. Y esa impresión ya no se la quitó nunca. Elvira parecía un médico armado con un fonendoscopio, mirándolo todo, preguntándolo todo, diagnosticándolo todo, previéndolo todo: «Has cambiado este mueble de sitio. ¿Por qué has cambiado de sitio este mueble? Estaba mejor este mueble en el otro sitio.» Con el paso del tiempo, Olga empezó a echar de menos a su madre cada vez más veces al día: aquella mujer inteligente, la que la había animado a estudiar y le había enseñado una verdad casi teológica que cada día apreciaba más y que se enunciaba así: «Hasta para freír un huevo es mejor una lista que una tonta», y que la había animado a ir al médico cuando la encontró deprimida sin fijarse en que en la tarjeta que le habían entregado y en la placa instalada a la puerta del consultorio ponía la palabra psiquiatra. Su madre había sido una gran ayuda y un acicate para ella, y la había animado a no abandonar sus actividades, a cuidar sus pasiones como si fueran un tesoro: «Te lo digo yo, que lo he padecido. Es muy difícil no reventar cuando ves que tú estás sólo para hacerles más fácil a los demás que lleguen a donde quieren llegar. Al final, todos saben lo que tú ignoras. La familia es muy hermosa, pero si consigues que no te anule, si, como los demás, sabes buscarte un objetivo tú también.» Así que ella consiguió su estudio y durante algún tiempo defendió esa parcela de independencia que su madre la había animado a perseguir. Se encerraba en el estudio un par de horas cada mañana (no le importaba levantarse temprano, a la misma hora que lo hacía su marido, antes de las siete, con tal de conseguir ese tiempo) y también pasaba allí encerrada muchas tardes. Dejaba al mayor con la criada y ella se llevaba al pequeño, a Quini, en su cunita, al estudio, y pintaba, escuchaba música, mecía la cuna del niño y, a sus horas, le daba el pecho, y tenía la impresión de que aquél era su mundo, exclusivamente suyo. Muchas veces había pensado si no habría sido en esos meses cuando Quini empezó a parecérsele. Su estudio en la terraza de la casa, la cristalera por la que se veía el barrio de Salamanca y la mancha boscosa del Retiro. Hacía mucho que no lo pisaba, allí seguían el caballete, los tubos de pintura, los bastidores. Allí seguía la jarra de cristal, en la que siempre hubo un ramo de las flores que le gustaban: los lirios, con su densidad de azules, amarillos y negros, las caléndulas, la rama de naranjo con los capullos de azahar que el florista Octavio Partierra le guardaba a ella como si fueran un tesoro. De repente le daba por pensar que los tiempos anteriores, que a todo el mundo le habían parecido más duros, a ella le volvían en el recuerdo como el instante de perfección. Ya no los años de infancia de sus hijos, sino sus propios años de infancia y adolescencia. Los juegos, las excursiones por los bosques de los alrededores de San Sebastián, la falsa beatería de Pruden rondando la casa de Jávea, Pruden, tan modoso en público, pero que le regalaba flores a escondidas y, cuando ella cogía el ramo, él le agarraba la mano y se la apretaba e intentaba besarla, y le decía palabras apasionadas, pobre Pruden, que se empezó a quedar calvo muy pronto y ya por entonces se hacía complicados arreglos con los pocos pelos que le quedaban, bajándose una cortinilla casi hasta la altura de las cejas, y, sin embargo, debía reconocer que Pruden sabía darles algo a las mujeres que ellas deseaban, quizá pasión, u ocultación, o las dos cosas a la vez, una pasión que ocultaba cuidadosamente ante los demás y que se desataba en privado, y que a una mujer la hacía pensar en su propia capacidad para seducir a un hombre, para que un hombre perdiera los estribos por ella; no dejaba de ser atractiva esa mezcla de sacristán y sátiro que se producía en Pruden, pero ella se había dejado atrapar por la seriedad de Tomás, por la manera que tenía de mirar todo cuanto no fuera trabajo como cosas de mujeres o de adolescentes a las que no había que dar la menor importancia. Siempre había sido así, capaz de preocuparse por cualquier detalle que tuviera que ver con la organización y economía familiares o de la empresa, e incapaz de desarrollar ni un ápice de imaginación. Ya desde su primera juventud, cuando preparaban una excursión con los amigos, a él parecía darle igual adónde iban a ir, pero una vez que se había decidido el destino, le gustaba sentarse ante un papel, coger el lápiz y calcular minuciosamente los kilómetros que tenían que recorrer, las etapas en que tenían que dividirlos, los objetos que debían llevarse y el dinero que iban a necesitar. Él se encargaba de lo que llamaba la logística. En cuanto tuvo edad para sacarse el carnet de conducir, se convirtió en el ineludible chófer del grupo, y siempre fue él quien decidió el hotel en que debían dormir y se encargó de hacer las reservas y buscó en las guías el restaurante donde tenían que comer. Esa sensación de seguridad que transmitía estar al lado de él fue probablemente la que decidió a Olga, que al principio hasta lo rehuía, y buscaba el modo de escaparse de él en Jávea, cuando se iba por la tarde con un grupo de veraneantes franceses a tocar la guitarra y a cantar en la cala de la Granadella hasta el anochecer. Recordaba aquellas veladas de adolescencia con melancolía, como una explosión de color en un mundo gris: los rayos del sol cayendo sobre un agua que se volvía fosforescente en el crepúsculo y que luego la progresiva sombra de las rocas iba tornando oscura, amenazadora; el *pick up* en el que se escuchaban boleros. En cierta ocasión decidieron bañarse desnudos y, después, uno de los muchachos extranjeros la besó, los dos cuerpos desnudos entre las rocas. Hubo un pequeño escándalo en el pueblo cuando la guardia civil se presentó una de aquellas tardes en la cala. ¿Dónde estaba Tomás aquellas tardes? No conseguía recordarlo. Seguramente en casa, sentado ante la mesa de su habitación estudiando alguna asignatura que le había quedado aquel curso. A él todo aquello le parecían bobadas. Y esa facultad para quitarle importancia a las cosas la relajaba a ella. Sin duda, si se hubiera enterado de aquel baño, de aquellos besos, la habría mirado un poco desde arriba y habría dicho: «Qué manera de hacer el tonto», y no habría habido más escenas. San Sebastián, los recuerdos de San Sebastián, Biarritz, el viaje a París. Ella estaba convencida –aunque jamás se lo había confesado a nadie– de que fue ese viaje a París el que la ató para siempre a Tomás, que se había quedado a más de mil kilómetros de distancia. Si Jávea le parecía entrañablemente pueblerina, con su inocuo turismo familiar, un pañuelo que una se metía y sacaba del bolsillo a voluntad, París se le escapó. Había ido con Elvira. Se hospedaban en una residencia cerca de la Avenue Rapp, una residencia carísima y en teoría muy rigurosa, pero de la que conseguían evadirse muchas noches, gracias a la permisividad de un portero al que conformaban con sonrisas de muchacha adolescente y propinas. Aún quedaban muchos americanos en aquel París que había sido liberado unos años antes, y la ciudad hervía de diversiones. Tenían poco más de veinte años, y una de las noches, cerca de Saint Michel, Elvira y ella conocieron a dos hombres mayores, muy educados, cultos, que les hablaron de su pasión por España: Toledo, el Prado, El Greco, los cielos azules, los campos yermos, los pueblos abandonados. Volvieron a citarse varias veces y recorrieron los lugares que, por entonces, visitaba todo el mundo en París. Casi siempre regresaban a la residencia antes de las doce de la noche, pero, en una ocasión, cuando quisieron darse cuenta, era ya la una pasada y decidieron que los mismos problemas iban a tener si volvían en ese momento a la residencia que si lo hacían un par de horas más tarde, así que aceptaron entrar con sus acompañantes en un local de la calle Notre-Dame des Blancs Manteaux en el que actuaba una mujer vestida de negro, muy Juliette Gréco, que cantó canciones de Prévert, «Les feuilles mortes» y cosas así. Olga, que ya se había tomado un pastís con agua, aceptó otra copa más, un *petit* whisky, y se dejó fascinar por aquellas canciones que la muchacha desgranaba mientras la mano del acompañante le cogía la suya y luego le recorría la espalda. Elvira no quiso beber y, al poco rato, dijo que se iba a coger un taxi. Ella se quedó allí. Jugaba a mirar y no mirar los ojos de aquel hombre tan culto y delicado, que le dijo palabras dulcísimas, *«ma petite»*, *«ma princesse»* y expresiones por el estilo. Se besaron en un rincón del local. Olga tuvo la sensación de que era la primera vez en su vida que se dejaba llevar, sin nadie que mirase (Elvira ya se había marchado, estaban los dos solos entre desconocidos), nadie que anotase ni contase luego a nadie. Era la noche más feliz de su vida, y ya casi amanecía cuando pasaron entre los montones de cajas de Les Halles y el tumulto de furgonetas y los gritos de descargadores. Olga veía las etiquetas que marcaban en las cajas nombres de poblaciones que ella conocía bien, no muy lejos de Jávea, y desde las que llegaban las verduras y frutas; lugares de los que le habló a aquel hombre que la escuchaba con atención y se interesaba por todo lo que le pertenecía a ella. Le pareció a Olga que flotaba por encima del mundo; que, a la vez, controlaba París y los lugares que aparecían escritos en las etiquetas de las cajas; que, en cierta manera, el primer encuentro con aquella ciudad era como volver a un lugar que hacía mucho tiempo que conocía, y que, de algún modo, le pertenecía. Con esa sensación de felicidad, de que el mundo era un pañuelo que ella podía meterse en el bolsillo, cruzó el Pont des Arts dejándose abrazar y besar por su acompañante. Lo había pensado después muchas veces. Si alguien le preguntara cuál fue el momento más feliz de su vida, tendría que responderle que aquel paseo por el Pont des Arts, aquel cielo nocturno y cambiante que, a ratos, dejaba caer reflejos de luz sobre el agua del río y en otros momentos la ensombrecía. Cerrando el horizonte, el perfil oscuro de los edificios que hacía tiempo que le resultaban familiares, porque los había visto reproducidos en libros y postales. Ése se convirtió en el momento más feliz de la vida de Olga, el más intenso de cuantos había vivido hasta entonces, aunque la felicidad, *hélas,* fuera cuestión de un instante, porque luego él la llevó por los callejones detrás de la Academia y, además del calor de su boca, que ardía en aquella noche de principios de septiembre, Olga notó la fuerza de sus manos, la presión de sus muslos apretándola contra la jamba de una puerta en un callejón solitario que olía a excrementos de gato. Entonces dijo: «Vámonos, que tengo que estar en la residencia», y pensó que sería hermoso decirse adiós entre besos y concertar una cita para la noche siguiente, pero las manos de él eran fuertes y la retuvieron contra la jamba. *«Ma petite»,* le dijo, *«quand on allume un feu il faut l'éteindre.»* Aún parecía dulce su voz, una dulzura que contrastaba con la tarea de las manos, que le abrían sin ninguna cortesía el escote de la blusa, haciendo saltar algunos botones; con el progresivo *crescendo* de su respiración. Cuando volvió a sonar su voz, ya habían cambiado el timbre y el tono; la voz ya no era sedosa, acariciadora, sino ronca y cargada de urgencias, y ya no le decía *«ma petite»,* sino que le dijo: «Ya eres mayorcita para andar con tonterías», o sea: *«Tu est déjà assez grand pour faire des conneries. Tu ne peux pas chauffer un homme et dire après au revoir.»* No podía calentar a un hombre y decirle adiós sin pagar un precio «¿Te gusta jugar con los hombres?», le dijo, *«Tu aimes jouer avec les hommes?»,* y la empujó detrás de unos aligustres que había junto a aquella casa y la dejó caer sobre el suelo del miserable jardincillo, sin ni siquiera comprobar si estaba lleno de porquería, de excrementos de perros y gatos, como solían estarlo aquellos jardines de París, y, una vez que la hubo derribado, se metió entre sus piernas, forzándola, haciéndole daño. Y, al cabo de un rato, mientras volvía en un taxi hacia la residencia de la Avenue Rapp, Olga ya había descubierto que los hombres eran suaves, dulces, te trataban como si fueras una muñequita, te amasaban como si fueras blanda como la nata, y luego, repentinamente, te apresaban con su fuerza, te clavaban las manos en los hombros y con las piernas suyas te abrían las tuyas. Así fue la primera vez. Se dio cuenta de que sexo y cultura nada tenían que ver, lo que le creó una desconfianza hacia los hombres que vagamente se extendió también hacia la cultura: aquel tipo que se había extasiado ante el *Castiglione* de Rafael en el Louvre, que la había llevado a ver los nenúfares de Monet en el museo Marmotan y le había hablado de tonos y pinceladas y matices y veladuras era el mismo que, con voz ronca, la apresaba y le decía «ya está bien de tonterías», y la dejaba llorando en el hueco de un portal oscuro, donde ella se abrochaba los botones que le quedaban a la blusa. Notaba un calor pegajoso que le bajaba por la cara interna de los muslos. La belleza de la noche había repentinamente cambiado de signo, la noche de luna casi llena. Pasaban nubes deprisa por el cielo de París y oscurecían a ratos el Sena que, cuando la luna volvía a salir, se teñía con opalinos colores de perla o del pastís con agua que habían tomado a primera hora el tipo y ella, y que el tipo había seguido tomando durante toda la noche, y que era a lo que le olía el aliento también a Olga en aquellos instantes, restos de besos. Ella lloraba y él la había dejado allí. Se llamaba Jacques y, al menos eso le dijo, era profesor de arte. No supo mucho más de aquel hombre, y eso que estuvo buscándolo en días sucesivos sin saber muy bien para qué; seguramente nada más que para hacerlo responsable de algo, de su desengaño, de su tristeza o a lo mejor de algo peor, porque, al cabo de un rato, en cuanto se metió en la habitación de la residencia, después de haber cruzado ante la mirada burlona del portero, empezó a pensar en la posibilidad de que la hubiera dejado embarazada. Se lavó compulsivamente, una y otra vez; no quería que le quedara ningún resto del sudor mezclado con perfume de aquel tipo o, menos aún, que le quedara un recuerdo perdurable. Lloraba y se lavaba en los primeros momentos, y luego siguió lavándose pero ya sin ganas de llorar, sólo con el cerebro trabajando con una frialdad de cuchilla de afeitar. En aquel momento, se dio por vez primera cuenta de que ni siquiera había visto el sexo de aquel tipo; de que la primera vez que un hombre la poseía, ni siquiera había visto su cuerpo, y quiso saber cómo era aquel sexo que la había desgarrado, aquellos muslos que tanta fuerza guardaban. Y decidió que tenía que volver a encontrar a aquel hombre cuando ya no sabía si era para hacerlo responsable o para conocerlo. A la tarde siguiente, inició su recorrido por los bares que habían visitado juntos, pero en ninguno supieron darle noticias suyas, nadie lo conocía, nadie lo recordaba; ni siquiera recordaban haberla visto a ella aquellos días, «no, no sé a quién se refiere», «no, no me acuerdo, no recordaba que usted hubiese estado aquí», «pasa tanta gente por el café». Elvira le preguntó a la mañana siguiente y ella se evadió: «Nada, qué va a pasar, cogí un taxi y me vine.» Y Elvira: «Pero ¿a qué hora?», y ella: «Un rato después que tú.» Se escapaba por las tardes, y Elvira le preguntaba si era porque se citaba con su amigo, y ella no le respondía ni que sí, ni que no, envolviendo sus escapadas en un velo de misterio. Como si hubiera algo, y no había más que su desolación. Pero ella no quería mostrarle su desolación a nadie, y aún menos a Elvira. París, tanta gente, «pasa por aquí tanta gente». Contempló la ciudad que se perdía de vista desde las escaleras del Sacré-Coeur, y pensó que él estaba en algún lugar allá abajo, y se sentó en uno de los escalones, muy cerca de un flautista que tocaba «Pequeña flor», y se sintió repentinamente cansada y se echó a llorar. Entonces se acordó de Tomás y se entregó desarmada a su recuerdo. Nunca se le ocurrió pensar con exactitud por qué quería buscar a aquel tipo. Estaba convencida de que era nada más que para hacerlo responsable, para que alguien en el mundo supiera cómo era aquel individuo y lo que era capaz de hacer a pesar de su delicadeza y cultura, o mejor dicho, mientras se envolvía en palabras dulces y cultas. Pensaba que era por justicia por lo que quería encontrarlo, sólo por eso, y París le parecía que era una ciudad tan grande, tan fría y ocupada en sus quehaceres, que no entendía la justicia, y ese pensamiento la destruía, la dejaba vacía, porque le enseñaba que las acciones no tenían premio ni castigo, que no era como a ella le habían dicho en el colegio, o en la universidad, sino que uno podía ser malvado, injusto o cruel y no recibir castigo y podía seguir siendo malvado, injusto o cruel en otro lugar y con otra gente, impune, porque aquello era París y, en París, eran anónimos el bien tanto como el mal y no había correspondencia entre lo que uno hacía y lo que a cambio recibía. La asustó París, y la entregó a Tomás, mientras –eso sí– fingía añoranza de aquella ciudad que había conocido de refilón y sólo le había ofrecido una lección dolorosa. Confesar su amor a la ciudad se convirtió en una demostración de orgullo por su parte. Ante Elvira, ante Sole, pero también ante todas aquellas amistades que la rodeaban, y que vivían entre algodones, mirando el mundo desde muy arriba y desde muy lejos, sin haber corrido nunca el riesgo de que alguien las acorralara en un portal y las hiciera caer luego detrás de un seto de aligustres. Volvió muchas veces a París, pero siempre con Tomás. Con él visitó galerías y museos y tiendas, y subió a la Torre Eiffel y miró la ciudad desde lo alto, y pensó en Jacques hablándole de los cuadros de Rafael a alguna muchacha. Le gustaba comprar en París. Le hacía pensar que, en aquella primera ocasión, tampoco se había equivocado tanto, y que la ciudad era un pañuelo que una podía meterse en el bolsillo. Detenerse ante un escaparate cogida de la mano de Tomás, preguntarle si le gustaba aquel bolso, o aquel cuadro, o aquella corbata, entrar en la tienda y que Tomás sacara la cartera y extendiera algunos billetes. Eso la hacía reconciliarse con París, o, mejor sería decirlo de otro modo: la hacía educar a París, disciplinarla, enseñarle a la ciudad a ser lo que ella quería que fuese, marcarle unas reglas a la ciudad que la ciudad respetaba. Las nubes cambiantes, los imprevistos chaparrones que te obligan a meterte en un café y a contemplar la animación de la calle detrás de los cristales; los colores mortecinos, la lluvia, el caudal del Sena que crece hasta mojar las rodillas del zuavo del Pont de l'Alma. París. Un cuerpo poderoso parece imbatible, pero bastan unas gotas de veneno en un vaso para que se derrumbe; unas gotas dejan al coloso tumbado sobre la acera. Es siempre más fácil destruir. Para Olga, telefonear a los pintores, desembalar los cuadros de la Fundación, extender un cheque para pagar una obra cara que Juana Mordó o Luis Adelantado lamentarían no haber descubierto a tiempo, era su forma de convertir el mundo en un pañuelo y metérselo en el bolsillo. Aún pensaba alguna vez en Jacques, pero ahora pensaba, pobre Jacques, y lo veía tan pequeño y tan lejos, un pobre tipo canoso que se dedicaba a seducir turistas en la ciudad del turismo, *le pauvre,* un tipo del que es probable que ninguna de sus amantes hubiera sabido cómo era su sexo, aquel sexo que introdujo precipitada y dolorosamente en ella. Olga había entendido que el sexo es el impulso primero, y el dinero, la posición, lo que lo pone en su sitio y ordena.

17

Se asomó a la terraza y vio que el gato estaba jugando con algo. Al principio le pareció que jugaba con una piedra, o con alguno de los frutos de los árboles cercanos, las bolas peludas de los plátanos que había en la acera, con algo así, pero en cuanto se fijó un poco más, descubrió que no, que jugaba con la cabeza de un pájaro, y también advirtió que al lado estaban las puntas de las alas del animal, que eran pardas, un gorrión, y había algunas pequeñas plumas esparcidas encima de los baldosines. Hasta le pareció distinguir una mancha de sangre en el extremo de los pedazos de ala. Buscó algo que se pudiera lanzar contra el gato, para castigarlo, porque la escena lo había perturbado hasta provocarle náuseas. Miró en torno suyo y no encontró nada que pudiera servirle para su propósito, por lo que se internó en la casa. Las alas mutiladas, las plumas le habían traído el nombre del preso, Enrique Roda, y había sentido deseos de vomitar. Los ojos desencajados, los gestos de resignación mientras caminaba por el pasillo. En aquellos momentos, odiaba al gato y le daba asco aquel animal que se acurrucaba y se frotaba contra su pierna cuando él estaba tumbado en el sofá, viendo la televisión. «Carmen, asómate», llamó a su novia, que estaba planchando en la cocina, y ella se asomó, y dijo: «Se ha comido un pájaro», con toda la tranquilidad del mundo. Él subrayó: «El muy hijoputa.» Y su novia: «Es un animal. No tiene conciencia. Quiere jugar con el pájaro, le da el zarpazo y, cuando ve la sangre, se lo come.» No le gustó que Carmen reaccionara así. Le hubiera gustado más que se hubiese puesto nerviosa, que hubiera dicho «qué horror», y se hubiera pegado a él, se hubiera protegido del horror en él, pero se quedó tan tranquila, se dio media vuelta y se volvió a la cocina, donde se mojó el dedo índice con saliva y lo puso un instante sobre la base de la plancha para comprobar la temperatura. Se quedó frustrado, como si le faltara algo, así que empezó a buscar compulsivamente un objeto que pudiera tirarle al gato, para hacerle daño, o al menos para asustarlo. Lo único que le pareció que podía servirle fue la tabla en la que se cortaba la carne. Abrió la ventana con cuidado para no prevenir al animal, Mini, se llamaba Mini, y se la tiró encima, pero el animal se escapó dando un salto y se quedó mirándolo desde la barandilla de cemento, con ojos de sorpresa. «Es una tontería, Guillermo, el animalito nunca sabrá que le has tirado la tabla porque él se ha comido el pájaro; no asocia tu gesto con su acto», dijo Carmen, y él volvió a sentirse frustrado. La serenidad de ella, que tanto le gustaba en otras ocasiones, esa tarde le molestó. «Es un cabrón, que la pague», dijo él; y Carmen: «Pero no ha pagado nada. Además, has errado el tiro, no le has dado.» «Enrique Roda», pensaba Guillermo, la cabeza gacha caminando por el pasillo. Le pareció que Carmen y el gato estaban de acuerdo para burlarse de él y se sintió como un intruso en su propia casa. Se metió en el dormitorio, cerró la puerta con un poco más de energía de la que la puerta necesitaba para cerrarse, y se tumbó en la cama sin quitarse los zapatos, aunque poniendo las piernas en diagonal para que los zapatos no tocaran la colcha; luego, corrigió la posición de las piernas levantándolas ligeramente y haciéndolas girar, hasta que estuvieron los pies encima de la colcha y los dejó caer y esa decisión que acababa de tomar lo hizo sentirse momentáneamente bien; era como ir contra aquellos dos intrusos que estaban en su casa y que se habían convertido en cómplices para ponerse en contra de él. Cerró los ojos y deseó volver a vivir solo. Que ella se marchara a su casa y que se llevara el gato en la caja de cartón en que lo había traído. También sintió asco de la caja de zapatos que había en el pasillo, con el serrín siempre manchado con goterones húmedos y con las virutas oscuras de los excrementos. Asco del olor que notaba en la casa cada vez que abría la puerta y de los pelos que blanqueaban el tapizado del sofá. Era verdad que, desde que Carmen vivía con él, el piso estaba más limpio y ordenado, pero a él le pareció en aquellos momentos más sucio. Como si la suciedad de antes, cuando Leonardo vivía en la casa, fuera una suciedad superficial y ahora se tratase de una porquería que lo impregnaba todo por dentro. La diferencia entre una herida aparatosa y sangrante y un silencioso cáncer que ha minado un cuerpo por dentro. Esa idea de cáncer la aplicó por igual a Carmen y al gato. Los dos habían llegado juntos, los dos tendrían que marcharse algún día juntos. Hacía seis meses que vivía con Carmen. La verdad es que al principio había estado bien. Carmen había puesto orden. Estuvo bien ir a comer a casa a mediodía; que ella le pusiera por la tarde el Ballantine's con mucho hielo en cuanto oía el crujido de la llave en la cerradura de la puerta, las noches y las mañanas juntos habían estado mejor que bien, pero ahora se daba cuenta de que lo que él creía que era desorden había sido, en realidad, su orden, un orden de hombre, de pantalones en una silla, calzoncillos por el suelo, la pistola en la mesa del comedor, los ceniceros repletos, las sábanas amontonadas sobre el colchón, las cartas de la baraja de póquer tiradas encima del hule de la cocina y las toallas del baño en cualquier parte. La primera vez que ella durmió en casa porque el día siguiente lo tenía libre, cuando a la tarde entraron Leonardo y él, se quedaron con los ojos como platos. Lo había fregado y recogido todo, había hecho la compra y llenado la nevera de cosas, unos boquerones, zanahorias y alcachofas, chuletas, y había adquirido productos que hacía años que él no recordaba como imprescindibles, lavavajillas, abrillantador, y en la olla cocía algo al fuego, y el suelo relucía y todo se veía y olía como huele una casa familiar a la caída del sol. Se emocionaron los dos. Sí, él se emocionó, y Leonardo también dijo que se había emocionado, y al día siguiente habían estado comentándolo y se mostraron de acuerdo en que había encontrado una joya. Él hacía tiempo que perseguía a Carmen. De hecho, si se había pasado meses yendo a desayunar siempre a la cafetería Cartagena había sido, además de porque estuviera cerca de casa, que cerca de casa había otras tan buenas como ésa o mejores, porque le gustó ella desde el primer día que apareció sirviendo desayunos detrás de la barra. Le gustó porque sí, porque físicamente estaba hasta demasiado bien, cuerpo, nalgas cuando se agachaba a coger cualquier cosa, pecho que aparecía cada vez que tendía el brazo hacía la máquina del café, o cuando lo levantaba para coger una botella de las baldas de arriba; ojos, verdosos y rasgados, como de extranjera; pelo muy moreno y denso que unos días le caía sobre los hombros y otros estaba recogido encima de la nuca formando un aro del que se desprendían algunos cabellos diminutos. Le gustó su cuerpo, pero también la forma que tenía de moverse, ajena a todo, sólo pendiente del trabajo, colocando a todo el mundo, a los compañeros de dentro de la barra y a los clientes de fuera, en su sitio, diciendo las palabras que tocaban, las justas, ni una más ni una menos, diciendo «buenos días» y «gracias» con una especie de autoridad que a él le gustó muchísimo también, además del cuerpo. Porque no era ni simpática ni antipática, sino como tenía que ser, atenta, correcta. De hecho, le costó mucho que ella empezara a tratarlo de manera distinta a como trataba a todo el mundo, y esa dificultad también lo atrajo. Cuando, pasados unos meses, ella le dijo su nombre y él el suyo: «Yo me llamo Carmen», «Yo, Guillermo», tuvo la certeza de que iban a acabar enamorándose, tan largo y tortuoso le había parecido el camino previo, el juego de miradas, la petición de cosas: «¿Me cobra?», primero: «¿Me cobras?», ya mucho después: «¿Me acercas la aceitera?», «¿Carmen, ¿me pones una tostada?» El día que aceptó la primera cita, también se comportó con la misma autoridad. Dijo: «Libro el martes. A las cuatro estaré a la puerta de Manila de Gran Vía, pero no me gusta quedar con nadie en el trabajo, ni que aquí lo sepan.» Lo dijo deprisa, en voz casi imperceptible, y en un momento en el que no había nadie que pudiera oírla. Esa misma tarde le hizo prometer que, cuando volvieran a verse en el bar, tenían que comportarse como si nada hubiera ocurrido entre ellos, como si no se conocieran. Él notó una punzada de celos. A lo mejor, algunos de los clientes que acudían a diario y que la trataban con tanta distancia habían quedado con ella a las cuatro a la puerta de Manila. La verdad es que aquella tarde no había ocurrido nada, o sea, que pudieron seguir tratándose como si nada hubiera ocurrido, que era como ella quería que se trataran. Pero sí que había ocurrido algo, estar juntos una tarde, los dos solos, era algo. La primera vez ni siquiera aceptó ir a bailar, sólo tomar una copa en una cafetería, dar un paseo por el Retiro, bajar caminando hasta la Puerta del Sol, charlar, «conocerse», que decía ella. En la

Puerta del Sol, él le habló de su trabajo. «Yo trabajo ahí, soy policía», le dijo, y a ella sus palabras no parecieron ni conmoverla ni disuadirla de nada. Fue un mes más tarde cuando aceptó ir a su piso, en Moratalaz, «pero yo hago la compra y cocino para tu amigo y para ti, no vamos a estar solos, ¿eh?», dijo (él ya le había dicho que vivía con Leonardo), y, efectivamente, ella cocinó para los dos, y Leonardo se mostró encantado. «Encima cocina y es limpia», dijo. Y, durante algún tiempo, hasta salían los tres juntos de paseo y, luego, él se metía con ella en la habitación y Leonardo se quedaba en el comedor y ponía música en el tocadiscos, lo suficientemente fuerte como para que ellos pudieran hacer con discreción lo que fuese. Ocurrió así durante los tres primeros meses, luego pareció evidente que aquello no tenía pies ni cabeza, los tres de paseo, cenando, y luego Leonardo poniendo discos a todo volumen, o bajando al bar de abajo hasta que ellos acababan en la habitación e iban a buscarlo y se tomaban la última copa juntos. Por eso, y en vista de que Leonardo parecía no darse cuenta de lo raro de la situación, a él le tocó decirle que ella iba a instalarse allí y que la intimidad exigía soledad, así que lo mejor que podía hacer era buscarse otro piso, «mejor por aquí cerca», le dijo, «porque así podemos seguir yendo y viniendo juntos del trabajo y seguir prácticamente como ahora». Leonardo asintió con la cabeza y, al cabo de pocos días, abandonó el piso, pero no para irse a vivir cerca, sino al barrio del Pilar, en el otro extremo de Madrid. Leonardo no había aceptado la nueva situación y había empezado a tratarlo desde entonces poco, y lo poco que lo trataba, con frialdad. Él, para que su amigo no pudiera pillarlo en un renuncio, le pidió a Carmen que se quedara en casa, y la verdad es que hasta el momento en que se lo dijo no había pensado en decírselo, porque la idea de que ella iba a vivir allí no había sido más que una excusa para que Leonardo se marchara. De hecho, al tiempo que se lo proponía no había dejado de pensar en lo que decía el comisario Arroyo: «En cuanto una mujer se olvida el cepillo de dientes en tu casa, estás perdido.» Lo pensó la primera mañana que vio en el vaso que había sobre el lavabo el cepillo de Carmen junto al suyo. Durante tres o cuatro meses había dejado de pensarlo, aunque, poco a poco, esas palabras habían vuelto a sonarle en los oídos de vez en cuando; y aquella tarde, tumbado en la cama, mientras gozaba sabiendo que los tacones de los zapatos se apoyaban sobre la colcha y era probable que, cuando los separara de allí, dejaran una mancha negra en el tejido, volvió a pensarlo con más intensidad que nunca. Pensaba en el día en que Carmen había abandonado el piso en el que vivía con una amiga y se había presentado, no con el cepillo de dientes, sino con dos maletas cargadas de ropa y con una caja de cartón en la que guardaba su gato. Guillermo se decía ahora que el orden había ido asfixiándolo poco a poco. El pantalón bien doblado en la percha, los zapatos en el armario, porque para andar por casa están las zapatillas, la cena juntos, porque «si tienes algún servicio imprevisto, me llamas para que esté tranquila», un orden así. Esa tarde, sobre todo, lo que a Guillermo lo ponía de los nervios era tener que estar solo y callado en casa. «Enrique Roda», pensaba, y no se lo podía contar, allí quieto, sin poder contarle a nadie ni lo de Enrique Roda, ni lo del tipo con un tiro detrás de la oreja, lo del velatorio del que acababa de llegar y al que tendría que volver dentro de un rato –había venido a ducharse y a cambiarse de camisa– y, sobre todo, el silencio de lo que ocurriría esa noche con Enrique Roda. El gato se come al pájaro. Hay plumas sobre las baldosas húmedas de la terraza, puntas de alas, y una cabecita que el gato hace girar como si fuera una de las bolas peludas de los plátanos de la acera. No poder hablar. Hablar sólo con uno mismo.

Se incorporó en la cama, giró cuarenta y cinco grados el cuerpo en dirección a la butaca que había al lado y sobre la que, un rato antes, había dejado la chaqueta, y sacó la pistola que estaba allí, en la butaca, debajo de la chaqueta. Se quedó mirándola. La sopesó. Ciñó la culata con la mano, muy fuerte, como si quisiera aplastarla, y luego aflojó la presión y la dejó en la palma, sopesándola. Aquella tarde necesitaba a Leonardo. Seguir hablando con él. Hablar sin parar con Leonardo para sentirse ágil, valiente, porque quedarse así, callado, sabiendo que ella estaba en la cocina planchando, escuchando los programas de la radio, aquel ruido que se le metía hasta la habitación, lo convertía en un ser inexistente, en alguien que no le hacía falta a nadie y, lo que resultaba aún más deprimente, que no era capaz de nada. La mujer y el gato se necesitaban. El gato. «Cabrón de gato», pensó, y se sintió como un cabrón él, la mujer interponiéndose entre el gato y él, defendiéndolo si él lo apunta con la pistola, diciéndole: «Quería al gato antes de saber que tú existías.» También él hablaba con Leonardo antes de hablar con ella, antes de saber que ella existía, y lo había hablado todo, todo lo que con ella no hubiera podido hablar, y ahora no podía hablarlo ni con Leonardo ni con ella. Por un ojo se había saltado los dos. Con Leonardo podía hablar de cómo eran los muslos de una mujer, o de cómo se movía en la cama, y podía hablar del tipo del agujero detrás de la oreja, o de lo que ocurriría aquella noche. Hablar sin parar con él le hubiera dado fuerzas. Se las había dado esa tarde, cuando el comisario Arroyo volvió de comer con un par de copas de más y los llamó a Leonardo y a él a su despacho, y les dijo: «El preso no existe.» Y él lo entendió enseguida, pero Leonardo no se enteraba. «¿Cómo que el preso no existe?», preguntó como un tonto. Y a él, saber que él entendía a Arroyo y que Leonardo no se enteraba le dio fuerzas. Se las estaba volviendo a dar ahora. «Cuéntaselo, Guillermo, y que sepáis los dos que quiero que sea limpio, pero que quiero que él se entere, que se entere desde el primer hasta el último momento de adónde va, que no se vaya de rositas.» Se lo había contado él a Leonardo. «Que no existe, que no consta», le había dicho, jugando un rato con él. «No te entiendo, Guillermo, qué quiere decir eso de que no consta.» Arroyo les había estado pasando en su despacho unos días antes aquellas películas en las que se veían imágenes de marineros portugueses que mostraban claveles a la gente, y de niños que subían a los tanques con una flor en la mano, y, a continuación, otras imágenes sombrías en las que tipos siniestros perseguían a hombres aterrorizados a los que apaleaban en mitad de la calle. «Nos persiguen a nosotros, a los policías, a los de la *pide,* a los de la político-social. Esos que huyen como conejos somos nosotros, ¿os dais cuenta?», les había dicho, y, luego, sin solución de continuidad, les había puesto las filmaciones que guardaban en los archivos, en las que se veía a los estudiantes españoles apedreando a los policías, grupos de obreros persiguiendo a un guardia que sangraba por la nariz, y les había dicho: «Y eso no es Portugal. Eso es aquí mismo, en Getafe, en la Universitaria, en Atocha. No vamos a dejarlos, ¿verdad? No vamos a dejar que nos bajen los pantalones en mitad de la calle, ¿a que no?» Esa mañana, antes de que estuviera presente Leonardo, había vuelto a hablar con él del tema: «Somos unos cuantos, somos unos cuantos los que estamos de acuerdo», le había dicho, «pero hay que desconfiar», y luego le había hablado de que hasta Cristo, para morir, se hizo acompañar por dos ladrones, «y era Dios, y podía haber ejercido la misericordia». Le había dicho que a Franco, a la hora de morir, ya le acompañaba un ladrón, el del tiro detrás de la oreja, pero que hacía falta otro, «¿me entiendes?», le había dicho, «el segundo ladrón, y lo tenemos a mano, pero que se entere, que se entere de que va a acompañarlo a él y que se enteren los que son como él de que no estamos dispuestos a que Franco se vaya solo. El trabajo tiene que ir firmado ATE. Las tres letras». Luego le había preguntado por su pistola. «Enséñamela, Guillermo.» La había cogido, la había acariciado, y le había dicho: «¿No es una pena que se haya derrochado tanta técnica en ella para que no cumpla la misión para la que la fabricaron? Esto es como las artistas de cine. Las educan para que actúen. La quiero impecable. Hoy será noche de estreno para ella.» A Guillermo le había gustado esa reflexión del comisario Arroyo y se la había estado exponiendo a Leonardo como si fuera propia. «Mírala, mírala cómo reluce. Es como cuando un artista se ha pasado diez, veinte años preparándose, cantando en el comedor de su casa, recitando a solas papeles, ¿te das cuenta? La fabricaron con todo el cuidado del mundo, piececita a piececita, inventaron las piezas, las dibujaron, fundieron el metal, las ajustaron, así, cientos de personas pensando en ella, trabajando para que ella existiera, y hasta ahora no había tenido su oportunidad, porque no la hicieron para que la pongamos encima de la barra de un club para que la vean las chicas, ni para dejarla al lado, encima de la mesa, como quien no quiere la cosa, cuando jugamos una partida de póquer con los amigos, no, ni siquiera la hicieron para que tiráramos con ella a los blancos móviles, no, Leonardo, no, hasta ahora no ha tenido su oportunidad, ha estado ahí, en el pasillo, esperando a que la llamaran.» «¿Qué quieres decir, Guillermo?», preguntó Leonardo. «Lo que te estoy diciendo, nada más que eso, que tú no hace falta que limpies la tuya, porque va a bastar con ésta, tócala, es virgen, date ese gusto. Dentro de un rato podrás tocarla y llamarla puta con toda la razón, puta capaz de acabar con un hombre.» Leonardo había participado en otras cosas, y sabía que, a veces, la ley no basta, por dura que sea. Lo habían hablado muchas veces: «Nos torean, nos toman el pelo», lo habían comentado, «entran por una puerta y salen por la otra.» Guillermo le preguntó: «¿Tú siempre quisiste ser policía? ¿Por qué quisiste ser policía?» Leonardo vaciló unos instantes antes de responderle: «No sé, no lo sé, me gustaba.» «¿Qué es lo que te gustaba?, ¿asustar?, ¿que te mirasen con respeto? ¿Eso es lo que te gustaba? Eso es ser un mamarracho, no un policía», volvió a hablar Guillermo, «yo no quería ser policía, quería haber estudiado matemáticas, pero me di cuenta de que en las matemáticas tú no pintas nada, no eres nadie, mandan en ti los números, las reglas, y eso me desanimó. El policía manda, ¿sabes? El político cree que manda, el banquero manda, claro que sí, pero tú estás detrás de ellos, y ellos no se atreven a salir a la calle sin ti, ni a la puerta de su casa se atreven a salir sin ti, y son como niños, como pollitos, oyen cualquier ruido y se arrugan y te buscan a ti, se te ponen debajo del ala, como pollitos, y tú una mamá, una gallina clueca, abriendo las alas, protegiéndolos. Les tiembla la voz, ven la pistola y les tiembla la voz: "Tenga cuidado", te dicen, y seguramente es la única vez que te hablan de usted, "tenga cuidado con eso, las armas las carga el diablo", dicen, ¿tú sabes lo que dice Mao? Que el poder está en la punta del fusil, y eso es algo que sabe todo el mundo, pero que todo el mundo hace como que no se entera. Tócala, toca a esta virgen. ¿No te das cuenta de que está a punto de echar su primer polvo?» «Estás loco», le dijo Leonardo. Él le respondió: «Y tú hueles a mierda. Te has cagado», y haciendo un gesto, «déjame que te toque, porque tú también eres virgen», le pasó la mano por la cara, y luego le amagó un puñetazo en la bragueta. Leonardo se apartó de un salto.

Ahora se reía. «Cagado, no, pero ¿Arroyo?, ¿qué piensa Arroyo?» «Deja a Arroyo en paz. Arroyo dice que no está bien que Franco se vaya solo, que hasta Cristo tuvo miedo de irse solo y se llevó con él a dos ladrones. A las ocho aquí. Tú y yo, los dos solos», ordenó Guillermo, mientras alargaba la mano hacia el pasador de la puerta, dando por concluida la conversación. Leonardo le dijo: «Espera», y se sacó su pistola y la dejó sobre la mesa. Guillermo le preguntó con un toque de sorna: «Y, ahora, ¿qué haces?» «Voy a limpiarla», dijo Leonardo. «¿Qué haces?», volvió a preguntarle Guillermo. «No, hoy no te saques la tuya, hoy le toca a ésta. La tuya déjala para otro día.» «Pero...», insistió Leonardo. «¿Te has calentado?», Guillermo volvió a alargar el brazo hacia la bragueta. Leonardo ahora no se apartó. «Estás caliente, cabrón. Pues hoy no te toca. Hoy vienes de acompañante. Lo llevamos al Manzanares, por detrás de Legazpi, por San Fermín. Y si llueve, mejor, más tranquilos.» De eso habían estado hablando un par de horas antes Leonardo y él, y ahora le gustaría que la conversación no se hubiera interrumpido, porque así, solo, allí en la cama, escuchando la radio que sonaba en la cocina donde estaba planchando la mujer, y recordando la cabeza del pájaro entre las patas del gato, se sentía frágil, tenía ganas de apretar el gatillo para demostrarse que podía hacerlo, y luego tenía ganas de dormir, y era como si también a él pudieran dejarlo tumbado entre las basuras que se amontonaban a la orilla del Manzanares, de espaldas a las chabolas de San Fermín. Allí tumbado, con un tiro en la nuca y tres letras pintadas con spray sobre la espalda. A lo mejor, en vez de ATE esas tres letras dirían ETA, pero él estaría igual, allí, muerto y caído, mientras la mujer acababa de doblar la ropa y, al ver que no llegaba, empezaba a pensar en marcharse a otra casa sola con el gato.

18

No ser nada, no querer ser nada. Quini se había quedado en los alrededores de la facultad, embozado en una bufanda roja, con la que se cubría cabeza y rostro a excepción de los ojos. Vestía trenka azul como cientos de estudiantes lo hacían y, así cubierto, se sentía protegido, irreconocible. Con otros jóvenes –una veintena– había corrido ante los guardias un rato, citándolos desde lejos, y había lanzado algunas piedras que habían caído en tierra de nadie. Después, los grupos se habían disuelto poco a poco y, en un momento determinado, se había dado cuenta de que estaba solo, cubierto con aquella bufanda y con los bolsillos de la trenka llenos de piedras. Se apartó para librarse del camuflaje. Un estremecimiento le había recorrido el cuerpo al verse aislado de los demás. Se metió detrás de unos árboles con cuidado de que nadie pudiera observar su transformación de revolucionario en estudiante. Vació las piedras de los bolsillos, se quitó la bufanda de la cabeza y se la colgó del cuello, cruzándosela ante el pecho por debajo de la trenka, se frotó con un kleenex para quitarse los restos de barro que las piedras le habían dejado en las palmas de las manos y volvió a acercarse a la puerta de la facultad, manteniéndose a cierta distancia, observando los movimientos de estudiantes y policías, que ahora eran tranquilos. Había cesado la agitación de un rato antes, cuando la puerta aparecía bloqueada por una confusa y móvil masa de uniformes y se escapaban los estudiantes por los escasos huecos de aquella masa, como pasando a través de un colador. Encogían los cuerpos los estudiantes al cruzar entre los uniformes grises y se esponjaban en cuanto llegaban al otro lado de la barrera, a la orilla del césped, que formaba una curva y, bajo la niebla, tenía un perfil incierto, como de agua entre verdosa, amarillenta y gris envuelta en niebla, playa del norte, húmeda y grasienta de algas, también el aire era húmedo y parecía mentira que fuera otoño avanzado porque no hacía frío ninguno. No ser nada, no querer ser nada. Se quedó de pie, como si esperara algo que le faltase, a alguien; una cara conocida que se acercara y se pusiera a hablarle. El alcohólico que está cansado y tiene sueño, y querría estar tranquilamente en su casa, y acostarse en su cama, y cerrar los ojos, y descansar, pero que, sin embargo, sigue apoyado en la barra del bar, porque le parece difícil cruzar la distancia que separa el bar de su casa, a pesar de que su casa está allí enfrente, a pocos metros, pero él se encuentra tan cansado que, para no tener que moverse todavía, para coger fuerzas, se pide otra copa. Algo así, cansancio, y falta de algo, de una droga cuya dosis es necesario completar para quedarse satisfecho, sentía Quini, que se mojaba bajo el chirimiri. Se cansó de estar de pie y se sentó en un banco. A través del pantalón notaba la humedad de la piedra, pero no se movió. La humedad, como una disciplina, como un castigo. Desde allí, pudo ver cómo maniobraban varios jeeps, cómo aparcaba una furgoneta con las ventanillas enrejadas y los policías subían en ella a empujones a algunos estudiantes; también vio cómo cruzaron frente al edificio de la facultad unos cuantos jinetes a caballo, que fueron a situarse al otro lado del jardín, al tiempo que los policías de a pie volvían a ponerse en movimiento, y primero se movían nerviosos sobre el terreno, como si quisieran entrar en calor, y, a continuación, emprendían algunas cortas carreras que no tenían otro objetivo que deshacer los corros de alumnos que se formaban de modo casi automático, con tozudez gregaria, como si también los otros alumnos experimentaran sensaciones similares a las que Quini experimentaba, una carencia, necesidad de algo que habían empezado a consumir y cuya dosis les había sido repentinamente retirada. Seguramente habían sentido tanto miedo momentos antes, que ahora les resultaba difícil volver a la normalidad y se ejercitaban en una técnica parecida a la de los buceadores que, de vuelta a la superficie, han de exponer su cuerpo a un proceso que llaman de descompresión. Estaba lloviznando y Quini seguía allí sentado, inmóvil, sin importarle aparentemente que aquel chirimiri lo empapase. De hecho, la trenka azul que llevaba aparecía bastante más oscura en la zona de los hombros, y el pelo, que era negro y crespo, y formaba un amplio entrante sobre la frente, relucía y se le pegaba desmayadamente al cuero cabelludo. Cuando intentó encender una cerilla para prender un cigarro se dio cuenta de que los dedos humedecían la lija de la caja y las cerillas perdían la cabeza al frotarlas. Tiró la caja de cerillas, apuntando hacia una cercana papelera, pero la caja cayó al suelo, y él no hizo ningún gesto para recogerla. Tiró también el cigarro húmedo que se le había destripado entre los dedos. No querer ser nada. Querer no hacer nada. Pensó que tenía que marcharse. Aquella tarde tenía que estar en casa para la fiesta de cumpleaños de su abuelo y, antes, debía pasar por una tienda de Altamirano en la que había reservado los prismáticos que iba a regalarle. Ir a la fiesta. Estar solo. No querer ser nada. Solo como un perro de caza que vigila. Recoger el regalo del abuelo. Pero eso luego, un poco más tarde; antes, vigilar como un perro de caza a ver si, por fin, algo se mueve, salta. La facultad, los jeeps de los guardias, la furgoneta en la que han metido a palos a unos cuantos estudiantes. Ver si algo, lo que sea, pega de una vez el pedo, estalla. Que algo se vaya al carajo. Pero no, un poquito de chirimiri, cielo gris, caballos que en la lejanía parecían de juguete, soldaditos de plomo. Franco se moría, a lo mejor ya se había muerto, y nada estallaba, nada iba a estallar. Que las piedras que llevaba en el bolsillo y había dejado caer detrás del tronco de un plátano cayeran sobre la bola del mundo y la reventaran; la dejaran hecha trizas, convertida en un cesto de aerolitos, desintegrada, vagando hecha trizas por el universo, piedras espaciales, polvo espacial. Algo así pensaba Quini, y también que era la hostia no ser nada, ni querer ser nada, pero por qué, por qué no querer ser nada, como no fuese porque a lo mejor tenía miedo a no poder ser nada aunque quisiera. Tres años antes se había matriculado en la facultad de Filosofía y Letras, con la idea de hacer Historia Contemporánea, a pesar de que lo que le gustaba de verdad era la literatura. Leer novelas, escribir. Ni su padre ni su abuelo habían entendido su decisión, porque ellos querían que se hiciera economista, o abogado; aunque menos aún la hubieran entendido si les hubiese dicho que se matriculaba en Literatura; si les hubiera dicho que quería ser escritor, o a lo mejor sólo lector de novelas, pero él no se había matriculado en Literatura, no por no molestar a su padre, ni a su abuelo, sino porque estaba convencido de que la historia daba a los pensamientos, a las palabras, un cimiento que las dejaba clavadas al suelo, y del que carecía la literatura, que era levedad, ala, siempre en el aire, inestable, a punto de que un golpe de viento la derribe, ala en el aire, ala, pero también, y a la vez, pico de rapaz, uña de rapaz, porque era ave que caía sobre el corazón de uno, carroñera, y se entretenía un rato ahí, águila en el hígado, en el corazón de Prometeo, águila en el corazón, comiéndote las entrañas. Le había dado miedo la literatura, enfrentarse a la nada, a las palabras sin peso que te dejaban a solas y luego hundían pico y uñas en tu nada. El profesor Bartos citaba a un viejo maestro suyo, Chacón, un profesor de literatura que había vuelto recientemente del exilio, y que, a pesar de que su experiencia parecía demostrar más bien lo contrario, decía: «La historia acaba por meterte en la cárcel, la literatura en el manicomio.» Combatir a la sociedad, luchar contra uno mismo. En cualquier caso, al viejo profesor la literatura no le había evitado los campos de concentración del sur de Francia y el exilio. La literatura para Quini era un laberinto sin salida, un laberinto oscuro envuelto en esa luz crepuscular que tienen los sueños, las pesadillas, luz que no es ni de día ni de noche, color de foto quemada, antigua, y él se había inclinado por lo que creía el luminoso territorio de la historia, su claridad de afirmaciones incontrovertibles, su ineluctabilidad de cifras económicas y tablas cronológicas. Había elegido la claridad de la historia frente a la penumbra de la literatura, a pesar de su pasión por escribir, pero, al poco tiempo, había descubierto que tampoco la historia poseía esa luz cegadora, ni era un refugio, Ormuz y Arimán, día y noche, luz y sombra, no, también hay caminos que no se sabe adónde llevan, y palabras que no se sabe por qué se dicen. Él hablaba con sus compañeros, decía: «No es lo mismo el trabajo que la fuerza de trabajo. Lo que el empresario compra es la fuerza de trabajo del obrero», porque lo había leído en el tomo primero de *El Capital* de Marx, en el capítulo en que habla acerca de la plusvalía, y sentía la presencia de la luz, su calor, su carácter de amable lazarillo, la luz que te indica con sus dedos, esto es mesa, esto es silla. Decía Quini: «Las condiciones objetivas están maduras, pero fallan las subjetivas», y citaba a Lenin, a Stalin, a Mao, y eso era luz, dedos de luz señalando, esto es río esto es bosque esto es mar esto es montaña, y defendía a unos frente a otros, Stalin frente a Trotski, Marx frente a Bakunin, Lenin frente al renegado Kautsky, y también en ese momento había chispazos de luz; pero, luego, se metía de noche en su cuarto y, en el silencio de su cuarto, lo invadía la oscuridad por dentro y por fuera, porque en ese momento crepuscular, cumpliendo las observaciones de Hegel, levantaba el vuelo el ave de la sabiduría, que en su breve y penumbroso trayecto le hacía saber que en realidad no sabía nada, nada, nada, no sabía lo que se dice nada: tres frases hilvanadas, tres ideas apuntaladas, palos de sombrajo que un golpe de viento se llevaba, y, entonces, se acurrucaba en la cama, se hacía un ovillo bajo las mantas y pensaba que no era nada, que no quería ser nada, ni hacer nada, ni pensar en nada. Él, allí, merodeando en torno al edificio de la facultad, con los bolsillos de la trenka ya vacíos de piedras, con una bufanda que ya no le cubría el rostro, bajo el chirimiri que seguía empapándolo, y temeroso de que un día su abuelo lo metiera en el despacho y le proyectara una película que le había pasado su amigo Arroyo en la que aparecía el niño de la casa apedreando a aquellos campesinos uniformados de gris que estaban allí precisamente para defender lo que él tenía, la multitud de cosas que tenía, los billetes de tren y avión, las reservas de albergues, los discos, la matrícula, las entradas de cine, la gasolina del Simca; aquellos campesinos que parecía que habían aprendido a caminar en la misma cuadra que las bestias que montaban, las manos y las caras rojas por el frío, los pies grandes dentro de las botas, y él, en la proyección, sacándose del bolsillo de la trenka aquellas piedras, arrojándoles aquellas piedras a los mismos –eran ellos mismos: las mismas orejas rojas, los mismos dedos rojos por el frío– que acudían a la puerta de la fábrica el día que había huelga y empuñaban los fusiles y las porras para defender los derechos patrimoniales de Joaquín Ricart Albizu, su derecho a viajar a Estambul, como decía su padre, su derecho a conducir un Simca amarillo canario, a comprarse libros en inglés en la Librería Internacional y a acompañar a su madre a los conciertos del Real y a las exposiciones. Pero es que esos tipos se ponían en medio, a mitad de camino entre lo que él no era y lo que él no quería ser; piedras a las cristaleras de su casa de Juan Bravo, a las del chalet de El Escorial; piedras contra el propio tejado hasta que no quede ni un vidrio sano; envenenar la piscina, robar los cuadros de la fundación que su madre dirigía y cuidaba, y venderlos para que los albañiles, los fontaneros, los conductores de autobús compraran latas de gasolina para incendiar el mundo, y él, una vez que todo aquello hubiese ardido, una vez que hubiera ardido Ricartmoble y se hubiera quemado el almacén de artesanía (¡trabajos forzados de presos!, «redención de penas», lo llamaban) y se hubiera paseado el fuego por los pasillos de su casa y hubiera lamido las cortinas y mordido las lámparas, qué sería o qué seguiría sin ser, él, una vez ocurrido todo eso, qué sería él, o qué no sería, a qué se dedicaría, cuáles serían sus cualidades, sus atributos, qué autobuses conduciría, qué ladrillos pondría, qué carbón sacaría de las minas, qué clases impartiría, qué libros necesarios escribiría. Nada, no saber qué es lo que uno quiere ser, o hacer, o vivir. No querer que su madre les diga a las amigas: «Mi Quini es de otra pasta, tiene otra sensibilidad», ni que Marga lo mire con ojos de uva a punto de pudrirse y le haga escuchar en estereofónico los sonidos de su corazón cuando lo oye hablar del mar, o de

Pasolini, o de John Ford, o de Borges, el jardín de los senderos que se bifurcan, adónde va ella, adónde va él, adónde va Lucas, el único estudiante-obrero del curso, se bifurcan, grupos que se bifurcan. Lucas con su olfato de perro que finge saber dónde está la limpia verdad del pan y lo que busca es la despensa en la que se guarda la mantequilla, él, Joaquín Ricart, fingiendo, fingiendo que no conoce al comisario Arroyo, el más temido de la brigada político-social y a quien seguramente verá esa tarde en su casa. Amigo del abuelo, amigo de casa. La zorra en el corral. ¿Quién es la zorra? ¿Es él el lobo comunista en el corral familiar? O no, él es la ovejita, la ovejita Quini entre los lobos, mamá Olga, lobita buena. Unas reglas de comportamiento –cuchillo, pala de pescado, empuñar con dos dedos todo– en el comedor de casa, y otras reglas en los comedores universitarios: yemas de diez dedos que apartan las láminas de los boquerones y dejan en medio la espina, gestos bruscos al cortar la carne metiéndose el mango del cuchillo en la palma de la mano, y canciones de Paco Ibáñez; no Mozart, no Mahler, no Albinoni, no Berio, ni Puccini; no *vol au vent,* no *canard rôti,* ni siquiera Coltrane. Yupanqui, sí, Violeta, sí, Quilapayún, sí; sí Internacional. Y, entretanto, Lucas, ¿lobo o cordero?, olfateando la despensa donde se guarda la mantequilla, hijo de obrero, «somos pocos hijos de obrero en la universidad», Lucas, olfateando la mantequilla de la entrepierna de Marga, la caja fuerte de la entrepierna, y Marga que le da a él, a Quini, los números de la clave, para que la abra él, le dice con los ojos: «Ábrela tú, te esperaba a ti para abrirla», y que, con el movimiento de la llave de él en la cerradura de ella, se junten las palas de pescado de las dos casas, una cubertería infinita, alpaca, plata, kilómetros de tenedores, cucharas, cucharillas, cuchillos, cuchillitos de postre, copas bordelesas, copas borgoña, copas flauta, cristal de Bohemia, de Baccarat y de Lalique. Cuatro o cinco piedras, había tirado cuatro o cinco piedras y había corrido confundido en el grupo de estudiantes, y había vuelto a querer ser otro, otro día más jugando a ser otro, pero quién, quién quería ser él, a ver, explíquenoslo, quién demonios quiere ser usted, joven Ricart. No el gerente de Ricartmoble, o sea, que eso no, no el socio del imbécil de su hermano que entra por la noche en la habitación en calzoncillos para pedirle un cigarro, las piernas enormes, piernas de animal, de mamífero cargado de futuro, el vello del pecho, las narices romas y anchas, el cuello también romo y ancho y el cerebro romo y estrecho, si existente; los dos socios, los felices hermanos Ricart, hablando de negocios, encendiéndose el cohibas el uno al otro, cruzando las piernas, los muslos de pollo de Quini frente a los muslos de hipopótamo de su hermano Josemari, hablando de inventarios, de reparto de beneficios, y echando humo por las narices, por la boca, o, como les hacía ver su padre cuando eran más pequeños, echando humo por los ojos, por las orejas: «¿Quieres ver cómo echo humo por las orejas? ¿Quieres ver cómo echo humo por los ojos?», y él, embelesado, nervioso, pidiéndole que le deje el puro: «Yo también quiero, papá, yo también quiero.» Josemari y él: «Yo también quiero», y el mundo en el mapa: simas marinas de intenso color azul cobalto, plataformas litorales de suave azul cielo, llanuras verdes, montañas de un marrón intenso y que terminan con una mancha blanca, España amarilla, Francia verde, Italia rosa, la URSS también de color rosa, pero más clara y grande y lejana, y su hermano y él ante la mesa, y el abuelo encendiendo el cohibas, sacando la mano del ataúd para encender un cohibas, y la abuela que se ha quitado los pañales y embadurna de mierda el espejo del baño otra vez, igual que la semana pasada, «Lurditas, Lurditas, por Dios, venga, venga, mire lo que está haciendo la abuela, le he dicho que no la deje sola ni un instante», mierda en el baño y música de Coltrane en la habitación del pequeño de la casa, y ruido de cadenas en la del mayor y Mozart –la armonía misma– en la de mamá y el gemido de la caja que se abre automáticamente, tres vueltas a la derecha, dos a la izquierda, cuatro a la derecha, rac, ric, ric, rac, esa música en el aire del salón, más allá de la vida y de la muerte, ric, ric, rac, ric, rac, y, fuera de eso, qué hay, la mamá de Marga se da golpes en el pecho con el abanico, el papá de Marga se toca sus cuatro interminables pelos trenzados con los que alguien podría estrangularlo, si quisiera; y fuera, la ciudad, los trenes de Atocha y Delicias y Príncipe Pío, las camionetas de Getafe, la Ciudad de los Ángeles (qué nombre para una barriada obrera), el barrio del Pilar y Fuencarral, y los Carabancheles, y los albañiles que trepan por los andamios como si fueran simios y que, una vez arriba, cantan como si fueran jilgueros, las putas de la Ballesta, las actrices de la televisión, los jugadores del Real Madrid, los camareros, electricistas, fontaneros, ebanistas, y él, Joaquín Ricart Albizu, él, agonizando (maestro Unamuno, también la filosofía ala y pico, San Joaquín, bueno y mártir). Porque ni es ni sabe qué ser, luchando para que el universo entero arda, que todo arda sólo porque el pequeño de los Ricart no sabe adónde mirar, ni qué mirar. Poner cálculos en vez de pasiones. Estrategias. Antes de volver a casa tendría que pasarse por la calle Altamirano para recoger el regalo que le había comprado a su abuelo, unos prismáticos, «el abuelo quiere unos prismáticos», y su madre le había dado a él el dinero para los prismáticos, para que el abuelo viera desde El Escorial el vuelo de las rapaces, los pinares del monte Abantos, la gigantesca cruz del Valle de los Caídos, y se hiciera un cuadro bucólico con todo eso; el abuelo también quería la *Historia de la*

Guerra Civil Española, de Ricardo de la Cierva, y ésa era Josemari el que iba a comprársela. Mamá le había dado el dinero a Josemari para que se la comprara. Los presos redimían sus condenas haciendo muñecas de trapo, cestos de mimbre, carteras de cuero, cajitas de marquetería, jerséis de lana; los camiones de reparto se detenían en Lugo, en Barcelona, en Córdoba, y descargaban su provisión de muebles Ricart, y mamá estaba pendiente para recoger el dinero que llegaba desde esas ciudades lejanas con el único objeto de que ellos compraran historias de la guerra y prismáticos, mamá iba a comprar un cuadro de la rebelde Ada Bartos, y él acababa de tirarles media docena de piedras a los que, desde las garitas, un día vigilaban a los presos de Carabanchel que fabricaban muñecas de trapo y cajas de marquetería, otro lo vigilaban a él y al tercero protegían las puertas de Ricartmoble para que los huelguistas no impidieran el paso de quienes querían acudir a trabajar cumpliendo con su deber. Y él, qué vigilaba, qué hacía. Vigilaba el curso de la historia y esa vigilancia lo condenaba a tener un águila comiéndole las entrañas, no sólo la literatura, el pico del águila buscando con certeza, apresando el hígado, tirando de las tripas, entreteniéndose en la pieza maciza del corazón, la historia. Entre la cárcel y el psiquiátrico. Besos a Marga y, a escondidas, revolcones con Pilar, la amiga de Marga, que compartía piso con ella desde que Marga se había marchado de casa para tener independencia. Marga, la cárcel, las rejas a la vista y él cogido de los barrotes. Pilar, el psiquiátrico, lo que se esconde, así, así, más despacio, Pilar tenía los labios gruesos y a él le gustaba ver cómo con ellos le envolvía el miembro. Marga tenía la piel suave, aunque los rasgos de la cara muy irregulares, picassianos, pero se acurrucaba como un cordero pascual cuando él le leía poemas en francés, y eso era todo, eso era el futuro: cárcel o psiquiátrico, o cárcel y psiquiátrico. Unos años antes, cuando aún compartían habitación en Jávea, su hermano Josemari se masturbaba casi todas las noches, y él escuchaba sus ruidos, ruidos de somier, de tela, frotamientos, sus gemidos. Al cabo, todo ese trajín concluía con una especie de ronquido. Y unos minutos más tarde, Quini escuchaba su respiración acompasada y pensaba que a Josemari lo más seguro era que no lo visitara ningún ave nocturna y antropofágica. Lo oía respirar pausadamente, una respiración fuerte, pero pausada, de animal satisfecho, durante horas, y de vez en cuando roncaba, y aquellos ronquidos eran como una prolongación del placer que se daba con los dedos, con la palma de la mano, con los muslos. Se lo había dicho cuando no eran más que dos adolescentes: «A mí me gusta meneármela con los muslos.» Se ponía boca abajo, y forzaba el miembro hasta que se lo colocaba entre los muslos y luego movía los muslos, aquellos muslos gruesos, de hipopótamo, hasta que se corría con un ronquido. Él nunca consiguió hacerlo así, no le llegaba. «Es como si follaras con una tía», le había dicho Josemari, los muslos calientes. Fumarse un puro, contar el dinero, viajar en avión, que se levanten los de la oficina cuando pasas ante su mesa, y decirles: «No se levanten, sigan a lo suyo.» A Josemari, además, lo querían en la empresa, Josemari tomaba cervezas con los empleados, les daba palmadas en el hombro, les hablaba de putas, les contaba chistes, les regalaba gorras y banderines del Real Madrid; él no, ni él quería a los empleados de las fábricas, ni los empleados lo querían a él, que defendía que la propiedad de la empresa fuera de ellos. Quería hacerlos dueños de su destino, pero no le gustaban. Qué hacer, a qué dedicarse, qué ser o qué no ser, tanto si llegaba el diluvio universal como si no llegaba. A él no le gustaban aquellos tipos sebosos o nervudos de ojos huidizos que le hablaban de usted y se reían a carcajadas con los chistes de Josemari, por más que ésa era la clase que él quería que lo salvara de su clase. Marga como un trailer que anunciaba a la mamá de Marga, cogiéndolo todo con la punta de dos dedos y dándole tres vueltas antes de dejarlo sobre la mesa si era algo de mirar o antes de metérselo en la boca, como con aprensión, prendiéndolo con la punta de los incisivos, si se trataba de un comestible. Tirar una piedra en el eje del mundo y partirlo en dos, un rayo que pasara por el estómago del mundo. No saber qué vas a ser en la vida, no saber qué quieres ser. No ser nada. A él le pusieron Joaquín por un tal Ort, un empresario que, al parecer, fue socio de su abuelo en negocios después de la guerra, y que, cuando Quini alcanzó el uso de razón y se enteró de por qué le habían puesto ese nombre, ya había desaparecido de las relaciones de la familia. De hecho, el abuelo nunca quiso hablarle de él, y Quini se había tenido que enterar de lo poco que sabía por su padre. «Era un amigo del abuelo, pero se distanciaron en los negocios», le había dicho su padre, y a él le había dado la impresión de que antes de llegar a la cuna había servido como letra de cambio de algo que desconocía, que ya no llegaría a tiempo de conocer. Negocios en Legazpi, durante la posguerra, redención de penas, contratos de los ministerios. Él era un poquito de cada una de esas ignominias familiares, por ejemplo, las uñas eran la redención de penas; el pelo, el estraperlo; la nariz, un tipo que se llamaba como él y que, por alguna razón, yacía tirado en una cuneta. «Pero, mi padrino, ese Joaquín Ort, ¿vive todavía?» Y su padre: «No lo sé, hijo, seguramente, sí, pero no sabemos nada de él.» La cuneta, no saber nada de él, alguien cuyo nombre no aparece en los catálogos de nada, ni en los ecos de sociedad de nada, ¿qué ha sido de él? ¿Quién ha sido su abuelo? ¿Y quién fue su padre, que dejó que a su hijo lo apadrinara un estraperlista y le pusiera su nombre, si no era amigo suyo, si no era nada más que un socio del abuelo? ¿Qué factura le pagó aquel niño recién nacido a aquel hombre que seguramente lo cogía en brazos y lo acunaba y hacía carantoñas, porque era ahijado y tocayo suyo? ¿Se quedó satisfecho el hombre con el pago o exigió más? ¿Rompieron porque Quini no había pagado lo suficiente al nacer y dejarse poner aquel nombre? Un pedacito de carne que llora y ya paga facturas. Y su padre dejó que fuera así, y su madre tenía una infinita y maravillosa capacidad de ser, gracias a la cual era todas las cosas a la vez, y seguramente también ella con cada una de sus facetas pagaba una factura distinta. Lo había pensado tantas veces Quini. Se lo había preguntado tantas veces, qué fue lo que vio su madre en su padre, por qué se enamoró de él. Sería bonito atreverse un día y preguntarle: «Qué viste en él, mamá, dime qué viste», a la salida de un concierto, oír a Bela Bartók juntos, mientras su padre está en algún despacho rodeado de libros de cuentas, con esas medias gafas que usa para leer, y que lo hacen parecer uno de los orondos personajes que ilustran los cuentos de Dickens, merendar después del concierto su madre y él en alguna cafetería, y preguntárselo: «Qué viste en él, a ti que te gusta la música, qué música escuchaste en él, a ti que te gusta la pintura, qué colores y densidades descubriste en él, a ti que te gusta el cine, qué película viste en él.» Pero era curioso. Había cosas que no se podían preguntar nunca, y lo que no se podía preguntar nunca era lo único que de verdad habría que saber, porque eran los cimientos que sostenían las cosas. Podías hablar de las paredes, de las ventanas, de las cortinas y los muebles, las anécdotas, a tu abuelo le gustaba, tu padre decía, tu abuela cocinaba, tu madre no se lo creía, pero no podías enterarte del cimiento, eso no, de por qué él se llamaba Joaquín y de por qué Joaquín desapareció, qué vio su madre en su padre, eso no podía preguntarse, era como si se te ocurriera preguntar la edad que tiene y los kilos que pesa la cantante que interpreta a Carmen en una función de ópera, se rompería todo, quedaría al descubierto la trampa, se desvanecería el embrujo que lo envuelve todo, la tramoya a la vista, la guardarropía. Se podían saber las anécdotas, el viaje de novios, la playa de Jávea cuando aún ellos dos, Quini y Josemari, no habían nacido, lo que la abuela le regaló al abuelo cuando cumplió cincuenta años, lo que dijo un día el abuelo viniendo de El Escorial, eso sí, pero no lo otro, lo otro, sombras. Un rato antes, Lucas y Margarita habían salido corriendo juntos, cogidos de la mano, de la facultad. Él los había visto, y cómo se paraban un momento para mirar hacia atrás sin dejar de cogerse de la mano, y cómo luego caminaban hacia la parada del autobús, así cogidos. Y pensaba que no podría mañana preguntarles qué había visto cada cual en cada cual. Qué música había escuchado uno en otro, qué tonos, qué veladuras había visto cada cual en cada cual. La guardarropía. El perro Lucas, el olfativo hijo de obrero que aguarda la presa con instinto seguro, con sus panfletos del pecé escondidos en la cartera, diciéndole muy serio: «Toma y dame tu opinión», ayudando a colgar una pancarta, pegando un cartel, contándole sus trabajos en el mercado del pescado durante los primeros meses que vivió en Madrid, o los portes de la cristalería en la que se ocupaba ahora casi todas las tardes, desplegando a diario una energía que a él le parecía envidiable, y por cuyas raíces se preguntaba. Estudios, reuniones políticas, trabajo mecánico. A lo mejor, para tener energía hacía falta dejar la cabeza un poco de lado, el alma en el armario; o a lo mejor lo que hacía falta para desarrollar esa energía no era más que necesitarla, necesitarla para poder seguir viviendo: correr detrás del tren que se escapa y quedarse en la plataforma del vagón porque no se tiene billete y tirarse en marcha si el revisor te sorprende, a lo mejor de ahí salía la energía, y estaba reñido pensar y actuar, porque actuar no era lo que hacía él, eso era un escape, como una droga, ponerse la bufanda tapándole la boca, y tirar piedras, o cócteles molotov, como un desfogue, lo necesitaba, ya está, y, luego, el envoltorio de las conversaciones, la teoría, no, eso no era actuar: actuar era tener un cálculo, una estrategia, no el cálculo de la línea política del grupo, de los estatutos y los análisis, sino el cálculo de cómo encauzar lo privado para que se vuelva público y viceversa, qué quieres ser tú, qué quieres hacer en el mundo y para qué, y eso seguramente Lucas lo sabía, había estudiado durante años con becas pensando en que quería ser profesor de historia, y sería profesor de historia antes del diluvio, y seguiría siéndolo –con más motivo, uno de los pocos profesores de historia, uno de los mejores– si el diluvio caía, pero es que, a Quini, incluso Marga le parecía que sabía lo que quería, y su sensibilidad, su falsa, verdadera o ambigua sensibilidad, era un bien necesario. También Marga sabía de estrategias y estaba convencida de que una dosis de sensibilidad era rigurosamente necesaria para completar su proyecto, aunque seguramente ella no supiera o no fuera consciente o no quisiera saber cuál era su proyecto.

19

Se acercó a ella y le preguntó: «¿Ya estás arreglada?» Lo había esperado ante al veladorcito cubierto con un tapete de ganchillo encima del cual dejaba la cesta de las labores en las que se entretenía por la tarde, al lado de la ventana del salón que daba a la calle. Le gustaba sentarse allí, sobre todo en invierno, cuando, a esa hora de la tarde, después de que veía el telediario y recogía la mesa, podía envolverse en luz de sol; se quedaba acariciada por el sol de la tarde de invierno hasta que se levantaba a encender la lámpara porque ya no podía seguir cosiendo con luz natural. Entonces, echaba las cortinas y cerraba los postigos de las contraventanas, porque le parecía que, de no hacerlo, le faltaba intimidad, se sentía vigilada en sus quehaceres desde las casas de enfrente y esa sensación la incomodaba. Aquella tarde había estado cosiendo un rato y mirando de vez en cuando lo que ocurría en la calle; pero estaba nublado, y la luz tenue y grisácea la había entristecido. Desmadejada, había apoyado la cabeza contra el respaldo de la butaquita y se había adormecido escuchando la radio. No le gustaba el invierno. Los días eran cortos y le hacían acordarse de los tiempos de su infancia y adolescencia encerrada en el interior de cuarteles perdidos en remotos pueblos de montaña donde las noches parecían interminables. Había mirado el reloj. Eran casi las siete y él aún no había llegado. Había estado esperándolo así adormilada, con el oído atento al crujido de la llave en la cerradura, y se había incorporado con un sobresalto creyendo escuchar ruido de pasos, que habían resultado nacidos sólo de su aprensión. Le molestaba que él la encontrara dormida. Si la encontraba así, se sentía aprisionada por un sentimiento culpable, como si hubiera abandonado algo que debería estar haciendo, una tarea, una responsabilidad, a pesar de que eso no fuera verdad, porque ella cuidaba minuciosamente de la casa, y últimamente aún más. En los últimos tiempos, Maximino apenas aparecía por allí, pendiente de la evolución de la enfermedad de Franco y de las medidas que habría que tomar en cuanto se muriera, por lo que a ella, sin tener que recoger la habitación ni el baño, sin tener que cocinar más que cualquier cosa para ella sola, sin estar pendiente de los horarios ni de las exigencias de Maximino, el día se le aparecía como un vacío enorme que había que llenar lentamente, con cuidado para no apurar todas las tareas de una sola vez, porque, sin nada que hacer, el vacío se le volvía insoportable. Esa tarde sí que lo esperaba. Había pensado que, de no ocurrir algún imprevisto, llegaría de un momento a otro, se metería en el baño para ducharse, le pediría la muda limpia, y saldría de la habitación al cabo de un rato haciéndose el nudo de la corbata y le preguntaría a ella si ya estaba a punto. Había estado mirando cada poco rato por la ventana esperándolo a él, aunque eso no era lo normal. Era normal que ella mirase por la ventana a aquellas horas, pero no para esperarlo a él, sino para distraerse viendo el ir y venir de la gente. A él no solía esperarlo a aquella hora; no, cuando volvía a dormir a casa nunca lo hacía tan pronto, y, además, últimamente apenas iba alguna noche a dormir, porque con lo de la enfermedad de Franco se le multiplicaban las guardias y alertas. Miraba por la ventana y veía pasar a la gente. A muchas de aquellas personas ya las conocía de vista, y hasta sabía sus costumbres, sus gestos y manías. Veía volver la esquina al tendero de la ferretería de enfrente, y cómo cruzaba la calzada mirando a derecha e izquierda porque siempre la atravesaba fuera de las rayas blancas del paso de peatones, y sabía que, una vez cruzada la calle, se pararía un momento en la acera, frente a la tienda, y se registraría en los bolsillos para encontrar la llave antes de agacharse a levantar la persiana metálica: cosas así sabía. Cada vez que volvía su vista desde el exterior de la calle hasta el interior del salón pensaba en lo mucho que le gustaría tener a alguien al lado para comentar alguno de los habituales incidentes, o ni siquiera para hablar, sólo para que le hiciera compañía, para ver a alguien allí, delante de ella, o al lado; ver a una amiga, a un nieto, a un sobrino comiéndose la merienda. Que el sobrino se comiera la merienda y le contara lo que había hecho aquella tarde en la escuela. Que se lo contara un hijo ya no se atrevía ni a pensarlo. Hacía tanto tiempo que había renunciado. A ella le hubiera gustado tener un hijo aunque fuera adoptado, porque, con la edad que tenía, sesenta y uno, ya nunca podría tener un hijo propio. Antes, en su día, tampoco pudieron tenerlo, fue una pena, le hubiera venido tan bien la compañía de alguien allí en Madrid, pero cuando, veinte años antes, le había propuesto a él que adoptaran un niño en vista de que no podían tener un hijo propio, él se había mostrado brutal: «Sólo me faltaba a mí eso, darle de comer a un hijo de puta que su madre dejó en la inclusa.» Así se lo había dicho, y ella se había dado cuenta cuando ya era tarde de que nunca tendría que habérselo propuesto, como –eso fue antes– tampoco tendría que haberle propuesto ir al médico cuando a ella le dijeron que no tenía nada, ningún defecto físico, y, después de no se sabe cuántas pruebas, le aseguraron que su matriz y su útero estaban perfectamente y que podía tener todos los hijos que quisiera. Se quedó anonadada. Con una mezcla de alegría y miedo difícil de calibrar. Tuvo prisa en decírselo, y lo animó a que se hiciera análisis y revisiones él, «a lo mejor, podemos tener un hijo», lo animó, y él aceptó a regañadientes, pero convencido de la inutilidad de aquellas pruebas, porque la culpa –lo decía así, «la culpa»– de que no tuviesen hijos era, sin duda, de ella; por eso fue terrible cuando, al final de las revisiones, el médico le dijo algo acerca de sus espermatozoides, le dijo que eran débiles, o algo por el estilo. Él no lo aceptó. Aún lo recordaba saliendo a la salita en la que ella esperaba –no aceptó que pasara al despacho, ella había cometido otro error cuando insistió en acompañarlo–, poniéndose la chaqueta con un par de movimientos bruscos, y diciéndole al médico no se sabe qué estupideces acerca de que si los hombres esto y lo otro. Lo peor, sin embargo, llegó luego, durante los meses que siguieron. Él dormía en la otra habitación, y la rechazaba cada vez que se acercaba a hablar con él, a arreglarle una arruga del jersey, de la chaqueta, cuando le preguntaba si quería un café, o intentaba cogerlo del brazo las pocas veces que, con cualquier motivo, salían juntos a la calle. Por fin, un día estalló y le preguntó con malos modos si no había tenido bastante con no haber conseguido hacerlo padre para encima haberlo rebajado como hombre. Podía recordarlo meses después, metiéndose a oscuras en su habitación y penetrándola a la fuerza, montándose sobre ella a oscuras, sin ni siquiera molestarse en mirarla a la cara, o en preguntarle si quería o si no, y ella, callada, soportando, y él insatisfecho con su silencio, preguntándole o afirmando: «Te da gusto.» Se repitió la escena otras muchas noches, y en las pocas ocasiones en que a ella se le ocurrió decirle que le hacía daño, «por qué no lo hacemos tranquilamente, así me duele», le dijo, él le apretó la cabeza contra la almohada como si quisiera asfixiarla. «¿Puedo o no puedo?», le decía, mientras la empujaba y la mordía. El peso de aquella sombra jadeante. A la mañana siguiente tenía marcas por todo el cuerpo. La mordía hasta hacerle sangre; y qué le iba a decir ella, qué podía decirle, sino que lo había querido, que no había querido a nadie más nunca, y que estaba dejando de quererlo, y que ya no podría querer a nadie más, y que sólo quería llorar, no querer a nadie, querer sólo las lágrimas, porque a ella le gustaba querer a alguien. La habían educado para eso. Su padre había sido guardia civil y la familia había vivido durante años cambiando de casa cuartel en casa cuartel. A Maximino lo conoció en Riaño, donde él pasó una temporada investigando las redes de apoyo con que contaba el maquis en la zona. Durante años había soñado en sus noches de adolescente con eso, con querer a alguien. Se habían contado las amigas en la escuela las películas que ponían en los cines de la capital o de las pequeñas ciudades, a las que habían ido por alguna razón –médicos, papeleos– y en las que habían tenido ocasión de ver alguna cinta mientras hacían tiempo para coger el autobús de regreso a Riaño. Gary Cooper, Douglas Fairbanks, Clark Gable: ellos las cogían en brazos, las besaban, las querían; ellas llevaban hermosos vestidos, y tenían rostros de porcelana y pestañas largas y curvas. Aquellas muchachas habían soñado durante años en que apareciera en el estrecho horizonte de la casa cuartel en la que vivían algún hombre que se pareciera a los que habían visto en el cine, y una mañana bajó de un automóvil Maximino, que vestía un abrigo largo. y, debajo, camisa blanca, chaqueta y corbata, algo completamente insólito entre los habitantes de la comarca. Durante todo el día las cinco o seis muchachas que vivían en la casa cuartel comentaron excitadas la presencia del desconocido, que les pareció –su palidez, su manera de vestir y de hablar, el modo como capturaba el cigarrillo con dos largos y delgados dedos– escapado de una de las películas que habían visto. Ella se enteró algunas horas más tarde de que iba a hospedarse en su vivienda durante algunos meses, hasta que concluyera el trabajo que lo había llevado a la zona. Por la noche, a la hora de la cena, lo miró manejar el cuchillo y el tenedor de un modo como nunca había visto hacerlo a nadie. Apenas pudo dormir sabiendo que estaba tumbado al otro lado del tabique que ella veía enfrente iluminado por una vívida luz de luna de invierno. Miraba aquel tabique e intentaba traspasarlo con su mirada, ver si el hombre dormía acostado sobre el lado izquierdo o sobre el derecho; o si se tendía boca arriba para dormir; quizá también él se hubiera desvelado y deseara saber qué era lo que hacía y pensaba en aquellos instantes la muchacha que dormía al otro lado del tabique. Ese pensamiento la excitó la primera noche y siguió haciéndolo las que siguieron. Se quedaba despierta hasta muy tarde con el oído atento a cualquier ruido que pudiera llegar del otro lado, a pesar de que las paredes eran demasiado gruesas e impedían que se filtrase ningún sonido a través de ellas. Tal y como estaba previsto, Maximino pasó unos cuantos meses en aquella vivienda de la casa cuartel. Las hijas de los otros guardias la envidiaban y hacían apartes con ella para preguntarle por las costumbres del forastero. Se interesaban por lo que le gustaba para comer, por si fumaba mucho, o si, como hacían sus padres, se bebía alguna copa del orujo que preparaban los campesinos. También le pedían que les contara de qué hablaba; qué cosas había visto aquel hombre que ellas no conocían, en qué ciudades había vivido. Su madre y ella se encargaron durante todo aquel tiempo de hacerle la comida, de lavarle la ropa y atenderlo. Ella lo cuidó cuando se resfrió y tuvo que quedarse casi una semana primero en la cama y luego ya de pie, pero sin salir de casa. Le llevó a la habitación los tazones de café con leche de los desayunos y meriendas y metió en la habitación los cubos de agua caliente para que se lavara. Se fue acostumbrando a él. Y vivió con tristeza el día en que, encontrándose curado, volvió a su vida normal y empezó a levantarse antes del amanecer, cuando ella aún no se había levantado. Ni siquiera todas las noches lo veía, porque había días que volvía cuando ella estaba ya acostada. A veces se pasaba dos o tres noches sin aparecer y ella sufría pensando que podría haberle ocurrido alguna desgracia en aquellas montañas que estaban infestadas de maquis y cuyos caminos se volvían impracticables durante semanas enteras, por culpa de la lluvia, la nieve o el hielo. Regresaba cubierto de barro, pálido, sin afeitar, cansado, aterido de frío, y su madre y ella le preparaban café, le calentaban agua para que se bañara y le entregaban las mudas limpias. Su padre sacaba la botella de Fundador que guardaba en la alacena para los momentos señalados, ya que a diario él no bebía más que el orujo que preparaban los vecinos y que le regalaban en pago de pequeños favores. Una tarde, Maximino anunció que iba a marcharse porque había concluido su misión. Tres o cuatro días antes, en el pequeño cuartel, por lo general muy tranquilo, había reinado una gran agitación. El patio se había llenado de vehículos y también habían llegado varias parejas de guardias a lomos de cabalgaduras. Mezclados con los guardias, podía verse a una docena de individuos sucios, algunos con las caras cubiertas por largas barbas, con la ropa convertida en harapos, y aspecto de fatiga. A dos o tres de aquellos individuos los trasladaron en camilla a través del patio, porque venían heridos, y otros cojeaban, llevaban el brazo en cabestrillo o la cabeza vendada. Maximino se despidió, no sin antes asegurar que iba a volver. Estaban los dos a solas en el comedor y él le cogió la mano y le dijo: «No te preocupes, que volveré», y le dio un beso en la mejilla, que fue muy corto, un beso de refilón. Al cabo de una semana, ella recibió una carta con remite de Madrid. Fue la primera carta que recibió en su vida y, antes de abrirla, ya se había enamorado de él. Una carta. Cuando acabó de leerla, pensó que aquel amor era para toda la vida. La leyó muchas veces en los días de invierno de la montaña. En Riaño, las noches de invierno en casa, a solas con sus padres, se le hacían muy largas. En muchas ocasiones, ni siquiera de día podían salir de casa porque las puertas se hallaban cegadas por la nieve caída. El cerco de blancura durante el día y, por las noches, la oscuridad, el aullido del viento, o la luz de la luna resbalando sobre la nieve petrificada y confirmando que el cerco de blancura en torno al cuartel continuaba. Con frecuencia se interrumpía el suministro de luz por deficiencias del servicio, porque la fuerza del viento o el peso de la nieve había derribado algún poste, o debido a alguno de los numerosos sabotajes que llevaba a cabo el maquis en la comarca, amparado en las inclemencias de la climatología, así como en la endiablada geografía. En la oscuridad absoluta de su habitación, ella estaba a solas con los recuerdos de él. De repente, una blanca luz de luna inundaba la cama en la que permanecía insomne, bañaba los muros de la pared y dibujaba un cuadrado fosforescente en las baldosas del suelo, y era como si él fuera a venir a visitarla. En todo aquel tiempo, en cuanto se apartaba de las tareas cotidianas, pensaba en Maximino, cuyas cartas habían seguido llegando. Lo veía vestido como nadie vestía en aquella zona de gente que criaba ganado, cultivaba algunas pocas patatas y, en verano, verduras y frutales. Maximino era delgado y tenía la tez muy pálida, un rasgo que lo diferenciaba de los habitantes de la comarca, de rostros sanguíneos y cuerpos anchos. Ella lo esperó durante todo aquel invierno, en el que nunca le faltó la compañía de sus cartas. Por carta hicieron planes, marcaron plazos, establecieron fechas, y cuando él volvió para buscarla, fue igual que cruzar la pantalla del cine para meterse en el interior de una película. Así ocurrió, él vino a recogerla y ella ya tenía preparada la maleta con la ropa que había ido confeccionando durante aquellos meses. Se marcharon a Madrid un par de días después de la boda, a la que no asistió nadie del pueblo, sólo los compañeros de su padre y sus familiares que, como ellos mismos, vivían en la casa cuartel. En Madrid, Maximino resultó ser callado, esquivo, pero, al mismo tiempo, caballeroso y atento. Por eso fue tan triste lo que vino luego poco a poco; triste que el tiempo lo convirtiera todo en gris y frío, que él empezara a llegar tantas noches oliendo a tabaco y alcohol, apenas concluido el primer año de casados. Llegaba con la lengua pastosa, le hablaba con un tono de voz agrio, y a veces incluso violento. Ahora, tantos años después, cómo decirle que hasta se hubiera conformado con tener al perrito, a Tintín, en el regazo, en vez de a un hijo; que el hijo daba lo mismo; que ella lo había querido a él, a él solo, en todas las circunstancias, en la pobreza y en la riqueza, en la alegría y en la tristeza, en la salud y en la enfermedad, tal y como les había dicho el cura que tenían que quererse el día que los casó. Esperarlo a él, saber que viene con una caja de bombones, con una flor, y tener la cena a punto y ponerle una copa para que se la tome tranquilo escuchando la radio, o viendo la televisión, y que luego diga vamos a acostarnos, y mirar cómo se desnuda a tu lado y se cubre con la misma sábana que tú, que puedes notar su calor y el olor a tabaco de su aliento; que él, de madrugada, te pase la mano por la cintura mientras suspira en sueños, o dice unas palabras incoherentes; eso hubiera sido suficiente; no suficiente, hubiera sido más que suficiente, hubiera sido todo; salir de paseo, o al cine los domingos por la tarde, o quedarse en casa, al lado de la ventana, él escuchando la retransmisión de los partidos de fútbol, ella cosiendo; acompañarlo a los actos oficiales tres o cuatro veces al año; irse a lo mejor unos días de vacaciones, a Galicia, a Benidorm, ir unos días de vacaciones a Riaño y ver cómo estaba aquello, si había cambiado en algo, si quedaba alguna cara que ella pudiera reconocer tantísimos años después; pero no, él llegaba tarde, oliendo a coñac, y respiraba con dificultad, y dejaba caer los zapatos en el suelo y se echaba encima de ella y le decía –eso fue por entonces, cuando lo del médico–: «¿Puedo o no puedo?», porque luego, cuando se le pasó aquella manía, no le decía nada. Se echaba encima de ella de vez en cuando, y ya está. Era como si le gustase hacerle daño. Como si lo que distinguiese a un hombre de alguien que no lo es fuera la capacidad de hacer daño a una mujer; no de hacerla feliz, sino de hacer desgraciada a una mujer. Lo pensaba así ella, pensaba que probablemente un hombre es quien es capaz de hacer desgraciada a una mujer; y eso le servía para esperarlo detrás de la ventana, cosiendo, haciendo ganchillo, dejando que el perrito saltara a su regazo y le hiciera compañía. El sol la acariciaba, porque no tenía necesidad de demostrar nada; seguía su curso y, cuando se ponía el sol, ella cerraba la ventana. Respondió: «Sí, ya estoy arreglada. Nos vamos cuando tú digas», pero él se había metido en su despacho otra vez y hablaba por teléfono con alguien. Le oía explicarle a su interlocutor que Franco estaba ya clínicamente muerto y que a lo largo de esa noche leerían el parte de defunción.

«Hay que estar preparados», le oyó decir, y pensó que seguramente tendrían que anular la visita a los Ricart porque él se vería obligado a incorporarse a algún servicio especial. Maximino hablaba ahora en voz muy baja, y ella no podía escuchar lo que decía. Paseaba por el salón, esperando lo que él pudiera decidir hasta que, al cabo de un rato, se cansó de esperar de pie y volvió a sentarse en la butaquita al lado del velador. Pensó que si no hubiera cerrado las ventanas, ahora podría distraerse mirando lo que pasaba en la calle.

20

Cayó otro chaparrón mientras caminaba sin rumbo por la calle Serrano y tuvo que protegerse en el hueco de un escaparate. El cielo se había oscurecido y las tiendas ya habían encendido las luces de interiores y escaparates, porque la noche estaba llegando antes de tiempo, día nublado de finales de noviembre, así que su figura destacaba llamativamente iluminada en aquella calle elegante, el pantalón oscuro, la chaquetilla azul corta y empapada, la bolsa de plástico colgada con una correa larga del hombro, el pelo revuelto. Una mujer lo miraba desde el interior de la tienda, que era una tienda de zapatos, y él salió del hueco de aquel escaparate y emprendió una corta carrera hasta otro que había allí, en la esquina, y que era el de una librería, «Aguilar», decía el luminoso que había encima de la tienda. Le pareció que allí se encontraba más seguro, al fin y al cabo, libros los compraban también los pobres. Los pantalones, la chaquetilla, el pelo revuelto, la bolsa en la que había guardado maquinilla de afeitar, brocha, cuchillas, barra de jabón, ropa interior, camisas, el pantalón vaquero recién planchado: Lucio sabía lo importante que era aparecer limpio, no llamar la atención porque se iba sin afeitar, sucio. Había pensado antes de salir de casa: «Que se acerquen a ti porque te toman por un mendigo, y te pidan la documentación, y, en aplicación de la ley de vagos y maleantes, te metan en esas furgonetas blancas, lecheras, las llaman lecheras, que tienen rejas en las ventanas y asientos de metal, sobre los que resbalas cada vez que el conductor decide tomar una curva.» Había pensado así antes de salir y por eso había cogido la bolsa con las mudas, pero en aquel barrio elegante no bastaba con ir limpio, no era normal un obrero que merodeaba ante los escaparates durante horas, que pasaba dos, tres veces ante el mismo escaparate. Daba que sospechar. Así que tenía que tomar una decisión cuanto antes. De momento, salir de aquel barrio, coger un metro, un autobús y dirigirse a barrios en los que todo el mundo vestía como él, llevaba bolsas como la suya colgadas al hombro, y los habitantes y los que frecuentaban sus calles eran albañiles, fontaneros, mecánicos, y él era en aquellos barrios uno más, no como en aquella calle en la que ahora se había detenido un coche grande y reluciente por la lluvia ante él, un Mercedes, y del coche bajaba el chófer vestido de tal, traje azul con botones dorados y gorra de plato, y abría un paraguas y rodeaba la trasera del vehículo y, con el paraguas abierto, abría la puerta del lado opuesto, protegiendo de la lluvia a una señora elegante, abrigo de piel, pendientes vistosos, que asomó las piernas por detrás de la portezuela, se incorporó, poniendo los zapatos de tacón sobre la acera, y caminó decidida hacia el hueco del escaparate en el que se guarecía Lucio; él se apartó, se hizo a un lado, dejándole paso a la mujer, y el chófer cruzó la mirada con la suya una vez que la mujer ya estaba en el interior de la librería. El chófer se había quedado cerca de él, pero en el lado de la calle, fuera del hueco del escaparate. Se protegía con el paraguas y daba pequeños paseos bajo la lluvia. Lucio pensó que tenía que tomar una decisión, que sabía la decisión que quería tomar y que, por eso, no había abandonado aquel barrio en el que a unos cientos de metros de donde él se encontraba, calle Serrano arriba, estaba el despacho para el que trabajaba Taboada. Ésa era su decisión, una decisión que había aplazado merodeando, como si no quisiera exponérsela a sí mismo. Él sabía la dirección de aquel despacho, conocía la casa que lo albergaba, en la colonia del Viso, un chalet pequeño, al que se accedía después de pasar una parcela de jardín sombrío y descuidado, subir tres o cuatro escalones y apretar el timbre que había junto a la puertecita blanca. Había visto la casa, se la había señalado uno de los compañeros una vez que habían hecho un comando para pintar la pared de la cercana embajada norteamericana con frases antiimperialistas y después se habían metido por el laberinto de pequeños chalets del Viso, huyendo de la policía, que había cercado el barrio. Habían estado a punto de abrir la puertecita metálica del jardín y de esconderse detrás de la casa que albergaba el despacho de abogados. Por suerte, no les había hecho falta. La casita, con un torreón de juguete, un tejadillo excesivamente inclinado, todo como de cuento de hadas, y con una placa de plástico a la puerta en la que se leía un nombre y debajo la palabra abogados. Taboada. El camarada Tabo estaría allí, mientras él se guarecía de la lluvia protegiéndose en los huecos de los escaparates, evadiéndose de las miradas de los dependientes de las tiendas que desconfiaban de aquel tipo, obrero o mendigo o delincuente, ellos no distinguían demasiado bien las diferencias entre esas categorías, un individuo situado en un lugar impropio, que no iba a comprar aquellos carísimos zapatos de mujer que se exponían, aquellas faldas elegantes, los trajes escotados, y que, aunque no iba a comprarlos, permanecía un rato ante cada una de las vitrinas, la de los zapatos de mujer, la de los trajes, y contemplaba lo que exponían, un individuo con bolsa de plástico al hombro y chaquetilla azul marino desgastada, también empapada. Camarada Tabo. Volvió a verlo paseándose por la galería de la cárcel, con la bufanda anudada al cuello, tiritando de frío, con los ojos brillantes. Con tres ladrillos y un pedazo de cobre construyeron resistencias para calentarse, que tenían que esconder cuando llegaban los boqueras a inspeccionar las celdas. Sonaban las puertas metálicas, con un sonido hiriente que conseguía que los nervios nunca se apaciguasen. A todas horas, el eco de los ruidos del metal y gritos de hombres. Las bóvedas de las galerías hacían resonar los gritos de los presos que llamaban a quienes se habían apuntado al botiquín, o leían la lista de quienes iban a los juzgados aquella mañana o la de quienes iban a salir en libertad, voces humanas, siempre, incluso las más inocuas, marcadas por un toque de desgarro que hería los oídos; y luego estaba el ruido que producían las puertas metálicas de las celdas al abrirse o cerrarse, al golpear contra el marco, que era igualmente de metal, o cuando se corría el pestillo, metal que resbala contra el metal y que choca contra un tope de metal, o al ser golpeadas por los puños de los presos que reclamaban ayuda por cualquier motivo, alguien que se había puesto repentinamente enfermo, presos que golpeaban y gritaban al tiempo porque se los llevaban inexplicablemente de madrugada quién sabe adónde. O porque los compañeros de celda habían empezado a rodearlos y les mostraban un arco iris de mangos de cuchara desgastados durante largas horas hasta convertirlos en afiladas puntas de cuchillos. Aullidos humanos y estruendo de metales. Carabanchel. Camarada. En Carabanchel, Taboada tenía siempre frío. Poseía uno de esos cuerpos en apariencia frágiles y a los que sólo parecía prestar fuerza el brillo de los ojos, la fuerza con que apretaba los dientes y, cuando hablaba, el timbre imperativo y convincente de la voz que se quedaba siempre vibrando unas décimas de segundo en el aire helado de la celda. Alto y delgado, cargado de hombros, Taboada se esforzaba por vencer ese frío que lo penetraba y salía cada mañana al patio sin importarle que estuviera cubierto de escarcha, y sometía sus miembros a rigurosos ejercicios gimnásticos, como si su única opción fuera seguir en el límite o derrumbarse, y no aceptara ninguna otra forma de vida, ningún pacto ni siquiera con la naturaleza que le era propia, la que le había correspondido en el reparto universal de los cuerpos. Lucio había comprado los trozos de hilo de cobre, que se vendían en el mercado negro, y había robado cuatro ladrillos, y fabricaba aquellas resistencias caseras, que tenían que esconder apresuradamente cada vez que los boqueras inspeccionaban la celda, y las ponía en un rincón para calentar levemente el ambiente. Había nevado en el exterior de aquellas celdas, que sólo las rejas de la ventana separaban del exterior. Ni siquiera tenían cristales las ventanas, que ellos intentaban cegar con pedazos de cartón y hojas de periódico. Algunas madrugadas los copos de nieve caían sobre los camastros. La nieve del patio los fascinaba porque concedía una engañosa ilusión de pureza entre tanta suciedad. Las resistencias eléctricas servían para calentar el café de puchero que cocinaban, y se las ponía igualmente Lucio a Taboada bajo la mesa –tablas de cajas de fruta mal clavadas–, para que, durante largas horas, pudiera leer sin pasar frío libros cuyo contenido luego Taboada, como en agradecimiento por los servicios de Lucio, le exponía. Después de la cárcel, las reuniones de célula con Taboada, las discusiones en el bar, o paseando por las calles del centro de Madrid. Taboada le había dicho, cuando se despidió de él, aquella noche de borrachera muchos meses después, que era su mejor amigo. «Lucio, no tengo otro», le había dicho. Había llorado sobre su hombro, borracho, y después había imprecado a los barrenderos que dejaban caer el chorro de la manguera sobre un Madrid que la lluvia ya había mojado previamente, y él había tenido que defenderlo de aquellos hombres a los que Taboada insultó por humillar su cabeza sobre la escoba, sobre la manguera, en vez de levantar el puño contra la opresión. Una vez liberado de la furia de aquellos proletarios que no entendían lo que Tabo les proponía, lo obligó a callar, apretándole la palma de la mano contra la boca, porque se empeñó en cantar «La Internacional» a voces en plena calle, y tuvo que sostenerlo para que no se cayera cuando lo acompañó hasta el taxi. El taxista no quería aceptar a aquel borracho en el interior de su coche, «pero no ve cómo está, que no sabe ni dónde vive. Me va a poner el coche perdido», se quejaba el taxista, y Lucio discutió con el susceptible conductor, y al final se ofreció a acompañarlo en el trayecto, haciéndose responsable de los estragos que pudiera provocar aquel borracho que parecía sufrir un ataque de epilepsia, ya que se escapaba, se negaba a entrar en el taxi y, una vez que el vehículo se puso en marcha, se retorcía, intentaba abrir la portezuela y amenazaba con arrojarse al exterior. Consiguió depositarlo ante el portal de su casa, después de haberle ayudado a buscar la llave que llevaba en el bolsillo del pantalón y de abrirle él mismo la puerta. ¿Cuánto hacía de aquello? Se diría que una eternidad, y, sin embargo, había pasado poco más de un año. Parecía un siglo. Cuando pocos meses después de aquella noche descabellada, Lucio se había cruzado con Taboada por la calle, no había sabido cómo dirigirse a él, de tan lejano como parecía todo, y, para su sorpresa, Taboada había vuelto la cara hacia otro lado y había fingido no verlo. Otras tres o cuatro veces se había encontrado con él en la calle, Taboada envuelto en un abrigo azul marino abierto, bajo el que vestía un traje gris oscuro, chaleco y corbata. Siempre iba acompañado por gente vestida como él, con carteras de cuero, gafas. Caminaban deprisa. Lucio no había sabido cómo tratarlo. Llamar de usted a Taboada. Decirle señor Taboada no le cabía en la cabeza, pero tampoco llamarle Tabo, o Jesús, o camarada, no; lo pensaba: no sabía cómo dirigirse a él, en qué términos, y también pensaba que cuando uno no sabía cómo tratar a una persona era porque no debía tratarla, porque había ocurrido un fallo, un error en el sistema de conexión, en el código que guardaba las reglas de las cosas, las normas, y ese fallo debía corregirse, pero uno no sabía cómo corregirlo porque no se trataba sólo de aplicar la voluntad, la buena voluntad. Borrar del todo, o reescribir desde la primera línea las páginas del código, empalmar y soldar de nuevo ese cable roto. Nada. Entre la gente no pasaba eso, sino que, cuando ocurría que alguien ya no sabía cómo tratar a una persona, era porque ya ni ocurría nada ni podía ocurrir nada entre ellos. Ni Taboada, ni Tabo, ni señor Taboada, ni don Jesús, eso quería decir que el código se había borrado, el libro completo se había borrado, la instalación eléctrica se había quemado del todo, y ya no había trato posible, porque uno podía tratar con alguien de arriba, con el que sabía cuáles eran las normas que regían; o con alguien que era como él, porque ahí no había normas, ni siquiera había normas: no hacían falta, había sólo una fatalidad que hacía que algo fuera como era porque no podía ser de otra manera. Pensaba así delante de la puertecita metálica, a este lado de la tapia, en aquella solitaria calle que, estando en el centro de Madrid, parecía lejos de la ciudad, árboles yertos, ramaje seco de enredaderas, media docena de farolas que apenas iluminaban algunos metros a su alrededor. Si abría la puerta metálica, cruzaba el jardín, subía los escalones y se plantaba ante la casa y apretaba el timbre de aquella puerta que tenía una placa de plástico que decía abogados escrita con letras minúsculas de colores, y aparecía ante él un hombre alto, delgado, vestido con un traje gris o azul marino, con corbata, con una cartera de cuero en la mano, qué le diría. No, no tendría nada que decirle. Pensó que no hay nada que hacer cuando no se tiene nada que decir. Miró el jardín descuidado, uno de esos jardines madrileños monocromos, que más que aliviar la presencia del invierno hacen pensar en su dureza. Jardines que parecen puestos ahí para que la escarcha empañe las hojas de las plantas que forman los setos y se extienda por la grava de los pasadizos. Había luz en la mayoría de las ventanas de la casa, que estaban protegidas de la curiosidad exterior por cristales esmerilados que impedían la visión de las actividades que se llevaba a cabo dentro, pero que permitían vislumbrar el movimiento de sombras que indicaban que había gente llevando a cabo actividades. Dedujo Lucio que, además de con Taboada, tendría que encontrarse allí con otra gente. Pensó en un botones que acude a abrir la puerta; en una secretaria que pulsa la apertura automática desde su mesita y que aguarda expectante a ver quién es el que va a aparecer tras la puerta que ella acaba de abrir, una secretaria educada, que le pregunta qué es lo que desea a un tipo vestido con una raída cazadora azul empapada por la lluvia y que lleva colgada del hombro izquierdo una bolsa de plástico negra y que tiene el pelo también mojado y revuelto por la lluvia y cuyas manos son rugosas, irregulares, y poseen ese color inequívoco de quien trabaja con maquinaria mecánica, poros negruzcos, manchas oscuras que no quita ningún jabón, uñas cortas bajo las que se dibuja una media luna negra. Imagina a esa secretaria, y no se siente con ánimo de enfrentarse a ella durante el tiempo que le toca esperar, esperar a quién, al camarada Tabo, al señor Taboada, a Jesús Taboada, allí de pie, porque ella no se ha decidido a ofrecerle asiento al ver que está empapado y que puede dejar huellas en el tresillo que hay enfrente de donde está sentada, y él no sabe qué hacer, porque tiene ganas de fumar, y mira a ver si hay un cenicero en la mesita de cristal, ante el tresillo, y sí, es probable que sí que lo haya, en efecto, lo hay, él saca la caja de cerillas, y como tiene las manos húmedas, no consigue prender ningún fósforo, y la secretaria mira dos o tres veces, hasta que acaba ofreciéndose a ser ella misma quien le encienda el cigarrillo, y entonces, mientras le acerca la cerilla encendida, o no, seguramente es la llama de un mechero lo que le acerca, vuelve a fijarse en las manos, que él ha ahuecado, formando un nido en torno a la mano de ella y al mechero que sostiene, y, de refilón, ve los ojos de ella clavados en sus manos, y luego cómo se aleja y vuelve a sentarse tras la mesa, mirándolo de reojo, cada poco tiempo, mientras Lucio espera, y da caladas al cigarro, y a lo mejor hasta se cae un poco de ceniza al suelo, o junto al cenicero, sobre la mesa de cristal que hay delante del tresillo, y Lucio está esperando a que llegue él, pero quién es él, quién va a llegar, qué él, cuál de ellos, el camarada Tabo, Jesús, don Jesús, el señor Taboada, cuál de los cuatro, cuál de los cuatrocientos, porque seguramente hay otros Taboada más que él no conoce, y ve claro que, desde luego, quien sea el que llegue será alguien a quien él no conoce, y entonces qué hace allí, qué hace allí a punto de llamar a alguien a quien no conoce para pedirle no se sabe qué, porque cada cosa uno sabe a quién puede y a quién no puede pedírsela, y a cada cual uno sabe qué cosa puede o no pedirle, y lo que se puede obtener o no de cada cual, pero a alguien desconocido, no, no sabe uno qué pedirle, porque no sabe lo que necesita de él, podría pedírselo todo, porque lo necesita todo, pero no, no es así, porque la gente, si se le pide cierta cosa, puede sentirse halagada, pero, si se le pide otra, otra que es a lo mejor muy parecida, pero que no es la que se le debe pedir, puede sentirse ofendida, por lo cual uno, que lo necesita todo, ante alguien a quien no conoce opta por callarse y no pedir nada. Recordaba allí parado contra la tapia, envuelto en las sombras que en el tramo que él había elegido para guarecerse eran más espesas, porque estaba particularmente alejado de cualquiera de los escasos faroles de aquella callecita tranquila y ajardinada en el centro de Madrid. Recordaba el rostro del comisario que lo interrogó, rostro de hombre de complexión robusta, aunque con los pómulos deformados seguramente por culpa del alcohol, las arrugas de su cara, verticales, sus manos suaves y delgadas, dedos largos y finos, y su insistencia por saberlo todo. Sacaba una pitillera de plata, cogía un cigarro, lo golpeaba tres o cuatro veces contra la tapa antes de encenderlo, y quería saberlo todo. Lo recordaba Lucio, como si todo estuviera ocurriendo en aquel mismo instante, como si ahora mismo estuviera volviendo a escuchar todo aquello, lo que pasó en aquel despacho, y también unas horas antes de estar frente al comisario, cuando los esperaron cerca de las cocheras del metro y tuvieron que saltar las tapias, primero en grupo, animándose unos a otros, y luego ya él solo, sin nadie cerca, él solo corriendo por los desmontes, entre las vías, ocultándose tras los vagones, entre los montones de metal procedentes de viejos desguaces. Notaba el frío húmedo de la madrugada, calándole el jersey y los pantalones, humedeciéndole los pies, lo de los pies era jodido, porque llevaba unos zapatos de vestir de piel muy fina, que se había comprado un mes antes y que no se había puesto más que en tres o cuatro ocasiones, y que, además de que no protegían para nada del frío, le hacían daño, le dejaban marcas en el empeine cada vez que se los ponía, falta de costumbre, rozaduras, puntos oscuros, un moretón con el centro de sangre seca a causa del roce. De cualquier modo era poco probable que cualquier otro zapato normal hubiera sido más efectivo contra el frío de aquella noche, ni se hubiera calado menos, pero si es que ya no era la hierba empapada de humedad, eran los charcos entre las vías, en los que uno se metía a cada momento, porque no se veían en la oscuridad, y aunque se hubieran visto habría dado lo mismo, porque él corría huyendo de aquellos individuos, que iban a lo suyo, a cazar, más perros que perros, jadeando como los perros, echando humo por la boca como perros, corriendo como lo que eran, perros de dos patas, cabrones de perros más malos, peor que los perros, porque los perros buscaban sin saber a ciencia cierta el porqué, y ellos sí que lo sabían. Tenían clavada en el cerebro la orden que les había dado el tipo de la oficina y la cumplían a ciegas, cayera quien cayese. El tipo abría la pitillera de plata, sacaba un cigarro, dos o tres golpes, o cuatro, tac, tac, tac, contra la tapa, se lo ponía en la boca, jugaba un poco con el encendedor antes de acercarle la llama al cigarro y prenderlo, le daba caladas nerviosas, el cigarro entre las arrugas verticales de sus mejillas, hasta que lo consumía, y luego apagaba la colilla en el cenicero, aplastándola, y a continuación se pasaba la punta chamuscada del cigarro por el dedo índice, que se le quedaba manchado de negro, antes de tirarla al cubo de la basura; después se frotaba el dedo con un pañuelo de papel, hasta que desaparecían las huellas de ceniza. Tenían que olerle a perro las manos, tanto toquetear las puntas de los cigarros. Él se había dado cuenta del detalle nada más entrar en el despacho, olía a tabaco y a pies, a dormitorio de cuartel, el cenicero tenía huellas de ceniza, y, sin embargo, no se veía ni una sola colilla, él pensó una vez que hubo visto la ceremonia que eso quería decir que al tipo no le gustaba ver las colillas; se fumaba los cigarros y hacía desaparecer las colillas, como si fueran huellas digitales después de un atraco, o de un crimen, al tipo le gustaba esconder su responsabilidad, pero era implacable con la mierda de los demás, «habéis sido vosotros, la silicona la habéis puesto vosotros, el petardo lo habéis puesto vosotros, más los otros que tú, ya lo sé, pero para que yo me convenza me tienes que decir que hay otros, y quiénes son los otros, no te das cuenta, tonto», y él haciendo desaparecer sus propias colillas como si fueran huellas de algo, al tipo le gustaba esconder su propia porquería pero era implacable con la de los demás, con los guardias que trabajaban para él, «hasta que no encontréis la colilla de ese imbécil no volváis», y los otros a correr, a husmear, a olfatear como perros, buscando la colilla que era él, Lucio, y también la colilla que él, Lucio, se había fumado, silicona, petardo, panfletos en el andén del metro, sabotaje, así lo llamaba, sabotaje en la catenaria, apagón, colillas de los demás, que él buscaba, colillas que los demás habían apagado y tirado. Lucio pensaba que era como si él se agachase debajo de aquella mesa y cogiera la papelera y se la volcara al tipo delante de las narices, los restos del paquete entero de tabaco que se había fumado, y que extrajera colilla a colilla las que se había fumado y las fuera poniendo todas, una al lado de la otra, encima de la mesa, delante de sus narices. Querían que mordiera la colilla del cigarro que se había fumado. Le dijo al tipo: «Yo, en la vida, no tengo más que necesidad. No tengo ideas. Tengo mi trabajo.» Eso le dijo, que era como decirle que cada uno tenía derecho a esconder lo que no quería ver o que los otros viesen. Y también le dijo: «Entro y salgo del trabajo, y no sé a qué se dedican los otros, ni los nombres de los otros sé.» Ya lo habían tirado al suelo varias veces y lo habían pateado dos tipos que entraban de vez en cuando, entraban, pegaban y se iban, y el comisario decía: «Son nerviosos», como si fuera un médico que quisiera enseñarle los efectos tan raros que causaba la enfermedad en algunos pacientes. Como si dijera: «Mira, estos dos son una clase de loco que abre puertas, pega y se va, son así, locos.» El comisario ya había llegado al meollo. Le preguntó: «Si los ocultas, es que tú eres el cabecilla.» Fue cuando Lucio pensó que daba igual, que le dolía mucho el cuerpo y más ya no le iba a doler. Dijo: «Usted no sabe lo que es no tener nada, el trabajo y ya está, no puede saberlo, ni va a tener tiempo, porque eso cuesta de aprender, usted ve cosas pero no sabe cómo se hacen.» El comisario daba caladas al cigarro y ahora lo miraba sin pestañear. Era como si estuviesen proyectando una película y de repente se hubiera detenido la proyección. Como si hubiera dos tiempos, un tiempo del lado de acá de la mesa, en el que corría el reloj, como mostraban las palabras de Lucio, y otro tiempo, del lado del comisario, en el que el reloj se había parado. «Yo también veo una casa, y no sé cómo se hace, veo a Antoñete dar un pase y no sé cómo se hace, ni lo sabe más que él.» El comisario se había puesto lentamente en movimiento, desplegaba con lentitud el cuerpo por encima de la mesa, y, de repente, cámara rápida, le había estrellado el puño en la cara y luego Lucio ya no sabía si era que el tipo había saltado sobre la mesa, o si la había bordeado, qué había hecho, pero el tipo pateaba su cuerpo, y gritaba, y había más gente allí. Y él ya no había podido hablar más, quejidos sí, pero no hablar. Y, sin embargo, luego, cuando lo habían bajado a la celda, estuvo pensando, pensaba lo que tenía que haberle dicho y no había podido decirle porque no le habían dejado. Tampoco a Taboada se lo había dicho. Ahora, junto a la tapia, pensaba lo que tenía que haberle dicho a Taboada el primer día en que lo convenció para meterlo en Vanguardia Revolucionaria, o no, ese día no, los dos iguales, camaradas, pero sí el último día, cuando se despidió y lo abrazó borracho, cuando le dijo: «Mejor amigo, Lucio, no tengo otro como tú.» Haberle dicho: «Tú tienes algo y no sabes lo que es no tener nada, no que no tenga nada otro, sino no tener nada tú, saber que es invierno y que son las ocho de la tarde y que queda mucha noche por delante, y no tienes nada; eso es otra cosa, eso es un gato que huele, que busca, que levanta la cabeza a derecha e izquierda y se atusa los bigotes, eso no se fabrica, un gato no se fabrica: lo ves, le das de comer, lo metes en tu casa, lo que quieras, pero él es un gato, y tú no, tú eres otra cosa, una persona, lo que quieras, pero no un gato. El gato es él, y tú no tienes las patas como él, ni saltas como él, y eso no quiere decir que seas ni mejor ni peor que él, pero no eres gato, eres Jesús, pero no gato. Eso te pasa a ti conmigo.» Pensó en aquel comisario que se había levantado y le había dado un puñetazo para que no siguiera hablando y lo había tirado al suelo, pensó que lo había pateado, pero que no había aprendido ni una palabra de quién era él. Pensó que tenía que haberle dicho: «¿Ves? Me tienes entero, pero no sabes ni una palabra más de quién soy yo.» No pudo, cómo iba a poder, si le pegaban hasta en la boca. También Taboada a lo mejor había pateado su cabeza, su voluntad, pero no había aprendido ni una palabra de lo que era tener algo o no tener nada, porque eso sólo se aprendía desde dentro. Pensó: «Aprendes a ser gato si eres gato, eres gato pequeño y luego gato grande.» Y, también, que era absurdo pedirle a Taboada algo que él mismo le enseñó que había que arrancar a punta de fusil. Pensó que no era Lucio quien necesitaba ayuda aquella noche, no era Lucio quien la necesitaba, era la revolución, que no tenía descanso entre el primero y el segundo tiempo como los equipos de fútbol. Taboada había aprovechado el descanso para quedarse en el vestuario, pero la revolución seguía su curso y la revolución no debía mendigar, tenía que exigir lo que se le debía, no lo mendigaba, no suplicaba, no se arrastraba, no, se erguía y amenazaba. Taboada se lo había enseñado en Carabanchel, días y noches fríos, con los copos de nieve saltándose los barrotes y salpicando los camastros en que dormían. «Los revisionistas creen en la piedad, en la compasión, en que lo justo llega por sus propios pasos, por una necesidad razonable. Los revolucionarios sabemos que no es así. El poder está en la punta del fusil.» Se había alejado algunos pasos de la puertecita que daba al jardín y se apoyaba en la tapia algunos metros más allá, buscado la protección que le ofrecía un arbusto que trepaba por encima y que le servía de paraguas. Ya no llovía como antes, pero ahora caía un chirimiri que seguía calándolo. La punta del fusil. Le dieron ganas de reírse. Presente armas, camarada Lucio. Armas. Sus armas. La bolsa colgada del hombro con la muda y los útiles de afeitar, y, en el bolsillo de la chaquetilla, la cartera gastada en la que guardaba el carnet de identidad, unos cientos de pesetas que había cogido de la trampilla bajo el ladrillo, el pase del metro, y la foto que Lurditas y él se hicieron la pasada primavera en la verbena de San Isidro. Las armas. Aquella noche de San Isidro sí que llevaba él un fusil. Con su padre no, con su padre cazaba conejos a lazo en el Pardo. Pero aquella noche de San Isidro, con Lurditas, sí. En la verbena se había gastado unos cuantos duros apuntando con un fusil de balines hasta que había conseguido partir la cinta de papel que sostenía la muñeca que a Lurditas le gustaba y que ahora, cada vez que hacía la cama, ponía con la cabeza apoyada en la almohada. Una muñeca que ella decía que le recordaba a otra que había tenido cuando era pequeña en Socuéllamos. Lurditas, sola aquella tarde, sirviendo la merienda de los señores, recogiendo platos y copas sucios, fregando el suelo de la cocina. Lurditas sola, él solo. ¿Por qué todo cuanto él hacía acababa por dolerle a ella? ¿Y la quería? Amor para hacerle daño. Claro que se le hace daño a cada caricia que se le da a un animal desollado. Y Lurditas era como un animal sin piel, a la vista músculos, tendones y nervios. Y también él, animal sin piel. La gente solitaria cuando encontraba compañía se convertía en un animal sin piel al que cualquier caricia le hacía daño. Miró el reloj. Eran más de las ocho. Pensó que esa noche Lurditas llegaría tarde a casa, y que seguramente la señora le pagaría un taxi porque, cuando saliera después de recoger las cosas de la fiesta que celebraban, ya habría pasado el último metro. Acariciar con cariño a un animal desollado. A él aún le quedaban casi tres horas para presentarse en el trabajo. Decidió que si habían de cogerlo era mejor que lo cogieran allí, a la entrada o salida del turno, mientras se cambiaba de ropa en los vestuarios, o que fueran a buscarlo al túnel, y le hicieran interrumpir su trabajo con el martillo neumático. Pensó que a lo mejor ellos esperarían a la mañana siguiente para presentarse. Imaginó que entraban en la habitación cuando se acurrucaba, con el primer sueño, en una cama que tendría guardado el calor que había desprendido Lurditas. Y que él, antes de acompañarlos, acariciaba el hueco que había dejado el cuerpo de ella impreso en el colchón.

ÍNDICE